ढाई बीघा
जमीन

ढाई बीघा जमीन

मृदुला सिन्हा

ज्ञान गंगा, दिल्ली

प्रकाशक : ज्ञान गंगा, 2/42 अंसारी रोड, दरियागंज, नई दिल्ली–110002
सर्वाधिकार : सुरक्षित / संस्करण : 2026 / मूल्य : पाँच सौ रुपए
मुद्रक : जयलक्ष्मी प्रिंटिंग प्रेस, दिल्ली ISBN 978-93-80183-24-4

DHAI BEEGHA ZAMEEN

stories by Smt. Mridula Sinha ₹ 500.00

Published by **GYAN GANGA**

2/42, Ansari Road, Daryaganj, New Delhi-110002

कहानियों के नर-नारी, पशु-पक्षी
या
पेड़-पौधों जैसे उन पात्रों को,
जो मुझसे मिलकर मेरे मानस पर
गहरी छाप छोड़
मुझे अपनी कहानी
लिखवा लेते गए हैं।

अनुक्रम

अक्षरा

फिर आज ढाढ़ मारकर किसी के रोने का करुण स्वर सुखिया की झुग्गी से मेरे फ्लैट तक पहुँच ही गया। मैंने अपनी बालकनी से बगल की बालकनी में खड़ी पड़ोसन की ओर प्रश्न उछाला, "अब क्या हुआ?" प्रतिदिन चारों पहर झुग्गी से रोने-हँसने की आवाज आती ही रहती है। दरअसल हमारे अपार्टमेंट के फ्लैटों से ऐसी कोई भी आवाज झुग्गी तक क्या, अपने पड़ोस के फ्लैटों तक भी नहीं पहुँचती थी। यहाँ रुदन और हँसी नितांत व्यक्तिगत ही होती है। कभी-कभी तो एक परिवार के बीच भी नहीं बँटती। दुःख और सुख का आदान-प्रदान नहीं होता। एक स्थान पर जमा रहने के कारण गहराई तक जाता है। घाव कर देता है, पर ये झुग्गियाँ हमें आज भी सामाजिक प्राणी होने का एहसास कराती हैं, जहाँ दुःख और सुख सामूहिक होता है, व्यक्तिगत नहीं।

"होगा क्या, वही आपकी सुखिया है न, फिर नाटक कर रही है। मेरा शंभू दूध लेने गया था। सुखिया के घर के पास भीड़ देखकर रुक गया। लोग कह रहे थे—सुखिया ने फिर अपनी कोख पर मुक्के मारे हैं। वह मारती जा रही है, रोती जा रही है। न मुक्के मारना बंद करती है, न रोना। यह उसका नाटक नहीं तो और क्या है?"

मेरी पड़ोसन सुखिया पर उठी अपनी झल्लाहट मुझ पर उड़ेलती जा रही थी। पर मैं तो दस वर्ष पूर्व के कालखंड में पहुँच गई थी। तब मैं इस मुहल्ले में बसने आई ही थी। नया फ्लैट खरीदा था। इसलिए अपनी मित्रों के साथ वैष्णो देवी के दर्शन करने चली गई। वहाँ से लौटने पर जो शरीर की स्थिति सबकी होती है, मेरी भी हुई। मेरे साथ एक मास्टरजी रहते थे। मैंने कहा, "पास की झुग्गी-झोंपड़ी से किसी महिला को बुला लाइए। मुझे मालिश करवानी है।"

वे झुग्गी के बाहर सड़क पर खड़े रहे। स्त्री, पुरुष और बच्चों का आना-

जाना जारी था। शायद वे संकोच में थे कि अपने आमने-सामने और अगल-बगल से गुजरती महिलाओं से कैसे पूछें, 'तुम मालिश कर सकती हो?'

कहीं वे बुरा मान जाएँ? फिर तो कहीं उनकी धुनाई न हो जाए। वे इसी ऊहापोह में थे। एक महिला सिर पर घूँघट डाले खड़ी उनसे पूछ बैठी, "किसको खोज रहे हो, बाबू? बहुत देर से खड़े हो।"

"मैं किसी को नहीं ढूँढ़ रहा। वह पास में जो नया फ्लैट बना है न, उसमें एक मैडम आई हैं। उन्हें मालिश करवानी है।"

"अरे, तो ऐसे बोलो न, चलो। मैं कर देती हूँ मालिश! मुझे मालिश करनी आती है।"

मास्टरजी खुश हो गए। उसे बुलाकर मेरे सामने खड़ा करते हुए एक जंग जीतने का ही एहसास छलका था उनके मुख पर। मैंने उसका नाम पूछा। उसने सुखिया बताया। मैंने अपना दर्द भरा शरीर उसके सुपुर्द कर दिया। उसने मालिश करते हुए अपना घूँघट थोड़ा सा ऊपर सरकाया।

काले रंग के कागज पर मानो किसी ने पतले कलम से आँख, भौंह, नाक और होंठों को उकेर दिया हो। लाल-लाल होठों के अंदर सुपुष्ट मक्के के बाल पर जड़े सफेद-सफेद दाने। बदन के दर्द से परेशान मैं एक बार तो उसका पूरा चेहरा देख प्रफुल्ल हो उठी। रग-रग में प्रफुल्लता फैलकर दर्द को दरकिनार कर गई। उसने भी मेरा भाव भाँप लिया। बोली, "क्या देखती हो, दीदी?" प्रश्न इस लहजे में कि उसे ईश्वर द्वारा उकेरे अपने रूप और अपने द्वारा बड़ी बिंदी, सिंदूर, नाक में बड़े नग से सजे रंग के मिले-जुले प्रभाव का गुरूर नहीं तो अंदाज अवश्य था। मेरी सराहना के बाण रूपी नजरों से बिंधी वह अपना सुरूर प्रगट कर गई।

मैंने कहा, "कुछ नहीं। तुम मालिश करो।" उसे भी उस रूप-रंग से मेरे अभिभूत होने का अंदाजा लग गया था। उसने बड़े मनोयोग से मालिश प्रारंभ की। मुझे बड़ा सुखद लग रहा था। उसने बातों-बातों में बताया कि उसका एक पाँच वर्ष का पप्पू है। वह झाँसी की रहनेवाली है। झुग्गी में उसके मायके के कई परिवार हैं। उसका आदमी उसे बहुत मानता है आदि-आदि। पहली भेंट में इतना परिचय काफी था। मालिश करनेवाली को बातों में उलझाए रखना भी एक विधा है। वरना मालिश जैसा बोझिल काम कोई क्यों करे? पैसे के लिए पढ़ी-लिखी लड़कियाँ भी ब्यूटी पार्लर में मालिश करती हैं। सुखिया को भी बीस रुपए मिलने की उम्मीद थी।

उसके जाते समय मैंने कहा, "फिर कल इसी समय आना।"

दूसरे दिन वह ठीक समय पर पहुँच गई। मेरे बदन पर उसके हाथ पड़ते ही

मैंने पूछा, "तुम्हारा पप्पू कहाँ है?"

वह सुबकती हुई बोली, "आज फिर उसकी महतारी उठा ले गई। गाँव से उसका ससुर आया हुआ है।"

"क्या मतलब? तुम अपने पप्पू की माँ नहीं हो?" मैं चौंक गई थी।

"हूँ न!"

"फिर उसकी महतारी उठा ले गई का क्या मतलब?"

"दीदी! अब मतलब-उतलब में मत फँसो। ईश्वर ने इस काया में सब अंग तो दिए। बस, कोख पत्थर की दे दी, जिसपर एक दूब भी न जमे। मेरी सास ने मुझे बाँझ कहकर उलाहना दिया। मैंने पास ही पड़े पत्थर उठाकर अपनी कोख पर मार लिया। फिर क्या था, दूसरे दिन दर्द शुरू हुआ। मेरा पति डॉक्टर के पास ले गया। डॉक्टर ने कहा, 'इसे बच्चा होने वाला है।' उसने दवा भी दी। पर दवा खाने से पूर्व ही खून रिसना शुरू हो गया। बहुत रिसा। मैं बहुत रोती थी। मेरा पति मुझे दिल्ली ले आया। तब से यहीं कमाने-खाने लगी। बच्चा न होने की टीस तो मन में थी ही। एक वर्ष बाद अचानक एक दिन मेरी सास आ धमकी। फिर उलाहना, गाली! मेरी भतीजी मेरे पास ही रहती थी। उसका दूसरा बेटा छह दिन का था। उसने मेरी सास के सामने मेरी गोद में बच्चा डालकर कहा, "लो बुआ, अपना पप्पू! मैं गाँव जा रही हूँ।"

मेरी सास अवाक् रह गई। अलग बुलाकर मेरी भतीजी ने मुझे अपने द्वारा गढ़ी कहानी सुनाई, "मेरा बच्चा हुआ। मेरी छाती में दूध नहीं उतरा। मेरी भतीजी का दो वर्ष का बच्चा अभी भी दूध पीता है। इसलिए छोटा भी उसे दे आई थी। अब उसको गाँव जाना है। मुझे ही रखना पड़ेगा।"

मैंने शत-प्रतिशत सही शब्दों में उसके द्वारा गढ़ी कहानी अपनी सास को सुना दी। मेरा पति भी वहीं बैठा था। उसने भी सिर हिलाया। फिर तो मेरी झुग्गी पप्पू की किलकारियों से गूँज उठी। उसी रात हम मदनगीर से इस झोंपड़ी में आ गए। बच्चा तो पल ही रहा था। पर मेरा कलेजा धक-धक करता रहता। कहीं रेशमा मुझसे छीनकर अपना बच्चा ले गई तो?

यह विचार आते ही मैं अपने कलेजे से पप्पू को चिपका लेती। पप्पू हुँकारी भर देता। एक दिन ऐसा ही हुआ। रेशमा आ गई। बोली, "बुआ, मेरी बड़ी ननद दस दिनों के लिए आई हैं। उन्हें पता था कि मेरा दूसरा बच्चा होने वाला था। वे इसे ढूँढ़ रही हैं। अब मैं यह तो नहीं कह सकती कि मेरा बच्चा नहीं रहा। ईश्वर करे मेरा बेटा मेरी भी आयु लेकर जीए। कोख तो मेरी ही है। बेटा भले तुम्हारा

कहलाएगा। इसकी बुआ को दिखाना है। बुआ, मैं इसे ले जाती हूँ।'' मैंने भी दे दिया। यह सिलसिला चलता रहा—उसके घर कोई गाँव से आए तो पप्पू उसका बेटा, मेरे घर कोई आए तो पप्पू मेरा बेटा!''

लंबी कहानी कहती वह दोनों टाँगों की मालिश कर चुकी थी। पीठ की मालिश प्रारंभ करने के पूर्व वह रुकी। पीठ पर तेल डालते हुए बोली, ''दीदीजी, अपनी कोख का जनमा तो अपना ही होता है। मैं अपने पप्पू को बड़े मन से रखती हूँ। दूध-फल भी पिलाती-खिलाती हूँ। दो घरों में चौका-बरतन करती हूँ। उनके घर भी बच्चे हैं। वे शर्ट-पैंट, जूते, स्वेटर सब देती हैं। मैं भी होली-दीवाली पर पप्पू का नए कपड़े पहनाती रहती हूँ। पर बच्चा तो मेरी भतीजी का ही है न!''

मेरी पीठ पर गरम जल की दो बूँद टपकीं। सुखिया ने बड़ी शीघ्रता से उन्हें अपनी साड़ी के आँचल से पोंछ दिया।

मैंने कहा, ''सुखिया, तुम बच्चा गोद लेने के कानून के बारे में जानती हो?''

उसने कहा, ''हाँ! किसी ने मुझे कहा था कि कागज बनवा लो। अब दीदीजी, आप ही सोचो। कागज पर लिख देने से मेरा बेटा कैसे होगा? ईश्वर ने मेरे भाग्य में नहीं लिखा। कोख में नहीं भरा तो मेरा बच्चा कैसे होगा?'' थोड़ा रुककर फिर बोली, ''पर देखना दीदी, पप्पू उसके साथ नहीं रहेगा, कल ही भागकर आएगा। अपने प्यार से मैंने उसे बना लिया अपना बेटा, इसलिए लौट आएगा। देख लेना आप!''

और उसने अपने अश्रुधार से ही अपने विश्वास को सींच लिया था। तभी तो दूसरे दिन घूँघट के नीचे से बत्तीसी झलकाती मेरे सामने खड़ी अपने विश्वास के फलित होने का इजहार कर रही थी। मेरी मालिश से प्रारंभ कर वह मेरे घर का झाड़ू-पोंछा भी करने लगी। कभी उसका रोना तो कभी हँसना जारी रहा। उसके भावों में उतार-चढ़ाव उसके पप्पू को लेकर ही होते थे।

उसका पप्पू विद्यालय जाने लगा। फिर तो पूछिए मत! पप्पू को आज टिफिन में यह दिया, वह दिया। आज पप्पू का जुराब लेना है, आज जूते, कल स्कूल बैग तो स्कूल ड्रेस। मेरे घर का काम निबटाने की उसकी ड्यूटी थी, तो उसके पप्पू के बारे में कुछ-न-कुछ सुनना मेरा कर्तव्य। मेरी पोतियाँ भी बढ़ रही थीं। जब कभी अपनी पोती के बारे में कुछ बताऊँ, सुखिया के पप्पू की चर्चा प्रारंभ हो जाती। हमें सब मालूम था। सुखिया के पप्पू को अपनी माँ के हाथ की पूड़ियाँ पसंद थीं। सिलबट्टे पर पिसी धनिये की चटनी भी। पप्पू को टिफिन में ब्रेड ले जाना अच्छा लगता था। दरअसल वह सपने में भी क्या बुदबुदाता था, हम सुनते रहते थे।

पर थोड़े ही दिनों में पप्पू अपनी देवकी माँ के पास चला जाता। फिर लौट आता। उसके रहने, न रहने के अलग-अलग भाव सुखिया के मन और चेहरे पर अंकित रहते। उसके कार्य-कलापों में भी यह प्रकट होता। मालिश करते उसके हाथ की पकड़ बयाँ कर जाती कि, पप्पू उसके पास है या नहीं।

एक दिन सुखिया रोती-रोती कहने लगी, ''दीदी! अब तो बुढ़ापे की चिंता है। जीवन भर शरीर तोड़कर कमाया, मजदूरी भी की। दस-दस ईंट उठाकर चौथी मंजिल पर चढ़ जाती थी। अब तो घर का भी काम नहीं होता। शरीर गिरेगा तो कौन देखेगा?''

''क्यों, पप्पू तो है न! उसकी पत्नी देखेगी, और कौन?''

सुखिया चुप रही। पता नहीं क्या गुन-धुन रही होगी। मैंने भी नहीं छेड़ा। अपना काम समाप्त कर मेरे पास आई। बोली, ''दीदी, बुढ़ापे की लाठी होते हैं बच्चे। पर अब तो आप लोगों के घर में भी बच्चे माँ-बाप के साथ नहीं रहते। आपका कमाया धन-जायदाद भी नहीं चाहिए उन्हें। मेरा पप्पू भी पढ़ रहा है। दसवीं पास कर गया है। पढ़-लिखकर तो मेरी झुग्गी में नहीं रहेगा। और मैं झुग्गी नहीं छोड़ूँगी, फिर मेरी सेवा कैसे करेगा?''

''तुम इतना क्यों सोचती हो? जो होगा, देखा जाएगा। मुझे देखो, मैं कहाँ चिंता करती हूँ!''

''आप क्यों करेंगी, दीदी? आपके चार-चार बच्चे हैं, वे भी अपनी कोख-जाये। कोई-न-कोई देखेगा ही। मेरा तो एक ही है, वह भी कोख-जाया नहीं। दीदी! अपनी कोख के ऊसर रह जाने की पीड़ा तो है ही। पप्पू के आ जाने के बाद भी यह पीड़ा नहीं जाती।''

सुखिया को प्रसव-पीड़ा से वंचित रखकर ईश्वर का कुछ न बिगड़ा-बनता हो, मेरी सोच तो झकझोरी जाती थी। यह सच है कि एक बार प्रसव-पीड़ा झेल लेने पर उस पीड़ा की स्मृति जीवन भर सुखदायी ही होती है। किसी कुँआरी गर्भवती द्वारा गर्भपात करवाने की बात जब मेरी डॉक्टरनी पड़ोसन बताती, तो मैं बुदबुदाती, ''हाय, वह बच्चा सुखिया की कोख में क्यों नहीं आया?''

उस दिन जब सुखिया आई, उसकी दोनों हथेलियाँ उसके पेड़ू पर थीं। वह मेरे सामने खड़ी हो गई। मैं अखबार पढ़ रही थी। मैंने कहा, ''खड़ी क्यों हो? क्या आज काम नहीं करना? फिर पप्पू के स्कूल जाना है?''

''नहीं, ये खबर तो अखबार में नहीं छपी न, दीदी।''

''कौन सी खबर?''

"यही कि मैं भी…"

"क्या बोलती हो, सुखिया? तुम माँ बनने वाली हो? इस उम्र में?"

"हाँ, दीदी! मेरा महीना चढ़ गया। मैं भी माँ बनने वाली हूँ। मेरी उमर ज्यादा नहीं है। खाने-पीने के बिना जवानी में ही बुढ़िया दिखती हूँ।"

उस खबर को सुन उस क्षण तो मैं भी सुखिया हो गई थी। ईश्वर ने आखिर उसकी सुन ही ली। पूरी झुग्गीवालों ने यह खबर सुन ली। सुखिया अपने पेड़ू पर दोनों हथेलियाँ डाले किसी भी महिला के आगे खड़ी हो जाती। वह महिला पूछती, "क्या बात है?"

"यह भर गया।" वह अपने पेट पर हाथ रखती।

ज्यादातर महिलाएँ खबर सुन खुश होतीं। एक ने पूछा दिया, "पप्पू का क्या होगा?"

सुखिया बोली, "क्यों, आनेवाले को भैया मिलेगा और पप्पू को भैया कहने वाला। मुझे तो मानो जिंदगी का सर्वस्व ही मिल जाएगा।"

सुखिया का सिर अपनी झुग्गी की छत से ऊँचा हो गया। वह माँ बनने वाली जो थी। मम्मी कहलाना और बात थी, प्रसूता बनना और बात! उसने मुझे आगाह कर दिया था, "दो महीने बाद काम छोड़ दूँगी। कहीं फिर कुछ गड़बड़ न हो जाए!" मेरे मन में आया, कह दूँ, 'खाओगी क्या?' नहीं कहा। रंग में भंग क्यों डालती! पर पड़ गया रंग में भंग। उस दिन उसने फिर कोख पर पत्थर मारा। उसका महीना हो गया था। डॉक्टर ने बताया, "तुम गर्भ से नहीं थीं। तुम्हारा मासिक धर्म रुक गया था। अब बंद होने का समय आ रहा है।"

उस दिन सुखिया सचमुच दुखिया हो गई थी। गर्भ रहने के गर्व के ढहने का दुःख, मासिक धर्म बंद होने का दुःख, दुःख-ही-दुःख। सुखिया अपनी झुग्गी से बाहर ही नहीं आई। कोख अपना धर्म नहीं निभाए तो क्या, पेट अपना धर्म निभाता ही है। वह खाली होता और भरता है। शरीर का सारा अंग अपना धर्म निभाना बंद कर दे, फिर भी पेट अपना धर्म निभाता है। सुखिया के पेट-धर्म ने उसे झुग्गी से निकलने के लिए प्रेरित किया। वह मेरे सामने आकर खड़ी हुई। घूँघट से आँखें ढकी थीं। मैंने कुछ नहीं पूछा। मैं जानती थी कि वह झाड़ू उठाएगी। मैंने भी सोच लिया था, कुछ नहीं बोलूँगी। पर वह तो खड़ी ही रही। मैंने पूछा, "क्या हुआ?"

"आपको तो सब पता ही होगा।"

"हाँ-हाँ, सब पता है। अब अपने काम पर लग जाओ।"

"दीदी, मेरा पप्पू अब सयाना हो गया। उसने ही हाथ पकड़कर उठाया,

'मम्मी, जा, कोठी में जाकर काम कर। मेरे लिए किताबें भी खरीदनी हैं और हम खाएँगे क्या?' तभी उठकर आई हूँ।''

''हाँ, ठीक कहता है तुम्हारा पप्पू। और यह पेट पर पत्थर मारना बंद कर। एक तुम ही नहीं हो दुनिया में। ऐसी हजारों-लाखों औरतें हैं। बच्चा नहीं हुआ तो क्या हुआ! सबकी अपनी जिंदगी तो है, जी रही हैं। हजारों युवतियाँ विवाह ही नहीं करतीं। विवाहिताएँ भी बच्चा पैदा नहीं करतीं। कुछ तो बच्चे गोद ले लेती हैं, कुछ वैसे ही रहती हैं। क्या फर्क पड़ता है। आजकल तो पढ़ी-लिखी महिलाएँ जान-बूझकर बच्चा पैदा नहीं करतीं। कौन झंझट मोल ले?''

''नहीं दीदी, बच्चा झंझट नहीं होता।''

''अब कौन तुमसे बहस करे! अब जमकर कमाओ और डटकर खाओ।''

सुखिया समझ जाती थी। पर बातों का असर उसके ऊपर बहुत कम देर के लिए ठहरता था। मैंने एक दिन कहा, ''सुखिया, तुम्हारा नाम किसने रखा?''

''क्यों? मेरे माँ-बाप ने रखा होगा! मैं चार भाइयों के बाद पैदा हुई थी। वे लोग सुखी थे, मेरा नाम भी सुखिया रख दिया। उन्हें क्या पता था कि मैं दुखिया हो जाऊँगी!''

''तुमने जान-बूझकर अपने को दुखिया बनाया है, अब सुखिया बन जा।''

दिन बीतते गए। उसका पप्पू कभी देवकी तो कभी यशोदा मैया के बीच डोलता रहा। उसे दोनों प्यार करते थे। उसे दोनों अच्छी लगतीं। वह बारहवीं पास कर गया। एक सप्ताह पूर्व सुखिया हमारे लिए भी लड्डू लेकर आई थी। इतनी खुश कि उसका मुँह ही बंद न हो।

फिर आज क्या हो गया? क्यों रो रही है? फिर कोख पर पत्थर मार रही है। सिर फोड़ रही है। क्यों? हुआ क्या?—मेरे आश्चर्य के बोल थे।

दस वर्षों से सुखिया की सुख-दुःख की यात्रा में उलझे प्रश्नों के साथ मैं बालकनी में ही खड़ी रह गई। बीता हुआ समय सिमटकर कितना छोटा हो जाता है। आनेवाला समय लंबा और वजनदार। सुखिया को आगत का डर है। विगत तो जैसे-तैसे बीत ही गया। उससे क्यों डरना!

तभी शंभू दौड़ा आया था। नीचे से ही अपनी मालकिन को खबर सुना रहा था, ''सुखिया ने फिर अपनी कोख पर पत्थर मार लिया। उसके पप्पू ने उसके पास आने से मना कर दिया था। उसने चिट्ठी लिख भेजी थी—अब मैं देवकी और यशोदा के चक्कर में नहीं पड़ूँगा। मुझे नौकरी मिल गई है। इसलिए मैं द्वारिका में ही रहूँगा।''

"चुप कर, सुखिया का हाल बता?" पड़ोसन ने पूछा।

"वह तो मर गई। पुलिस आई है। भीड़ लगी है।" वह बिना किसी लाग-लपेट के बोल गया। इतनी बड़ी घटना की सूचना देते उसकी जिह्वा लड़खड़ाई भी नहीं। आँखें बंद किए मैं उस सूचना को पचा पाने का प्रयास कर रही थी। सुखिया का संपूर्ण खुला व्यक्तित्व मेरे सामने पसरा पड़ा था।

मेरी अनुभवी आशंकाएँ जाग्रत् हुईं। पुलिस उस चिट्ठी के सहारे पप्पू को ही सुखिया की आत्महत्या का कारण बताएगी। पर मैं जानती हूँ, इसमें पप्पू का कोई दोष नहीं है। सुखिया के भीतर मातृ-भाव अक्षरा था, माँ बनने की क्षमता समाप्त होने के उपरांत भी जिसका क्षरण नहीं हो सका। अपने भीतर से दूसरी जान का सर्जन नहीं कर सकी। स्वयं मृत्यु को कुबूल कर लिया। जन्म और मृत्यु का फेर ही तो है जीवन। मैं उसके अंदर अक्षरा मातृत्व-भाव को मौन श्रद्धांजलि दे गई।

□

अनावरण

मुख्य द्वार के पास ही वह प्रस्तर धवल मूर्ति सफेद कपड़े से ढँकी थी। मंच पर जाने से पूर्व कपड़ा हटाकर मूर्ति को अनावृत करना था। एक दिन पूर्व दिल्ली में अपने हाथों संपन्न एक पुस्तक लोकार्पण का दृश्य स्मरण हो आया। मन में विचार आया, 'क्या फर्क है पुस्तक लोकार्पण और मूर्ति अनावरण में?'

उत्तर भी अपने ही अंदर से निकला। एक कागज और दूसरी पत्थर की है। दोनों निर्जीव! पर पत्थर मूर्ति में ढलकर और कागज अपने ऊपर अक्षर उकेरकर जीवंत हो जाता है। इसलिए अक्षरों को अपने अंक में समेटे कागज और मूर्ति में ढले पत्थर में पाँव लगाना वर्जित है। दोनों पूजनीय हैं। पुस्तक और मूर्ति दोनों लोक को ही समर्पित होती हैं। इसलिए मूर्ति के लिए भी 'लोकार्पण' शब्द का प्रयोग कर सकते हैं।

मन इन विवेचनों में उलझा था, पाँव मूर्ति तक पहुँच गए। चप्पल खोलकर उस चबूतरे पर पाँव रखे, जिसके ऊपर धवल मूर्ति विराजमान रखी थी। ऊँचाई होगी पाँच फीट। मूर्ति पर से कपड़ा हटाकर उसे लोकार्पित करते हुए उस स्व. महिला की प्रस्तर आँखों पर दृष्टि थम गई। अचानक मेरी आँखें भर आईं। बरसने वाली थीं कि मैंने उन्हें छुपा लिया। वहाँ तो तालियाँ बज रही थीं। प्रभाती और उसके देवर-देवरानियाँ भी खुश। उस बीच मेरी आँखें क्यों भींगी? हृदय भी विदीर्ण हुआ। मंच पर आसन ग्रहण करने के बाद पुनः मन की शल्य-चिकित्सा की। प्रभांती की सास की मूर्ति का अनावरण किया था। पर स्मृति में अपनी स्वर्गवासिनी सास उतर आई थीं। और वे दो बूँद प्रभाती की सास स्व. सत्यवती देवी के लिए नहीं, अपनी सास स्व. बनारसी देवी के लिए अश्रुअंजलि-स्वरूप थे।

भाषण के लिए विषय तो मिल ही गया था। एक घरेलू महिला सत्यवती देवी के बारे में कम जानती थी। परंतु मरणोपरांत भी अपनी संतानों द्वारा पूजित महिला

के सौभाग्य के साथ योग्य तथा कृतज्ञ बच्चों के ऊपर बहुत कुछ बोला ही जा सकता था। आज इन्हीं विषयों के बारे में बोलने की जरूरत और सुनने की अपेक्षा भी होती है। बच्चे माँ-बाप को जीते-जी भी नहीं देखते। मरणोपरांत श्राद्धकर्म में भी जल्दीबाजी रहती है। दरअसल लोगों के पास उनके लिए रोने का भी समय कहाँ है! इसी आशय का भाषण भी दे गई। सुन-सुनकर वैसा ही कुछ कर रहे लोगों की आँखें भरी थीं। सामने ही प्रभाती का घर था। हम वहाँ थोड़ी देर रुके। चाय पी। वहाँ की विशेष मिठाई भी चखी। हम कोर्णाक के पास ही थें। रात्रि के नौ बज गए थे। इसलिए सीधे जगन्नाथ पुरी के दर्शन के लिए रवाना हुए। १९६२ से आज तक कितनी बार पुरी जा चुकी हूँ। परंतु हर बार मंदिर की मूर्तियों के बारे में कोई-न-कोई नई दंत या शास्त्रीय कथा सुनने को मिलती है। इस बार एक मंदिर में स्थापित हनुमानजी के बड़े कान दिखाकर पंडाजी ने कहा, ''समुद्र के बिलकुल पास होने के कारण यहाँ समुद्र का गर्जन-तर्जन सुनाई पड़ता था। जगन्नाथ भगवान् ने इसपर चिंता जताई। विचार-विमर्श के बाद यह निश्चित हुआ कि समुद्र के शोर नियंत्रण की व्यवस्था हनुमान ही कर सकते हैं। इसलिए वहाँ हनुमान सोए हुए हैं। उनका लंबा कान उस ओर है, जिधर समुद्र है। उन्होंने सारा शोर रोक लिया। अब मंदिर परिसर से बाहर निकलने पर समुद्र का गर्जन-तर्जन सुनाई पड़ता है, अंदर नहीं।''

इसी प्रकार वहाँ बन रहे विशेष प्रसाद के बारे में भी चर्चाएँ सुनीं। बलराम और कृष्ण के बीच सुभद्रा की मूर्ति देख हृदय अनुराग से भर गया था। अर्थपूर्ण समाज में अब भाई-बहन के प्रेम रंग भी फीके पड़ रहे हैं। तीनों मूर्तियों का दर्शन बिलकुल पास से हुआ। मन प्रसन्न हो गया।

गेस्ट हाऊस पहुँचते-पहुँचते रात्रि के ग्यारह बज गए थे। बिस्तर पर सोने जाते हुए बारह। मेरी बगल के पलंग पर प्रभाती लेटी थी। उसने कहा, ''मेरी सास बहुत बड़ी थीं। वे सदा बहुओं का पक्ष लेती थीं, बेटों का नहीं।''

उसने कुछ और संस्मरण सुनाए। मेरी आँखें खुल गईं। नींद जाती रही। आँखों के सामने प्रभाती की सास सत्यवती देवी की अनावृत्त प्रस्तर प्रतिमा थी। उसमें नींद कहाँ समाती! मैं अपने बिस्तर पर बैठ सुनने की मुद्रा में आ गई। प्रभाती भी कुछ सुनाने की स्थिति में। उसने कहा, ''बी.ए. पास करने के बाद मेरे घरवाले (ससुर और पति) मुझे वकालत पढ़ने देने के लिए राजी नहीं थे। मेरी सास अड़ गईं। उन्होंने कहा, ''प्रभाती वकील बनेगी।'' उनके बारे में सब जानते थे। यदि वे कुछ ठान लेती थीं तो करके दिखाती थीं। उन्होंने मुझे पढ़ाया। मेरी बेटी को स्वयं पालती थीं। मैं विद्यार्थी माँ जो थी। एक बार अपनी बड़ी बेटी ऐश्वर्या के लिए मैं

गुड़िया खरीद लाई। थोड़ी देर के लिए कमरे के अंदर गई। बाहर निकलकर देखा तो गुड़िया गायब। मैं ढूँढ़ रही थी। मन में आह्लाद पसर आया—मेरी गुड़िया गुड़िया से खेलेगी, मैं देखूँगी। यह गुड़िया भी माँ की भूमिका में आ जाएगी। पर अबोलता गुड़िया गई कहाँ? मैं चिंतित हो गई। मैंने माँ से पूछा, "आपने गुड़िया देखी है?"

"हाँ, यह तो है गुड़िया।" उन्होंने अपनी गोद में बैठी मेरी बेटी को दिखाकर कहा।

मेरी हँसी फूट गई। मैंने कहा, "यह नहीं, मैं खिलौने लाई थी। वह गुड़िया!"

गुड़िया ढूँढ़ने का मेरा प्रयास जारी था। वे दृढ़ता से बोलीं, "मेरी पोती गुड़िया से नहीं खेलेगी। वह सब खिलौना खरीद लाओ, जिससे खेलकर यह डॉक्टर बन सके। इसे डॉक्टर बनाना है। मेरे गाँव में बहुत सी महिलाएँ डॉक्टर के अभाव में मर गईं।"

उसी शाम मैं वे खिलौने ले आई थी, जो डॉक्टर के उपकरण और औजार होते हैं। मेरी सास बहुत खुश हुईं। वे उन खिलौनों से ऐश्वर्या को खेलातीं। उस समय उनकी आँखों में सपने तैरते मैंने देखा था। ऐश्वर्या के पाँच वर्ष होने तक दोनों उन उपकरणों से खेलते। वे हमेशा मरीज बनती थीं। ऐश्वर्या उन्हें सूई लगाती; आला लगाकर जाँचती; आँख, नाक, कान और जिह्वा का निरीक्षण करती; दवा लिखती। एक दिन नन्हीं ऐश्वर्या जिद कर बैठी, "मैं मरीज बनूँगी, आप डॉक्टर!" वह लेट भी गई। उसकी दादी ने उसे झट से उठाकर कलेजे से लगा लिया। बोली, "नहीं बच्ची, मेरी बच्ची मरीज नहीं बनेगी। तुझे तो डॉक्टर ही बनना है।"

मेरी सास की मृत्यु के पाँच वर्ष हो गए। इस वर्ष मेरी बेटी ने मेडिकल की एंट्रेंस परीक्षा पास कर ली है। कल ही परीक्षा फल घोषित हुआ है। पता नहीं क्यों, इन दिनों मुझे अनुभूति हो रही है कि मेरी सास मेरे साथ हैं।

प्रभाती की सास के बारे में सुनने में मेरी रुचि बढ़ती जा रही थी। मैंने पूछा, "वे तुमसे घर का काम भी करवाती थीं?"

प्रभाती ने कहा, "ससुराल जाने से पूर्व मुझे मालूम था कि वहाँ खाना बनाना पड़ेगा। माँ ने भी विवाह निश्चित होने के बाद खाना पकाना सिखाया था। थोड़ा-बहुत सीख पाई थी। माँ ने कहा था—"अब आगे सास सिखाएगी। इसीलिए तो वह भी माँ ही होती है न!"

पर मेरी सास ने मुझे कभी चौके में जाने नहीं दिया। वे मेरी पढ़ाई-लिखाई की बात ही पूछती थीं। मेरी जिद पर मेरी सास ने एक दिन मुझे चौके में जाने दिया। शाम को बोलीं, "तुमने दाल में तड़का ठीक नहीं लगाया। भात भी गीला हो गया। सब्जी बेस्वाद। मैं तुमसे स्वादिष्ट भोजन बनाती हूँ।" मैं डर गई थी। उन्होंने

कहा, ''इसमें अधिक सोचने की कोई बात नहीं। मैं आठ वर्ष की आयु से भोजन बना रही हूँ। कभी भात कच्चा रहा, कभी दाल जली, कभी तरकारी बेनमक बनी। ढंग की रोटी तो कभी बनी ही नहीं। मेरी माँ और फिर सास डाँटती-सिखाती रहीं। अब तो खानेवाले कहते हैं कि मैं अच्छा खाना बना लेती हूँ। अँधेरे में भी दाल में तड़का लगाऊँ या कड़ही में तरकारी छौंकूँ तो जीरा, मिर्च और घी न जले। पचास वर्ष बीत गए एक ही काम में।''

मैं और घबरा उठी। वैसी कुशल गृहिणी सास की बहू बनना भी आसान नहीं। उन्होंने मेरा मन भाँप लिया। बोलीं, ''मैं बी.ए. पास बहू लाई हूँ। गाँव में किसी के घर ऐसी बहू नहीं आई। मुझे मालूम था कि तुम्हें भोजन बनाने का प्रशिक्षण नहीं मिला होगा। तुम कलम चलाती रहीं, मैं कलछी। इसलिए आज के बाद भोजन बनाने की कोशिश मत करना। आगे पढ़ना, ऑफिसर बनना या वकील बनना।''

मैं अंदाजा नहीं लगा पा रही थी कि मेरी सास अपने मन का उद्गार व्यक्त कर रही थीं कि भोजन बनाने की कला में मेरी अल्पज्ञता पर व्यंग्य! थोड़े ही दिनों में स्थिति स्पष्ट हो गई। वे मुझे किसी दफ्तर में कुरसी पर बैठे फाइल पर कुछ लिखते देखना चाहती थी। पर उनके मन में वकील का काम ही बड़ा काम था। उन्होंने कहा, ''एम.ए. पास करवा दिया। अब तुम वकालत पढ़ो। मेरे गाँव में कितनी महिलाएँ हैं, जिन्हें अपना हक नहीं मालूम, कानून नहीं मालूम। पिस रही हैं अंधकार में। उनका केस भी कोई नहीं लड़ता।''

मुझे उन्होंने वकालत पढ़वाई और कहा, ''तुम कटक में रहोगी। वहाँ वकालत करोगी।'' वे मेरे साथ रहने कटक आ गईं। मेरी दोनों बेटियों ऐश्वर्या और प्राचुर्या की देख-रेख करती थीं। मुझे काला कोट पहनकर बाहर निकलते देख वे बहुत प्रसन्न होती थीं। उन्हें अक्षर का ज्ञान नहीं था। पर मेरी मोटी-मोटी किताबें उलटती-पलटती घंटों बैठी रहतीं। बीच-बीच में उनकी हँसी फूट पड़ती।

एक दिन उन्होंने कहा, ''प्रभाती! मेरा जीवन खाना बनाने में बीता है। पचास वर्षों से मैं सुबह-शाम खाना बनाती रही। परिवार और कभी-कभी मेहमान भी खाते रहे। कभी स्वादिष्ट, कभी बेस्वाद भोजन बना। आज तुम्हें नहीं दिखा या चखा सकती कि कब, कैसा खाना बनाया! मेरे परिश्रम और मनोयोग से बनाए भोजन की हाँड़ी पंद्रह मिनट में खाली हो जाती थी। पर पढ़े-लिखे लोग जो कागज पर लिख देते हैं, वह नहीं मिटता। तुम्हारा लिखा हुआ तुम्हारे नाती-नातिन भी पढ़ेंगे। हमारा काम अच्छा है। पर तुम्हारा काम हमसे अच्छा।''

मैं स्तब्ध होकर उनकी बातें सुनती। कितनी गहरी सोच थी उनकी!

मैंने बीच में ही प्रभाती से पूछ दिया, "तुम्हारे ससुरजी कहाँ थे? तुम्हारी सास की चर्चा में ससुरजी नदारद हैं।"

प्रभाती बोली, "मेरे ससुरजी गाँव में ही थे। वे पोस्ट ऑफिस की नौकरी करते थे।"

मैंने पूछा, "तुम्हारी पढाई-लिखाई में उनकी क्या भूमिका थी? वे अपनी पत्नी से सहमत थे कि नहीं?"

प्रभाती ने कहा, "इस बारे में मेरी सास का बड़ा ही स्पष्ट मत था। वे पति की देख-रेख और सेवा-सम्मान भी करती थीं। पर उनका कहना था—देखो, तुम्हारे ससुरजी अकेले थे। मेरे आने के बाद ही परिवार बना। बच्चों का पालन-पोषण भी मैंने ही किया। वे पोस्ट ऑफिस का काम करते रहे। उन्होंने दफ्तर के काम में कभी मेरी राय नहीं ली। इसलिए मैं समझती हूँ कि बच्चों की बातों में मैं भी उनकी राय क्यों लूँ। मैं जो भी निर्णय लेती हूँ, वे समर्थन करते हैं। वे मेरे काम में दखल नहीं करते, महीने की दूसरी तारीख को अपनी पूरी तनख्वाह देने के सिवा। पर मैं खेती-बाड़ी भी सँभालती थी। अन्न बेचती। कभी तुम्हारे ससुरजी ने मुझसे खेती की आमदनी नहीं माँगी। खेती के लिए खर्चा भी नहीं दिया।"

नए जमाने की नई बातें भी उनके कानों में पड़ती ही रहती थीं। मेरे दफ्तर (घर के) में पति-पत्नी के झगड़े के मामले भी आते। मैं उनके मुकदमे लड़ती थी। वे अकसर दूसरे कमरे में बैठी सुनती रहतीं। मेरे अंदर जाते ही प्रारंभ हो जातीं, "प्रभाती, आज जो कमला आई थी न, वह अपने पति के बारे में झूठ बोल रही थी। ऐसा भी कहीं हुआ है! मुझे लगता है कि कमला में ही कोई दोष है। ताली दोनों हाथों से बजती है। मेरा मन कहता है कि उसका पति निर्दोष है।"

"माँ जी, मुझे अभी कोर्ट जाना है। मैं कमला की वकील हूँ। आप उसके पति की वकालत कर रही हैं। आपकी बात सुनूँ तो कोर्ट में गड़बड़ हो जाएगा।"

वे स्वर दबाकर कहतीं, "पर दूध-का-दूध और पानी-का-पानी तो करना चाहिए न!"

"माँ जीऽ कक"।" मैंने नाश्ता करते हुए कहा। मुझे कोर्ट के लिए बाहर आकर विदा करती हुई बोलीं, "प्रभाती, तुम कमला से फीस मत लेना।"

मैं जल्दी में थी। पर माँ जी के द्वारा कहा अंतिम वाक्य कोर्ट में बहस के दौरान भी कानों में गूँजता रहा। शायद ठीक से मैं कमला का पक्ष नहीं रख पाई और केस हार गई। उस मामले में हारकर भी मुझे जीत की खुशी मिली थी। बाद में

बहुतों ने मुझे बधाई देते हुए कहा, ''अच्छा किया आपने। सच तो यह है कि कमला का पति हरि शोषित और प्रताड़ित है, कमला नहीं।''

मैंने कोई उत्तर नहीं दिया। पेशे के अनुसार मुझे केस जीतना चाहिए था। हार पर मिली बधाइयाँ स्वीकारते भी अजीब लग रहा था।

कोर्ट में दूध-का-दूध और पानी-का-पानी भले न हो, हमारी माँ जी तो घर में दूध को दूध और पानी को पानी ही कहती और करती थीं। बेटे को बहुत प्यार करती थीं, पर मेरी दूसरी बेटी के जन्म पर बेटे की एक नहीं सुनी। मेरे पति की इच्छा थी कि मैं दो बच्चों के बाद ऑपरेशन नहीं करवाऊँ, तीसरा बच्चा पैदा करूँ। पर मेरी माँ जी अड़ गईं, ''क्या कहा, तीसरा बच्चा? क्यों? इसलिए कि ये दोनों बेटियाँ हैं? क्या बेटी, क्या बेटा? प्रभाती भी तो बेटी ही है। अब क्या अंतर है? हमारे समय अंतर था। बेटा बाहर के लिए, बेटी अंदर के लिए थी। अब तो दोनों बाहर-भीतर कर रहे हैं। फिर बेटी क्या और बेटा क्या? और बच्चा पैदा करना क्या आसान है? कोर्ट में बहस करने जानेवाली बहू और कितने बच्चे पैदा करे?''

अस्पताल के उस कमरे में भीड़ जमा हो गई थी। बेटी के पक्ष में मेरी सास के लंबे भाषण के बाद लोगों ने तालियाँ बजाईं। मेरा ऑपरेशन करवा दिया। उसी अस्पताल में उस समय चार अन्य जच्चाओं का भी ऑपरेशन कराने का मन बनवाया। नेता बन गई थीं माँ जी।

पर मेरा राजनीति में जाना उन्हें नहीं रुचा। राजनीतिक कार्यों में मेरी थोड़ी-बहुत रुचि और व्यस्तता देखकर बोलीं, ''क्यों करती हो यह काम? वकालत का काम अच्छा नहीं है क्या?''

''है न! पर मैं दोनों काम करूँगी। इसमें हर्ज ही क्या है?''

''नहीं, तुम्हारी वकालत छूट जाएगी। तुम राजनीति में ही ज्यादा समय देने लगी हो।''

उनका मन नहीं था कि मैं राजनीति में जाऊँ। मैं उनका मन भी नहीं दुखाना चाहती थी। वे मुझसे पूछतीं, ''यह जो तुम कर रही हो, इससे क्या फायदा मिलेगा?'' पद-प्रतिष्ठा की बात नहीं, पर लाल बत्ती की गाड़ी उनके मन में बैठ गई। उन्होंने समझौता कर लिया। बीमार पड़ीं। कहने लगीं, ''प्रभाती, तुम भी लाल बत्ती वाली गाड़ी पर चढ़ोगी। पर ध्यान रखना, गाँव की गरीब महिलाओं का मुकदमा लड़ना मत छोड़ना। उन्हें भी पढ़ाना-लिखाना। इसीलिए तुम्हें पढ़ाया था। इसीलिए बी.ए. पास बहू लाई थी।''

प्रभाती ने मेरी ओर देखा। पूछा, ''मेरी सास बहुत बड़ी महिला थीं न, दीदी?''

उसकी आँखें भरी थीं। मैं तो दूसरी बार अनावृत सत्यवती देवी के विशाल व्यक्तित्व के सागर में डुबकी लगा रही थी। मैंने कहा, ''प्रभाती, सायंकाल जिस प्रतिमा का अनावरण हुआ, वह तो प्रस्तर थी। अभी रात्रि के चार घंटे लगाकर जो अनावरण तुमने किया है, वह स्व. सत्यवती देवी की विशाल प्रतिमा तुम्हारे अंदर समाई है, समाई रहेगी। यह जीवंत प्रतिमा है। अनावृत नहीं है तो क्या! उसका अनावरण तो तब तक होता रहेगा, जब तक तुम हो। तुम्हारी बेटियाँ भी अनावरण करती रहेंगी, उनकी संतानें भी। ऐसे ही अनावरणों से तो पीढ़ियाँ सँवरती हैं। व्यक्ति सात पीढ़ियाँ आगे भी जिंदा रहता है।''

उसने कहा, ''ठीक कहती हैं, दीदी! मेरी सास तो मेरी बेटी में भी जीवित हैं। ऐश्वर्या कहती है, 'मेरी बड़ी माँ (दादी) मेरी आदर्श हैं। कस्तूरबा गांधी, महादेवी वर्मा, इंदिरा गांधी जैसी महिलाओं को न जाने कितने लोगों ने सिखाया, अवसर दिया। मेरी बड़ी माँ तो बिना विशेष अवसर मिले विशाल दिलवाली थीं— पढ़ी-लिखी से भी बढ़कर। मेरी बड़ी माँ सचमुच बहुत बड़ी थीं। डॉक्टर बनकर मैं उनकी इच्छा पूरी करूँगी।''

''ठीक कह रही हो। तुम्हारी बेटी में प्रवाहित रहेंगी तुम्हारी सास। वह अपनी संतान को भी बड़ी माँ की विशेषताएँ बताएगी। शायद वे भी बोलें, वाह, हम एक बड़ी महिला की संतान हैं।''

बाहर कौआ बोलने लगा था। सुबह होने का संकेत। तो पाँच घंटे लगे सत्यवती देवी के व्यक्तित्व के अनावरण में। लंबा समय लमहों की अनुभूति देकर बीता था। भोर होने की अनुभूति के साथ अचानक मेरी हथेलियाँ पसर आईं। मेरे मुख से उच्चरित हुआ—''कराग्रे वसते लक्ष्मीः, करमध्ये सरस्वतीः, करमूले तु गोविन्दं प्रभाते करदर्शनम्।'' सीता, सावित्री, अहल्या, तारा, मंदोदरी···तक गई। वे पंच कन्याएँ थीं। इस धरती पर उनका ही तो पुनर्जन्म होता रहा है, पुनरावरण भी। एक पुनरावरण सत्यवती देवी का भी—प्रस्तर प्रतिमा और जीवंत व्यक्तित्व का। मैं दूसरे अनावरण के भावों में आकंठ डूब गई थी।

□

औरत और चूहा

मालती को किसी जीव-जंतु से घृणा थी तो वह चूहा था। पता नहीं कब वह घृणा भय में परिवर्तित हो गई। शायद घर के अंदर शेर के आ जाने पर भी वह इतना भयभीत नहीं होती, जितना चूहे को देखकर होती थी। अलमारी खोलते हुए या रात्रि को किचन में बल्ब जलाते हुए यदि चूहा कूद गया, वह चिल्ला उठती थी। इतनी जोर से कि दिन में इधर-उधर काम में व्यस्त घरवाले किसी दुर्घटना के घट जाने की आशंका में इकट्ठे हो जाते। चूहे के भाग जाने पर भी डरी-सहमी मालती को देख कहते, ''धत्त तेरे की, चूहे से डर गई! अरे, वह तो स्वयं अपनी जान बचाकर भागा कहीं किसी कोने में दुबक गया होगा।''

पर मालती के तो रोंगटे खड़े रहते। सारे बदन में सिहरन होती, मानो कार्टिलेज का बना वह चपल जंतु उसके शरीर पर ससर रहा हो।

वह बहुत देर तक अपना शरीर सहलाती असहज रहती। यह डर उसके बचपन का संगी-साथी था। उसका भाई राकेश अपनी बड़ी बहन की कमजोरी का नाजायज फायदा भी उठा लेता। बहन से कभी कोई चीज लेनी हो या अपनी गलती पापा तक न पहुँचाने के लिए मनाना हो, राकेश मालती को चूहा पकड़ लाने का डर दिखाता। एक बार तो मरे हुए चूहे की पूँछ पकड़कर टेबल पर बैठी एकाग्रचित्त हो पढ़ रही दीदी के सामने ले आया। मालती की नजर पड़ते ही वह चिल्ला उठी। दूसरे ही पल बेहोश हो गई। राकेश डर गया। उसे माँ की डाँट और पिता की चपत लगनी ही थी। लग गई। मालती की माँ की कोशिश होती थी कि घर में चूहे पैदा ही न हों। पर ऐसा भी कहीं होता है! जहाँ मनुष्य का वास होता है, वहीं चूहे-बिल्ली भी रहते हैं। उनको भी हमारे घर से ही पोषण मिलता है।

मालती की माँ सरस्वती अपने मिट्टी के घर में निकल आए सारे छिद्र मूँदती रहती। अड़ोस-पड़ोस में पूछती, ''आपके घर में चूहे तो नहीं ?'' और आस-पड़ोस

क्या, शहर में भी चूहों के आगमन की खबर उसे व्यथित कर देती। रोज-रोज बेटी का रोना-चिल्लाना उसे नागवार लगता। पड़ोस में चूहे के आगमन पर उसके घर में प्रवेश से कौन रोक सकता था! अकेला तो होता नहीं था। चुहिया घर के किसी कोने को प्रसूति-गृह बना लेती। दर्जनों लाल-लाल बच्चे पैदा कर लेती। उनके शरीर को गुलाबी से भूरे होने में उन्हें कहाँ देर लगती! उनके नन्हे-नन्हे दाँत कितने जूते-चप्पल और कागज कुतर-कुतरकर तेज बनते थे। मालती की चप्पलें उन्हें ज्यादा ही स्वादिष्ट लगतीं। उनको घर से भगाने के लिए तब तक इंतजार करना पड़ता था, जब तक वे उसी घर का अन्न खा-खाकर तगड़े न हो जाएँ : क्योंकि छोटे और दुबले-पतले चूहे चूहेदानी में टँगी रोटी का टुकड़ा खाकर निकल भागते थे।

सरस्वती मालती को चूहों से डरने के लिए डाँट-फटकार भी लगाती थी। पर मालती को अपने डर के ऊपर नियंत्रण नहीं था। मालती ने हाई स्कूल पास कर लिया। उसे कॉलेज में पढ़ने जाना था। उसके पापा उसे गाँव ले गए। मालती को धान के खेत देखने का बहुत शौक था। वह खेत की मेंड़ पर चढ़-चलकर धान के खेत देख रही थी। सामने विस्तृत खुली जमीन थी। मेंड़ों से घिरी जमीन बहुत सुंदर लग रही थी। किसी-किसी खेत में धान की कटाई हो चुकी थी। बोझा बाँध-बाँध कर रखे थे। किन्हीं खेतों से कटे धान के बँधे पड़े बोझे सिर पर लिये कतार में चल रहे स्त्री-पुरुष लचक-लचककर चल रहे थे। बोझा जो भारी था। मालती की स्मृति में गीत की कड़ियाँ तैरने लगीं, जिनपर वह अपने स्कूल में नाचकर पुरस्कार ले आई थी—

धनमा के लागल कटनिया, भर लो कोठारी, देहरियो भरल बा,
भरल बाटे बाबा बखारी, अबकी अधइले किसनमा हो राम।

तभी राकेश ने दिखाया, "दीदी, देखो, धान के खेत में कितनी जगह मिट्टी के ढेर हैं!"

"क्यों?" मालती ने पूछा।

"अरे, चूहों ने धान की बालियाँ काट-काटकर अपना भंडार भर लिया है। खेतवाले तो उनके द्वारा छोड़ी हुई बालियाँ ही अपने घर ले जाते हैं न!"

मालती अपने भाई से चिपक गई थी। उसे अपने पाँव तले चूहों के चलने का एहसास हुआ। फिर डाँट खाई राकेश ने। बेटे को डाँट लगाकर पिता ने बेटी को भी झिड़की लगाई, "क्या चूहों से डरती हो? इतनी बड़ी हो गई! कॉलेज में पढ़ने जा रही हो। मुझे बड़ा शौक था कि मेरी बेटी डॉक्टरनी बने। पर चूहों से डरनेवाली

बेटी तो डॉक्टरनी बन ही नहीं सकती।''

घर लौट आई थी मालती। वहाँ उसकी दादी भी चूहों के आतंक से परेशान थी। मालती ने कहा, ''पापा, ये चूहे जंगलों में नहीं रह सकते? हमारे घरों में क्यों रहते हैं?''

''अरे! ये कोई शेर और चीता हैं, जो जंगलों में रहेंगे? इनका हमारे साथ ही सहजीवन है।''

मालती के पापा उसे चूहे की बहादुरी और बहुविध कारनामों की कई कथाएँ सुनाते। उन्होंने यूरोप के हेमलीन शहर की प्रसिद्ध कथा 'पाइड पाइपर ऑफ हेमलीन' वाली प्रसिद्ध कथा भी सुनाई। उन्होंने एक दिन कहा, ''मालती, दुनिया में मनुष्य के क्रिया-कलापों को समझने के लिए हुए प्रयोगों में ९० चूहों पर ही हुए हैं। अब सोचो, कितने उपयोगी हैं चूहे मनुष्य के लिए।''

''मुझे कुछ नहीं सोचना। मेरे सामने उसकी बात भी नहीं करिए।'' उन कहानियों को सुनते समय भी वह काँपती रहती।

मालती का विवाह निश्चित हुआ। राकेश अपनी दीदी को यही कहकर चिढ़ाता, ''मैं तो होनेवाले जीजाजी से कह दूँगा—दीदी चूहों से डरती है। क्या पता इसी बात पर विवाह टूट जाए!''

राकेश को कहने की जरूरत ही नहीं पड़ी। सुहागरात में ही जब दोनों मच्छरों के प्रकोप से बचने के लिए मच्छरदानी लगाए बैठे थे, एक बड़ा चूहा उनकी मच्छरदानी के डंडों पर चलता दिखा। फिर तो पूछिए मत। इतनी जोर से चिल्लाई मालती कि मेहमानों से भरा सारा घर इकट्ठा हो गया। सुहागरात में भंग पड़ा सो पड़ा, मनोज के मन में अपनी बीवी के किसी मानसिक बीमारी से ग्रसित होने का शक पड़ गया। मालती के लाख ना-नुकर करने पर भी वह उसे मनोचिकित्सक के पास ले गया। फिर क्या था, मालती को बार-बार जाना पड़ा। पर वह अपने पति को यह बात बताने के लिए तैयार नहीं थी कि वह चूहे से डरती थी। राकेश अपनी दीदी से मिलने आया और हँसी-मजाक में उसके द्वारा राज खोलने पर मालती डॉक्टर के यहाँ चक्कर लगाने से बच गई।

मनोज ने इतना ही कहा, ''कैसी-कैसी वीरांगनाएँ हैं भारत की नारियाँ!'' दिन बीतते गए। मालती माँ बनी। उसे यही डर सताता, कहीं उसके सोए पड़े बच्चे के बदन पर चूहा न चढ़ जाए! उस घर में उस समय चूहे नहीं थे। पर चूहों से जान नहीं छूटी। दोनों बच्चों को पाल-पोसकर बड़ा करते-करते मालती भी थोड़ी निडर होती गई।

उसके पति के परिश्रम को सराहा लक्ष्मी ने, एक-एक पग बढ़ाती उसके घर में फैलती गईं। उनके फैलाव से घर भी बड़ा हुआ। घर नौकर-चाकरों और मेहमानों से भरा रहता। भरे-पूरे अन्नपूर्णा मंदिर में ही तो चूहों का भी वास होता है। घर के किसी कोने में चूहा दिख जाने पर घर का कोई भी सदस्य मालती को सतर्क कर देता। सेवक-सेविकाओं को डाँट पड़ती।

उसके दोनों बच्चों के पढ़-लिखकर अमेरिका चले जाने के बाद घर खाली-खाली हो गया। चूहे भी मानो अमेरिका चले गए, एक भी नहीं दिखा। मनोज भी अपने जीवनसाथी का साथ छोड़ स्वर्ग सिधार गए। फिर तो दिल्ली में ग्रेटर कैलाश मुहल्ले की अपनी कोठी में बिलकुल अकेली रह गई मालती। उसे घर काटने दौड़ता था। हवा के साँय-साँय से भी उसे डर लगता था। उसके डर को बढ़ाने में आग में घी का काम करते थे वे समाचार, 'अकेले वृद्ध दंपती की हत्या हो गई।' 'अकेली वृद्धा को नौकर ने दिन-दहाड़े गला घोटकर मार दिया।' पता नहीं कितनी ऐसी खबरें! फिर तो मालती के उस मृत्यु-भय के आगे चूहों की क्या बिसात! उस घर में चूहे थे भी नहीं। कभी दिख जाते तो मालती के डर की परीक्षा हो जाती।

उसके अंदर डर का वजूद तो था ही। बस, तबादला हो गया। कारण बदल गया। फिर तो मालती नौकर-नौकरानियों से डरने लगी थी। उस शाम उसकी बाई किचन में खाना बना रही थी। वहाँ तो चाकू, कलछी, बेलन चौके के वाद्ययंत्र हैं, बजेंगे ही। ड्राइंगरूम में बैठी मालती चिहुँक उठती। उसने अपने बेडरूम में जाकर अंदर से चिटकनी लगाई। बिस्तर पर बैठने के उपरांत पुनः एक बार बंद चिटकनी की स्थिति की परीक्षा ली। अपनी मित्र को फोन किया। मित्र की सलाह थी, "वैसे तुम्हारी बाई तो बड़ी भली है, पर यदि तुम्हारे मन में डर बस गया है तो उसकी अभी छुट्टी कर दो।"

मालती ने चूल्हे पर चढ़ी दाल और सब्जी वैसे ही छोड़कर मीरा से छुट्टी कर अपने घर जाने के लिए कहा। मीरा ने कोई सवाल नहीं किया, चुपचाप घर चली गई। पर उसे मालकिन के उस नवजात व्यवहार का कारण नहीं पता चला। दरवाजा अंदर से बंद करके मालती इधर-उधर घूमने लगी। शाम कट नहीं रही थी। ऐसे समय में सामने बालकनी में बैठने से ही उसे सुकून मिलता था। वहाँ कुरसी पर बैठी वह प्रथम तल से नीचे रोड पर देखती रही। लोग गुँथकर चल रहे थे—एक-दूसरे को धक्का देते।

मालती अपनी बाँहें सहलाती। उसे अपना ही स्पर्श सुखद लगा। मानो उसके अपने हाथ नहीं, नीचे चल रहे लोगों के बदन का स्पर्श हो!

उसे स्मरण हो आया, बाजार में चलते हुए किसी का बदन उसके बदन से सट जाए, तो वह घर आकर स्नान अवश्य करती थी। चाहे माघ माह की सर्द रात ही क्यों न हो! आज उसे उनके स्पर्श की कल्पना मात्र सहला रही थी। बालकनी में भी कितनी देर बैठती, अंदर आ गई। फिर वही डर! हवा के झोंकों से परदा हिलने पर भी उसे भय लग रहा था। उसे अपना बचपन और जवानी याद आने लगी।

वह अतीत में खो गई। मम्मी-पापा भी नहीं रहे। उनके रहते डरने का भी मजा था। बेटी से ज्यादा चिंतित वे हो जाते थे। बेटी के डर से भयभीत। राकेश को भी डाँट-मार पड़ती थी। मालती को स्मरण हो आया—वह बचपन में सोचा करती थी, 'मैं कब बड़ी होऊँगी? कब मेरा डर समाप्त होगा? पर आज जितनी बड़ी हुई है, उससे और बड़ी होने की तमन्ना ही नहीं रही। दोनों बेटे उस घर में होते तो पोते-पोतियों से भरा होता घर।

उसके पाँव के इर्द-गिर्द हलचल हुई। कुछ मुलायम-सी चीज का स्पर्श हिला। मालती ने साँस रोक ली। उसके मन का भ्रम होगा। नहीं, वह भ्रम नहीं था। तुरंत उसके पाँव को छूकर एक मोटा चूहा दूसरी ओर भागा था। मालती शांत रही। चूहा टेबल के नीचे से एक कोने में चला गया था। वार्डरोब भी खुला पड़ा था। कपड़ों के बीच गया होगा। मालती को बेशकीमती कपड़े और जूते कटने की कोई परवाह नहीं।

वह हिली तक नहीं। उसने साँस भी रोक ली थी। उसके बदन के हिलते-डुलते रहने से चूहा उसके पास नहीं आता। वह चूहे के पुनरागमन की प्रतीक्षा में थी। उसके स्पर्श की ताजा स्मृति उसे गुदगुदा रही थी। मानव-स्पर्श का भूखा शरीर चूहे के क्षणिक व नन्हे स्पर्श से भी संतुष्ट हो जाता। बहुत देर तक स्थितप्रज्ञ की स्थिति में रहने के बाद भी जब चूहा नहीं आया, तो मालती ने सोचा, 'उसे मालूम है कि उसकी जाति से मेरी पुरानी दुश्मनी है। संभवत: इसीलिए…।' मालती के जिंदा रहने के लिए महीनों बाद उतना ही जैविक स्पर्श मिलना काफी था।

□

औलाद के निकाह पर

साइदा के निकाह के तीन दशक बीते हैं। उसकी दो बेटियों का भी निकाह हो गया। नाती-नातिनवाली है साइदा। पिछले बरस से तीसरी बेटी के निकाह की तैयारी हो रही है। अब तीसरे नंबर की बेटी सकीना ही घर का सारा काम सँभालती है। वैसे भी सात छोटे-बड़े सदस्यों के बीच दो हजार रुपए की आमदनीवाले घर में काम ही कितना होगा। दो जून की रोटी बनाना, बस। एक साथ सब्जी और दाल बनना भी त्योहार ही होता है। एम.एल.ए. फ्लैट की छत पर टीन की छत और पुराने फटे कपड़ों की दीवारोंवाली एक झोंपड़ी में झाड़ू-पोंछा लगाने लायक जगह भी नहीं है। सर्दी, गरमी और बरसात की तासीर झेल लेते हैं सब सदस्य। ग्राहकों के कपड़े धोते, सँभालते, लोहा करते, कभी-कभी उनके रंग, छींट और डिजाइन निहारते, अपने घर के सदस्यों के बदन पर न के बराबर कपड़े होने का एहसास ही नहीं होता। एक महीने उपरांत ही होनेवाले निकाह के बाद सकीना ससुराल चली जाएगी। मैंने पूछा, ''फिर तो खाना-पीना तुम्हें ही बनाना पड़ेगा?''

''अब क्या करूँ? उ क्या कहते हैं कि, बेटी की माई रानी, बुढ़ापा में भरे पानी।''

''पर तुम तो अभी बूढ़ी नहीं हुई हो। शहरों में तुम्हारे उम्र की कई महिलाएँ कुँआरी ही मिलती हैं।''

सकीना यह सुनकर शरमा जाती है।

मैंने पूछा, ''सकीना का पति उसे कलकत्ता ले जाएगा?''

''नहीं! कभी-कभी घुमाने-फिराने कलकत्ता ले जाएगा। वह गाँव में ही गाँववालों के कपड़े धोएगी। बड़ा गाँव है, खाते-पीते लोग हैं। एक ही धोबी का घर है। बहुत कपड़े धोने पड़ेंगे। धोबिन की बेटी को न नैहर सुख, न ससुराल सुख।''

''पर तुम तो गाँव में नहीं रहीं। तुम्हारा पति शहर ले आया।'' मानो मैंने

उसके मियाँ की प्रशंसा कर दी हो।

साइदा अपने आँचल से बत्तीसी ढँककर मुझे देखने लगी। उसी स्थिति में बोली, ''तभी तो मेरी सास बेटा से खफा रहती थी। कहती थी—देखनउक (देखने लायक) रहती तो और क्या करता। चानी (सिर) पर लेकर पटना घुमाता। निर्लज्ज कहीं का। लाज न शरम। घरवाली को बाजार में लेकर घुमाता है, सिनेमा दिखाता है।''

''तुम देखनउक क्यों नहीं हो?'' मैं समझकर भी नासमझ बनती हुई बोली।

साइदा ने अपने दोनों हाथ पसारकर कहा, ''करिया लुआठ है मेरा शरीर। चूल्हे पर चढ़ते-चढ़ते काला हुए हाँड़ी के पेंदी जैसा। इसलिए सास ऐसा कहती थी।''

साइदा की दूध जैसी बत्तीसी, पतले-दुबले होंठों के बोझ से दबाए दब नहीं रही थी। इतना तो साफ था कि उसे अपने कालेपन से कोई गिला न रह गया है। वह अपने गुमान की चादर फैलाती कहने लगी, ''तभी तो बार-बार सेठजी को कहती हूँ—हमारे जैसे करिया औरत को देखकर भी निकाह क्यों किए?''

साइदा शरमा जाती है। उसके चेहरे पर पसरा लाज का गुलाबीपन दिखता नहीं। त्वचा काला जो है। चेहरा अवश्य खिल उठता है। बोली, ''मेरी खाला ने उनसे मेरी शादी की बात चलाई थी। मेरी खाला उनकी ममानी, मेरे गाँव में ही रहती थी। वे ममानी के घर जाकर बोले, 'लड़की दिखा दो।' उनकी ममानी खुरपी और टोकरी लिये घास गढ़ने के बहाने घर से निकली। नदी के पास जाकर अपने तो खेत में घास छीलने लगी। इनको इशारे से बताकर कहा, 'वही लड़की है। नदी किनारे कपड़े धो रही है। देखकर आओ।'

''ई मेरे पास आए। बोले, 'मेरा एक पैंट धो देगी?' मैं वहाँ अकेली थी। मेरी मटेतारी मुझे कई बार हिदायत दे चुकी थी, 'घाट पर कपड़ा धोते समय कोई अनजान बात करे तो जवाब मत देना। कोई मर्द हो, तब तो आँख उठाकर भी नहीं देखना।' अम्मी की सीख मन पर जमी थी। मैंने आँखे नीची किए हुए ही कहा, 'पूरे घाट पर धोबी के कितने पटहे हैं। और किसी के पास नहीं गए, मेरे पास क्यों आए हो? नहीं धोऊँगी पैंट। जाओ, किसी और से धुलवा लो।' वे वहीं अड़े रहे। मैंने नजर उठाकर उनकी ओर देखा भी नहीं। वे बोले, 'मुझे तुम से ही धुलवानी है पैंट। तुम ही धो दो न!'

''मैंने कहा, 'नहीं धोऊँगी। मेरा क्या कर लोगे? मुझे मारो-पीटोगे, फिर भी नहीं धोऊँगी। मेरे गदहे को चींटी चढ़ा दोगे, फिर भी नहीं। मेरे पटहा को मिट्टी में

गाड़ दोगे, फिर भी नहीं धोऊँगी। मुझे कपड़े धोने दो। मेरा समय खराब नहीं करो। मेरी अम्मी आती होगी। कपड़े नहीं धुलेंगे तो अपना सिर धुनेगी। ऊपर से तुमसे बातें करते देख मेरी धुलाई कर देगी।''

वे चले गए। किसी दूसरे धोबी के घाट पर नहीं गए। मैं पटहे पर कपड़ा पीटती उन्हें जाते देख रही थी। पीछे मुड़-मुड़कर वे मुझे देख रहे थे। तब तो पक्का विश्वास हो गया कि कोई बदमाश ही था। यह बात तो बाद में पता चली कि वे अपनी माँ से जाकर बोले कि वे मुझसे निकाह करने के लिए राजी थे। उनकी माँ ने तब भी कहा था, 'निर्लज्ज कहीं का! निकल जा। उससे निकाह करने के लिए किसने कहा। तुम्हें तो उसे देख आने के लिए भेजा था।' थोड़ा थमकर फिर बोलीं, 'ठीक है, ठीक है। बोल, कैसी लगी लड़की?'

''अच्छी है, अम्मी। थोड़ी कड़क है। मेरे कपड़े धोने से एक बार मना कर गई तो अड़ी रही। नहीं तो, नहीं। आखिर कपड़े धोने के लिए राजी ही नहीं हुई।''

माँ ने पूछा, ''देखने-सुनने में कैसी है रे? मेरी तरह काली कलूटी तो नहीं?''

'बस ठीक है, नाक-नक्श ठीक है। दुबली-पतली है। शहर में उसे कोई नुमाइश में नहीं न रखना है। घरवाली रहेगी, रोटी पकाएगी। कपड़े धुलाई और लोहा करने में थोड़ा-बहुत मदद करेगी। और क्या?'

''ई हमें पसंद कर लिये। निकाह हो गया।'' साइदा के मुख पर अपनी उपलब्धि के भाव थे, स्वर में जीत का उल्लास! उसकी वह जीत तीन दशक पुरानी थी, पर एहसास बासी नहीं हुआ था।

''तब तुम्हारी उम्र क्या थी?'' मैंने पूछा।

उसी जीत के अनुराग भाव में डूबती-उताराती बोली, ''क्या पता, क्या उमर थी! पर छाती भी नहीं उठी थी।'' अपने सीने से आँचल हटाती वह बोली, ''छाती तो अब भी उठी नहीं लग रही थी। मानो छह बच्चों ने चूस-चूसकर पके आम में गुठली भी नहीं रहने दिया हो!'' मेरी हँसी छूट गई। अपनी सीधी-सपाट छाती आँचल से ढकती वह भी मेरे साथ हँसने लगी। दांपत्य की सुखद अनुभूति का भरा घट छलकने लगा था। बोली, ''दीदी, एक और बात बताऊँ। निकाह के बाद तो मैं अपने गाँव में ही रह गई, ससुराल नहीं आई। ई पटना चले आए। हमको निकाह का मतलब समझ में नहीं आया था। मैं सामने रखे नए कपड़े और सामान देख हुलस रही थी। मेरी अम्मी, फूफी और खालाजान ने कहा, 'बोल, कबूल है।' मैं हँसती हुई तीन बार बोली, 'कबूल है।' और हो गया निकाह! उस दिन मुझे नए कपड़े, कुछ जेवर और भरपेट स्वादिष्ट खाना मिला। मेरी खुशी के लिए इतना क्या

कम था? पर ई तो निकाह के समय सयाने थे। कुछ रुपया-पैसा कमाकर गाँव गए। अपनी माँ से बोले कि ससुराल जाएँगे। उनकी अम्मी बोली, 'अरे निर्लज्ज! बिना गौना के बीवी से मिलने जाएगा? गाँव-जवार के लोग क्या कहेंगे?'

''ये अपनी जिद पर अड़े रहे। दो दिनों तक खाना-पीना भी नहीं खाए। फिर तो उनकी अम्मी ने कहा, 'जा नामुराद, जा। पर सीधे ससुराल मत चले जइयो। पहले ममानी के घर जा। वहाँ से खबर भेजियो। सास बुलाए तो जइयो, नाहीं तो अपना मुँह लिये लौट अइयो। जा, तेरी तो जुआनी बेलगाम हो रही है।'

''इन्होंने ऐसा ही किया। एक हाँड़ी में रसगुल्ला लेकर ममानी के घर आए। उसके बेटे को रसगुल्ला के साथ मेरे घर संदेशा भेजा। हम माँ-बेटी कपड़े धोने जा रही थीं। उसने मेरे घर आकर उनके आने की खबर सुनाई। मेरी अम्मा आगबबूला हो ग़ई। खिसियाई हुई बोली, 'हमारे जमाई को इतना भी खयाल नहीं कि गौना के पहले बीवी से नहीं मिला जाता। ऐसी भी क्या बेताबी है! और उसकी अम्मा कैसी है, भेज दिया अपनी औलाद को मुँह उठाए। सब ब्याहे लड़के ऐसा ही करते हैं। अम्मा का काम है उन्हें रोकना। समझा-बुझाकर रखना चाहिए था। मेरी जग-हँसाई करा दी।' थोड़ा थमकर बोली, 'जा, कह देना मेरे जमाई को। गौना कराकर ले जाए घरवाली को। फिर तो जी भरकर निहारता रहे जोरू को।'

''मेरी खाला का बेटा वापस लौट गया।''

मैंने पूछा, ''फिर तो तुम्हें बहुत बुरा लगा होगा? तुम्हारे मियाँ को लौटा दिया माँ ने। मिलने तक नहीं दिया।''

साइदा मुँह बिचकाकर बोली, ''ऊँह! कैसा मिंया, कैसी बीवी! उससे मेरा कोई संबंध नहीं जुड़ा था। मुझे क्यों बुरा लगता? जबतक अम्मा अपना गुस्सा निकाल रही थी, मैं चार-पाँच रसगुल्ले खा चुकी थी। वह मेरी ओर मुड़ी। रसगुल्ले खाने के लिए मुझे दो-चार चपत लगा दिए। मैं दो रसगुल्ले मुँह में ठूँसकर नदी किनारे भाग खड़ी हुई। स़ोचा, शाम तक सारे कपड़े धो दूँगी तो अम्मा खुश हो जाएगी। कुछ कपड़े धोए थे कि एक आदमी आकर सामने खड़ा हुआ। कहने लगा, 'मेरी शर्ट धो दोगी?' मुझे एक वर्ष पूर्व का वाकया याद आया। मैंने सिर नीचा किए ही कहा, 'नहीं।'

वह बोला, 'अब तो धोना ही होगा। उस दिनवाली बात नहीं है। अब तो तुम मेरी बीवी हो।' मैं वहाँ से भागना चाह रही थी। चारों ओर देखा, कोई नहीं। दुपहरिया बीत चुकी थी। मैं तो कुसमय कपड़े धोने चली गई थी।

''वह मेरे पास आने लगा। मैं डर गई। मैं भागने के लिए मुड़ी। मेरे सामने

वह जमीन पर खड़ा था, मैं पानी में। इसलिए मैं पानी में ही दो-चार कदम पीछे भागी। पानी में घुसकर उसने मेरी कलाई पकड़ ली। बड़ी सख्त पकड़ थी। निकाह के समय मैंने उसे देखा नहीं था। मन में भय उठा, शायद कोई और बदमाश हो। पर उसकी पैंट धोने से इनकार करने वाली बात से आश्वस्त हो गई। मेरा मियाँ ही था। अचानक मुझे उससे बात करने का मन कर आया। कम-से-कम अम्मा के व्यवहार के लिए माफी तो माँग लूँ। पर नहीं माँगी माफी। उससे बात करने में समय लगाती। अम्मा आ जाती। फिर तो उसी के सामने मेरी धुलाई हो जाती।

''मैंने कहा, 'भाग जाओ। अम्मा आ रही होगी। मेरे साथ तुम्हें भी मार लगेगी।' थोड़ी देर रुका। जाते-जाते पीछे मुड़-मुड़कर देखता था। मुझे उसपर रहम आ गई। दरअसल रहम की डोर से ही उससे जुड़ी। मैं उसे जाते देखती रही। उसने मुझे दस रुपए दिए। मुझे कभी किसी ने दस रुपए नहीं दिए थे। दस रुपए के नोट ने भी उससे मेरी डोर जोड़ दी। उससे मिलना मुझे अच्छा लगा। पर वह भी कोई मुलाकात थी! मुझे उसकी याद के साथ रसगुल्ले की हाँड़ी की याद आ गई। मुँह में पानी भर आया।

घर पहुँचकर और रसगुल्ले खाने थे। पर मेरी झोंपड़ी के बाहर ही वह नई हाँड़ी फूटी पड़ी थी। मैंने उसे उलट-पलटकर देखा। शायद अम्मी ने गुस्से में रसगुल्ले सहित हाँड़ी बाहर फेंक दी हो। फुटी हाँड़ी के टुकड़ों को टटोला। उनमें रसगुल्ले नहीं थे। पाँच भाई-बहनों ने मिलकर खा लिये होंगे! किसी एक को नहीं मिला होगा। उसने रसगुल्ले का रस पीकर गुस्से में हाँड़ी फोड़ा होगा। वरना माँ नई हाँड़ी फोड़नेवाली नहीं थी। वह तो न जाने कितनी चीजें उस हाँड़ी में रखती! कुछ भी हो, मुझे गुस्सा आया। ये लोग रसगुल्ले क्यों खाए?

पता नहीं क्यों, मुझे वह रसगुल्ले की हाँड़ी, हाँड़ी के रसगुल्ले, रसगुल्ले भेजनेवाला, सब अपना लगा था। दस रुपए का नोट देकर किसी ने मुझे पहली बार अपना बनाया था। घरवालों से अलग भी कोई एक था, जो अपना हो गया था—मेरा अपना! वरना उस घर में आए सारे सामान और व्यक्ति साझा ही होते थे। अम्मी और अब्बू भी तो साझे थे।

मैं साँस रोके साइदा के प्रेम-रस में डूब रही थी। अचानक उसके ब्रेक लगाने पर पूछा, ''फिर क्या हुआ?''

''फिर क्या होता। मेरा उससे मिलने का मन करता रहा। छह महीने में दस रुपए भी खर्च कर लिये। रसगुल्ले का स्वाद जब-तब जिह्वा पर तिर आता। कपड़े धोते हुए मैं इधर-उधर देखती। उसका इंतजार करने लगी। कहीं वह आ जाए और

कहे, 'मेरी पैंट धो दोगी।' फिर तो मैंने सोच लिया था, 'उसके कपड़े धो दूँगी।' और यह सोचकर शरमा जाती।

"एक वर्ष बाद मेरा गौना हुआ। मैं ससुराल गई। मेरी सास कड़े स्वभाव की थी। हर वक्त मुझे डाँटती। ताना देना नहीं भूलती, 'तुम्हारी अम्मी ने मेरे बेटे को लौटा दिया। उसी की बीवी से मिलने तक नहीं दिया। इतनी सुंदर थी न तुम! गोरी-चिट्टी। दूध सी सफेद! मेम साहब! मेरा बेटा छू लेता तो जिस्म मैला हो जाता! रंडी कहीं की! जैसी मतारी', वैसी बेटी!"

"तुम सास का अत्याचार क्यों बरदाश्त करती थी?"

साइदा ने फिर बत्तीसी दिखाई। बोली, "सेठजी कहे थे, 'अम्मा कुछ भी कहे तो जवाब मत देना। उनके द्वारा काली-कलूटी कहे जाने से क्या फर्क पड़ेगा! मेरे लिए तो तुम गोरी-चिट्टी ही हो। तभी तो पसंद किया था। पसंद करता रहूँगा। पटना ले चलूँगा। मुँह-कान बंद करके थोड़े दिन गाँव में निकाल लो।"

"बस तुम्हें बहला लिया और तुम बहल गईं!" मैंने उसे छेड़ा।

वह गंभीर हो गई। बोली, "नहीं दादीजी। वे मुझे बहलाते नहीं थे, मन से बोलते थे। अपने साथ पटना ले आए। किसी मंत्री के सर्वेंट क्वार्टर में रख दिया। अपने आप कपड़े धोते, कोठी में पहुँचाते। फिर बाहर काम पर जाते। शाम को मेरे लिए जलेबी, पकौड़ी या लड्डू कुछ-न-कुछ लेकर आते। वे इतना दुलार करने लगे कि मैं पीहर ही भूल गई। गाँव ले जाते भी तो अपने साथ। फिर साथ ही वापस ले आते। फिर तो अम्मी भी कुछ नहीं कहती। जिसका मियाँ दुलारे, उसे कौन फटकारे!"

"तब की बात और थी। लगातार चार बेटियों के जन्म होने पर तो जरूर नाराज होता होगा। तुम्हें भला-बुरा भी कहता होगा।" मैंने कहा। मेरा खोजी मन उसके मियाँ के अंदर खोट निकालने में रमा था।

साइदा दोनों कान पकड़कर कहने लगी—"तौबा-तौबा! झूठ बोलूँगी तो पाप लगेगा। मेरे शौहर किसी और मिट्टी के बने हैं। उनकी बात ही जुदा है। वे दूसरे मर्दों की तरह नहीं हैं। मेरी चौथी बेटी के जन्म पर भी वे बोले—अल्लाह ताला की देन है। इसका अपमान मत करना। रोना-धोना भी नहीं। शिवजी के मंदिर वाले पंडितजी कहते हैं—बेटी लक्ष्मी होती है।"

वह कुछ पल सोच की मुद्रा में रही। फिर बोली, "मेरी कोख से लक्ष्मियाँ तो चार आ गईं, पर मेरे घर में धन नहीं आया। सेठजी की बात सुनकर बेटी जनम का सब दरद-पीड़ा भुला जाती थी। फिर तो अल्लाह ने दो बेटे भी दिए हैं। सेठजी ने

ही कहा, 'अब ऑपरेशन करवा लो। शरीर को ज्यादा कष्ट नहीं देना।' मैं बच्चादानी के ऑपरेशन से बहुत डरती थी। सेठजी ने ही अपनी नसबंदी करवा ली है।''

''इसका मतलब तुम सेठजी की दुलारी बीवी हो!'' मैंने फिर छेड़ा उसे।

वह गंभीर हुई। बोली, ''हाँ, ऐसा ही समझिए। सेठजी मेरा मुख मलीन होते नहीं देखना चाहते हैं। उन्हीं के कारण मैं सुबह-सुबह उठ पाती हूँ, वरना खटिया पर पड़ी रहती।''

''वह कैसे?''

''मेरी कमर में बड़ा दर्द रहता है। जवानी में ही सिनेमा देखकर लौटते समय रिक्शा से गड्ढे में गिर गई थी। आज तक वह दर्द नहीं गया। हर सुबह सेठजी मेरी कमर की मालिश करते हैं, तभी मैं उठ पाती हूँ।'' साइदा ने अपनी शर्म छुपाने के लिए मुख आँचल से ढक लिया।

''वाह, बहुत खूब! फिर तो तुम बड़ी नसीबवाली हो।''

''वह तो हूँ मामीजी। आप लोगों की दुआ सलामत रहे। ऊ कहते हैं कि सकीना विदा हो जाएगी तो क्या, हम तो हैं। हम ही खाना बना देंगे। चिंता मत करो। मियाँ-बीवी के जीवन में औलाद तो बरखा-बाढ़ की तरह आती है, जाती है। मियाँ-बीवी से गृहस्थी शुरू होती है, मियाँ-बीवी पर ही रुक जाती है। रोना मत। सकीना के रुखसत पर भी नहीं।

''उनका सब कहा मानती हूँ। पर यह कैसे मानूँगी। भला सकीना के रुखसत पर रोऊँगी कैसे नहीं? अम्मी हूँ न! अपनी कोख से जनमाया है। निकाह के बाद रुखसत करते समय कलेजा फटेगा ही। लुक-छिपकर रो लूँगी। सकीना के बाबा को अपना रोता-चेहरा नहीं दिखाऊँगी। वे कहते हैं, 'हरदम हँसती रहो। कम पैसा कमाता हूँ तो क्या! तुम्हारा शौहर हूँ। तुम्हें सुख से तो रखता हूँ।' यह तो ठीक है। केवल पैसे से सुख नहीं मिलता। पर पैसा तो चाहिए ही मामीजी!

''मेरे लिए तो वे खुदा ही हैं। मेरी सास मेरा रंग-रूप देखकर इनकी दूसरी शादी करवाना चाहती थी। ये नहीं माने। मेरी तीन बेटियों के जन्म के बाद भी इनकी दूसरी शादी के लिए सास ने एक लड़की देख ली। ये नहीं माने। बोले, 'औरत हो या मरद। निकाह तो एक बार ही होता है।' उस लड़की से मेरी सास ने अपने भाई की तीसरी शादी करवा दी। तब से अपने मामा के घर जाना ही छोड़ दिया इन्होंने। अब ऐसे इनसान के आगे मैं आँसू कैसे बहाऊँ? पर सकीना के लिए आँसू तो अभी से बहने लगे हैं।''

उसकी आँखें भरी ही नहीं, छलक भी गईं। मेरी वाली दोनों आँखों के भी

चारों कोर भर गए। वह अपने आँचल से आँसू पोंछती बोली, ''उनके आगे छुपा लूँगी अपने आँसू। मामीजी, मेरे मियाँ हैं न खुदा जैसे। खुदा के बंदे! एक अच्छा इनसान! मामीजी, हैं न! आप बोलती क्यों नहीं? क्या सोचने लगीं?''

मेरी तंद्रा भंग हुई। मेरी आँखों में आँसू देखकर साइदा बोली, ''आप क्यों रोईं? सकीना के लिए?''

''नहीं। मैं सकीना के लिए नहीं रो रही। सकीना का निकाह होना और दोनों के दांपत्य का फूलना-फलना तो अभी बाकी है। ईश्वर करे, तुम्हारे मियाँ जैसा ही उसका मियाँ हो। मेरी आँखों के ये आँसू खुशी के आँसू हैं। सोचती हूँ, सभी साइदाओं के नसीब तुम्हारी तरह ही होते! सबको ऐसे ही शौहर मिलते। बड़ी भाग्यशालिनी हो साइदा तुम! तुम्हारा सुहाग बना रहे।'' मेरे मुख से आशीष रिसने लगे।

वह बोली, ''हाँ मामीजी, तभी तो मैं भी तीज व्रत करती हूँ। शिव-पार्वती का पर्व हुआ तो क्या, है तो सुहाग का ही व्रत। सात जनम तक वही शौहर मिले, इसके लिए ही तो है व्रत।''

''तुम तो सिंदूर भी लगाती हो। तुम्हारे में तो सिंदूरदान नहीं होता। सुहागिनें सिंदूर भी नहीं लगातीं, बुरका पहनती हैं। तुम तो वह भी नहीं पहनतीं?''

''मामीजी, अब तो जमाना बदला है। तो सब बदले हैं। क्या हिंदू, क्या मुसलमान! साथ-साथ ही तो सब रहते हैं। इसलिए एक-दूसरे को देखकर सीखते ही रहते हैं।''

''सकीना की माँग में भी सिंदूर डालेगा, दूल्हा?''

''नहीं! पर निकाह पढ़ाने के बाद कोई सुहागन सिंदूर लगा देगी। सिंदूर तो माँग की शोभा है। सुहाग भी।'' उसके कान खड़े हो गए। बोली, ''अब मैं चलूँ। सकीना के अब्बू बुला रहे हैं। कपड़ों पर लोहा करना है। लोहा तो वही करते हैं। मैं कपड़े सहेजकर देती भर हूँ। पर मामीजी, यह सब उनका बहाना है। सच बात तो यह है कि उनको हर वक्त मेरा साथ चाहिए।''

वह स्वर दाबकर बोली, ''एक बात कहूँ! ई मरद लोग ज्यादा ही कमजोर होते हैं। हमारे संग-साथ के बिना उनका नहीं चलता। हम तो अकेले भी रह लें। वे हर घड़ी हाँक देंगे, 'सकीना की अम्मी! सकीना की अम्मी!' मैं तो कह देती हूँ, 'अकेले में डर लगता है क्या?' आप ही सोचिए न! एक घंटे आपसे बातचीत हुई। इस बीच मामाजी तीन बार दिल्ली से फोन कर चुके। उनको भी आपके बिना डर लगता है न?''

हम दोनों हँस पड़े।

मेरी सोच के लिए कई बिंदू देकर वह हँसती हुई अपने शौहर की पुकार सुन छत पर चली गई थी। उसके सौभाग्य, समझदारी और साहस पर मुग्ध हुए बिना कहाँ रहा जा सकता था!

किस्सा खत्म, पैसा हजम नहीं, मेरे लिए तो किस्सा प्रारंभ हुआ था। साइदा के किस्से को घर-घर सुनाना। साइदा के सुखद दांपत्य की कहानी समाज में फैलाना। कहने-सुननेवाले दोनों के मन भर आए। पढ़नेवालों के भी।

बात तो सकीना के निकाह की होनी थी। साइदा के वैवाहिक जीवन के पड़ाव इतने मनभावन थे कि तब से वहीं अटकी हूँ, जब से उन पड़ावों पर साइदा ने विलमाया। हर दंपती को अपनी औलाद की शादी पर अपना निकाह स्मरण हो आता ही है। साइदा जैसा दांपत्य हो तो दुआएँ रिसती हैं—'मेरे जैसा ही तेरा भी सुहाग हो!'

□

बेटी का कमरा

उस जमाने में विज्ञान ने गर्भस्थ शिशु का लिंग पता लगाने की तकनीक नहीं खोजी थी। पत्नी की कोख में बेटी पल रही थी या बेटा, उन्हें नहीं मालूम था। परंतु देवी के भक्त राधामोहनजी की नजरें पूजाघर में सजाई सीता-राम, शिव-पार्वती, राधा-कृष्ण की तसवीरों के बीच सुसज्जित देवी के चेहरे पर ही जाकर टिकती थीं। उन आँखों में आँखें डालकर देखने की हिम्मत तो नहीं थी, पर आँख बंदकर आराधना करते हुए भी अंदर वही छवि समाई रहती।

इसलिए बंद आँखों के भीतर भी अँधियारा नहीं, उजाला पसरा रहता है। समय बीतता गया। पत्नी की कोख में शिशु के तिल-तिल बढ़कर जन्म लेने की परिपक्वता प्राप्त करने तक राधामोहनजी के होंठों पर 'जयंती मंगला काली…' जैसे श्लोक ही विराजमान रहते।

उस माह के शुक्ल पक्ष की दसवीं तिथि की रात बीतकर एकादशी तिथि की शुरुआत होने वाली थी। रात भर प्रसव पीड़ा में पगती पत्नी ने भोर होते-होते एक शिशु को जन्म दिया। नवजात के कंठ से केहाँ-केहाँ के फूटते प्रथम स्वरों को सराहा था कौए के काँव-काँव ने, और थोड़े ही समय में सारी चिड़ियाँ सामूहिक गान गा उठी थीं। उस सुबह समय से पूर्व ही राधामोहनजी ने अपने तखत के नीचे रखी अन्न की हाँड़ी में से एक मुट्ठी निकालने की जगह, पूरी हाँड़ी ही दरवाजे पर उड़ेल दी थी। चिड़ियों को दाना तो वे प्रति सुबह देते थे। पर उस सुबह की तो बात ही और थी। शिशु और जच्चा को नहलाने-धुलाने के उपरांत बाहर दरवाजे पर आकर रामजती ने सूचना दी, ''भैया, सोए हैं क्या? घर में लक्ष्मी आई है। जल्दी से घड़ी देखकर समय तो बता दें।''

''कब आई लक्ष्मी?'' जानते हुए भी अनजान बने थे राधामोहनजी। वे तो

जीवनसाथी की हर कराह के सह और समदर्दी बने थे।

"बस, थोड़ी देर हुई। अभी नहलाया-धुलाया है। आपके पास समय पूछने आ गई।" रामजती ने कहा।

"अरे मेरी बहना, पृथ्वी पर उसको अवतरण लिये तो बहुत देर हो गई। समय तो बहुत बीत गया। उसने केहाँ-केहाँ किया था, जब कौआ बोला था। अब तो सूरज का लाल गोला सफेद होने चला।"

"हाँ-हाँ, पर हमें तो कौआ की काँव-काँव नहीं सुनाई दी।"

"चलो, कोई नहीं। मैंने भी शिशु की आवाज सुनी थी। उसी समय कौआ भी बोला था। घड़ी ने भोर के चार बजकर पैंतालीस मिनट बजाए थे। मुझे अनुमान था कि लक्ष्मी ही आई होगी।" गद्गद होकर बोले राधामोहनजी।

"वाह भैया! आप तो खूब हिसाब रखते हैं। चलिए, बेटी हुई तो क्या! मेरे इनाम का भी ध्यान रखना। काजल सेंकाई में कानों के झुमके ही लूँगी।" रामजती मचल पड़ी थी।

छठी-पूजन वाले दिन रामजती को एक अरगंडी की साड़ी, ब्लाउज, पेटीकोट और एक शॉल मिला था। उसने नन्हीं की एक आँख में काजल लगाकर हाथ छुपा लिये। दूसरी आँख में काजल नहीं डाल रही थी। छठी-पूजन के लिए आई महिलाओं के कंठ से स्वर फूटे—

"अँगना में रुनुझुनु नाच गई ननदी
कँगना जो देती वह भी नहीं लेती
झुमका लेने को मचल उठी ननदी।"

और दरवाजे से आवाज आई थी, "रामजती, इधर आना।"

रामजती दरवाजे पर गई। उसके भैया बोले, "ये झुमके हैं। हमारे घर में लक्ष्मी आने की खबर मुझे तुमने ही सुनाई। झुमके कौन बड़ी चीज है! देखना, इस लक्ष्मी की कृपा से मुझे बहुत कुछ मिल जाएगा।"

उनकी बात सच हुई। लक्ष्मी तिल-तिल बढ़ती गई। पिता की सरकारी नौकरी उसी दिन पक्की हो गई, जिस दिन उसने पहली बार 'बाबू' कहा था। उस बाबू में 'जी' तो बाद में जुड़ा। प्रथम संतान की तोतली आवाज में आधे-अधूरे संबोधन सुनकर ही राधामोहनजी धन्य हो गए थे। लक्ष्मी की पीठ पर दो बेटे भी हुए। घर में और भी खुशियाँ आती गईं। पर राधामोहनजी सबका कारण अपनी पुत्री लक्ष्मी की

कृपा ही मानते थे। वे तो उस नन्ही जान में वे सारे गुण देखते, जो देवी की अर्चना में गाया करते थे। बाढ़ वाले उस इलाके में यह मान्यता थी कि बेटी की बढ़त भी सावन-भादों में कमला नदी में आई बाढ़ के समान होती है। और देखते-देखते लक्ष्मी ब्याह के लायक हो गई।

उसके लिए वर भी तो विष्णु जैसा ही ढूँढ़ना था। राधामोहनजी लक्ष्मी के योग्य वर की तलाश में भटकने लगे। सारे रिश्तेदारों को पता था ही। वे भी घर और वर देखने लगे। उनकी सगी फूआ के लड़के ने एक लड़का बताया। लड़का बी.ए. में पढ़ रहा था। राधामोहनजी झल्लाए, "पागल हो गया है क्या? मेरी लक्ष्मी भी तो बी.ए. में पढ़ रही है। उसके लायक इंजीनियर, डॉक्टर या कोई आई.ए.एस लड़का ही दिखे तो बताना।"

उनके साले ने भी ऐसी ही भूल कर दी थी। एक लड़का बताया। वह स्कूल टीचर था। राधामोहनजी बिफर पड़े थे, "आप मेरे साथ मजाक कर रहे हैं। आपको मेरी बेटी मास्टरनी कहलाने लायक दिखती है क्या?"

अनुराधा ने समझाया था, "क्यों नाराज होते हैं सब पर? वे लोग लड़के का पता ही तो बता रहे हैं। आप वहाँ जाएँ न जाएँ, आपकी मरजी! नए रिश्ते बनाने के क्रम में पुराने रिश्ते क्यों बिगाड़ रहे हैं? और लक्ष्मी के भाग्य में जो लड़का होगा, वह तो मिल ही जाएगा।"

राधामोहनजी के संभावित दामाद की सूची में इंजीनियर, डॉक्टर तथा आई.ए.एस. लड़के ही थे। उनके समाज में पढ़े-लिखे लड़कों की कमी भी नहीं थी। आखिर लक्ष्मी के भाग्य में एक आई.ए.एस. लड़का ही लिखा था। शादी की बात पक्की होने पर राधामोहनजी फूले नहीं समा रहे थे। फलदान देने जाने के लिए अपने साले और फुफेरे भाई को विशेष रूप से बुलाया था। उलाहना दे ही दी, "आप लोग बी.ए. में पढ़ता या मास्टर लड़का ढूँढ़ रहे थे। लक्ष्मी के भाग्य में तो यह लड़का था।"

उनके स्वजन, परिजन सभी खुश थे। बाराती के स्वागत और बेटी की लेन-देन में कोई कोर-कसर नहीं छोड़ी राधामोहनजी ने। लड़केवालों की ओर से कोई माँग नहीं थी तो क्या, उन्हें सबकुछ मिल गया। समधी विदा करते समय हाथ जोड़कर खड़े राधामोहनजी के भरे गले से शब्द रिस रहे थे, "समधीजी, हम तो आपके लायक नहीं हैं। जो कुछ फूल-अक्षत दिया, उसे स्वीकार करें। लक्ष्मीस्वरूपा बेटी अवश्य दी है। आपके घर में लक्ष्मी पसरती रहे, यही कामना है।" बिलख

उठे राधामोहनजी। लड़के के पिता की भी आँखें भर आईं।

लक्ष्मी घर सूना कर गई थी। घर का हर कोना बिसूर रहा था। विदा करते समय ही राधामोहनजी ने समधी से वचन ले लिया था, "एक सप्ताह बाद ही लाली और मोहन को भेजूँगा। लक्ष्मी को विदा कर दीजिएगा।"

समधीजी ने आग्रह स्वीकार कर लिया था। लक्ष्मी के वापस आने पर घर-आँगन पुनः उसके पाँवों में पड़े पायल की झनकार से झंकृत हो उठा था।

दूसरे ही दिन स्वयं जमाई पहुँच गए। लक्ष्मी को वापस ले जाना था। एक तो राहुल दामाद थे, ऊपर से आई.ए.एस. ऑफिसर। पारिवारिक और दफ्तरीय, ये दोनों पदभार झेल लेते राधामोहनजी। पर दामाद की सज्जनता का बोझ नहीं सँभाल पा रहे थे। विनीत स्वर में ही कहा था राहुल ने, "माँ ने कहा है, आप लक्ष्मी को विदा कर दें। वे अब बहू के बिना नहीं रह पाएँगी। एक सप्ताह में ही लक्ष्मी ने मेरे घर के एक-एक सदस्य के हृदय में स्थायी स्थान बना लिया है।"

फूले न समा रहे थे राधामोहनजी। पुनः बेटी के दुरागमन की तैयारी प्रारंभ हो गई। हलवाई दालान में बैठ गया। ब्याह के समय जितनी पिटारियाँ खाजा और लड्डू से भरे थे, उससे अधिक पिटारियाँ तैयार हो गईं। केला, आम के टोकरे अलग से। दूल्हा-दुलहन तो जीप से ही विदा हुए। सारा सामान टायर गाड़ी पर पीछे से गया।

पिता के घर लक्ष्मी के आने-जाने का सिलसिला चलता रहा। वह दोनों घर भरती रही। देखते-देखते दो बच्चों से उसकी भी गोद भर गई। बच्चों को पढ़ाने-लिखाने और अतिव्यस्त ऑफिसर पति की देख-रेख से समय कहाँ मिलता था। राधामोहनजी ही सपत्नीक बेटी के घर आ जाते, चार-छह दिन ठहरते। दामाद का रुतबा, बेटी का मेमसाहब के रूप में सजना और नाती-नातिन के तोतले बोल सुन दोनों का मन भरता नहीं। पर उन्हें वापस तो जाना ही पड़ता था। उन्हें भी नौकरी जो करनी थी।

राधामोहनजी के दोनों बेटे भी पढ़-लिखकर नौकरी पर लग गए। एक अहमदाबाद और एक भोपाल में प्रस्थापित हुआ। राधामोहनजी का अवकाश-प्राप्ति का समय भी आ गया था। उन्होंने पटना में एक जमीन का प्लॉट ले रखा था। अवकाश-प्राप्ति के पूर्व घर बनाना आवश्यक था। सरकारी फ्लैट में रहकर ही मकान बन जाए तो अच्छा था। गाँव की थोड़ी-बहुत जमीन भी बिकी। दोनों बेटे नौकरी में हैं। पर उनकी आय में बचत कहाँ होती है! और वे अभी घर बनाने की

मन:स्थिति में भी नहीं थे। इसलिए घर बनाने की सारी जिम्मेदारी राधामोहनजी और उनकी धर्मपत्नी की ही थी।

दो बेटे हैं। अब तो नक्शा बनानेवाले भी फ्लैट में दो बेडरूम से अधिक नहीं बनाते। राधामोहनजी के बहुत कहने पर आर्किटेक्ट ने तीन रूम निकाल दिए। पर कमरे का आकार-प्रकार छोटा ही था। दस फीट/दस फीट का कमरा! जैसे-जैसे मकान की दीवारें नींव से ऊपर उठने लगीं, राधामोहनजी के अरमान आकार लेने लगे। उन्हें ध्यान आया, ये तीन कमरे तो हमारे दोनों बेटे और हमारे लिए होंगे। लक्ष्मी का कमरा?

सहधर्मिणी ने दबी जबान कहा, "लक्ष्मी को यहाँ कमरे की क्या जरूरत होगी? उसे भगवान् ने क्या कमी दी है? इन छोटे-छोटे कमरों से बड़े तो सर्वेंट क्वार्टर के कमरे हैं उसके। और लक्ष्मी को कहाँ फुरसत है कि यहाँ आकर रहेगी?"

"लक्ष्मी यहाँ आए या नहीं, उसका कमरा तो अवश्य बनेगा। भला ऐसा कैसे हो सकता है कि हम घर बनाएँ और पहली संतान के लिए कमरा न हो? संतान तो संतान होती है। बेटा हो या बेटी। और वह भी हमारी लक्ष्मी जैसी बेटी!"

अनुराधा के पास पति के तर्कों में उलझने का समय नहीं था। वे उसकी माननेवाले भी कहाँ थे। पत्नी ने राधामोहनजी को एक दृष्टि जरूर दे दी थी। वह थी लक्ष्मी के प्रस्तावित कमरे के आकार प्रकार की। छत की ढलाई तक बेसब्री से इंतजार करते रहे राधामोहनजी। छत की ढलाई के सैटरिंग खुलते ही मिस्त्री को कहने लगे, "अब ऐसा करो, इन दो कमरों के ऊपर एक कमरा बना दो। बीस फीट लंबा और दस फीट चौड़ा।"

अफजल ने कहा, "पर नीचे का प्लास्टर और लकड़ी का काम तो पूरा होने दीजिए। फिर ऊपर के कमरे का सोचिएगा।"

"नहीं भाई! नीचे का काम पूरा करते-करते सारी जमा-पूँजी खत्म हो जाएगी। और फिर तो मैं ऐसा थक जाऊँगा कि कमरे बनाने की हिम्मत भी नहीं होगी। मैंने भले ही अपने जीवन का पहला घर बनवाया है, घर बनवानेवाले अपने मित्रों की परेशानियों से अवगत तो रहा ही हूँ। मकान में बिजली और शीशे की फिटिंग कराते-कराते तो मानो दस वर्ष बढ़ जाती रही है उनकी आयु। हमारे दादा कहते थे, 'मकान और मुकदमा कहता है—हमें हाथ लगाकर तो देखो!' और यह भी कि 'किसी से दुश्मनी है, तो उसे मुकदमा लड़ने या मकान बनाने में लगा दो। उसे परेशान होते देखो और आनंद लो।' तुम ऐसा करो, ऊपर के बड़े कमरे की भी छत

ढाल लो। प्लास्टर और फिनिशिंग का काम ऊपर से ही प्रारंभ करो।''

राधामोहनजी के दादा द्वारा कही बातें तो मिस्त्री भी जानता है। पिछले चालीस वर्षों से मकान बनाने का काम ही करता है। अपने अब्बा इजमाइल के साथ कन्नी-बसूली से खेलता-खेलता कब ईंट जोड़ने और सूत मिलाने लगा, उसे ज्ञात नहीं। अब तक तो सैकड़ों लोगों के छोटे-बड़े सपनों के मकान को जमीन पर उतार चुका है।

दरअसल मकान-निर्माण करनेवालों को परिवार के छोटे-बड़े सदस्यों की जरूरतों, सामाजिक सोच और परंपराओं से भी अवगत होना पड़ता है। मकान भले ही पिता बनवाता है, पर वह बेटे के लिए अपने से सुख-सुविधा की बेहतर व्यवस्था रखता है। मकान-निर्माण के समय वह स्वयं भूत बन जाता है। राधामोहनजी के सपने कुछ भिन्न थे, लीक से हटकर। दोनों बेटे ब्याह के लायक हो चुके थे। मकान पूरे होते ही रिश्ते भी तय हो जाएँगे। थोड़े दिनों के लिए ही सही, पटना आनेवाले बेटों के लिए अलग-अलग कमरे चाहिए ही। पर राधामोहनजी तो अपनी ब्याही बेटी के लिए कमरा बनाने के लिए बेहाल थे। मिस्त्री बुदबुदाया, ''बेटी का ब्याह भी रचाया तो इतने बड़े ऑफिसर के साथ। इन ऑफिसरों को कहाँ फुरसत होती है ससुराल आने की! भाइयों के ब्याह पर लक्ष्मी बिटिया आएगी भी, तो एक या दो दिन ठहरे, न ठहरे।''

लेकिन अफजल मिस्त्री भी राधामोहनजी को बचपन से जानता था। तीसरी कक्षा तक एक ही स्कूल में दोनों पढ़े। गुल्ली-डंडा, कबड्डी और छुपम-छुपाई खेले। बगीचे से चोरी-छिपे आम, अमरूद तोड़ते रहे। दोनों पिछले तीस वर्षों से पटना में हैं। ऊपर के बड़े कमरे की छत ढल गई।

मिस्त्री ने पूछा, ''उस कमरे की सैटरिंग खुलने में अभी दस दिन लगेंगे। तब तक नीचे का प्लास्टर प्रारंभ करूँ?''

''नहीं, प्लास्टर तो ऊपर से ही प्रारंभ कर नीचे ले आओ।''

''हम दस-दस दिन खाली नहीं बैठेंगे। कहीं और काम पकड़ लिया तो आपके यहाँ आने में देर भी हो सकती है।'' अफजल ने कहा।

नहीं माने राधामोहनजी! अफजल चला गया। दूसरी सुबह अपनी कन्नी-बसूली उठाने आया। उसे उम्मीद थी कि राधामोहनजी उसे रोक लेंगे। उन दस दिनों के अंदर ही बड़े बेटे का विवाह तय हो गया। विवाह की तिथि निश्चित करने से पूर्व उन्होंने पत्नी से राय-मशविरा करना वाजिब समझा। पत्नी ने कहा, ''आपके हिसाब से चलें तो यह मकान बनकर तैयार होने में अभी दो वर्ष लगेंगे। बेटे की

शादी तो मैं अपने मकान से ही करना चाहूँगी। अब आप देख लें, दो वर्ष बाद की कोई तिथि निकाल लें।''

''क्या बात करती हो! लड़कीवाले दो वर्ष क्यों इंतजार करें? और अपने दोनों बेटे तो विवाह योग्य हैं। अब हमें देर नहीं करनी चाहिए।''

''हाँ-हाँ, विवाह नहीं रुके, मकान बनने का काम रुकता रहे—बेवजह।'' पत्नी झल्लाई।

राधामोहनजी ने बिना तिथि निश्चित किए लड़कीवालों को विदा कर दिया। दूसरी सुबह ही अफजल को बुलवाया। पूछा, ''कितने दिन में ऊपर-नीचे का फ्लैट तैयार हो जाएगा?''

''आपके कहे अनुसार चलें तो दो वर्ष या और भी अधिक। हम अपने अनुसार चलें तो ज्यादा-से-ज्यादा तीन महीना।''

राधामोहनजी ने चार महीने बाद विवाह की तिथि तय कर दी। उन्होंने अफजल से कहा, ''ऊपर और नीचे के कमरे में एक साथ प्लास्टर के काम में हाथ लगा दो। मजदूर बढ़ा लो।''

काम प्रारंभ हो गया। ऊपरवाले कमरे के बाथरूम के टाइल्स, बाथटब, आईना और रंगीन वेस्टर्न शीट वाशबेसिन में उतना ही खर्चा लगा, जितना नीचे के तीनों बाथरूम फिटिंग्स में। दीवारों पर पेंटिंग भी देखने लायक थी। राधामोहनजी सुबह- शाम साइट पर जाते। ऊपर बालकनी में पत्थर की सुंदर जालियाँ लगवाई थीं। एक कॉरपोरेट ऑफिसनुमा आधुनिक साज-सजावट से दमक उठा था कमरा। अफजल ने भी पहली बार ऐसी सामग्रियों वाला कमरा बनाया। वह भी खुश था।

अनुराधा तो माँ ही थी। बेटी के लिए उसके हृदय में प्रेम पर कोई उँगली नहीं उठा सकता था। लक्ष्मी के लिए माँ-बाप की प्रीत में प्रतिद्वंद्विता भी नहीं हो सकती। पर पति के हृदय में बेटी के प्रति अतिशय आसक्ति अनुराधा को परेशान कर रही थी। बेटे का विवाह तय हो चुका था। दोनों मिलकर कभी-कभी बाजार जाते। साड़ी-कपड़े और गहना-जेवर की दुकान पर भी लक्ष्मी छा जाती। अनुराधा ने गुलाबी रंग की एक बनारसी साड़ी पसंद की। राधामोहनजी बोल पड़े, ''यह साड़ी लक्ष्मी के ऊपर बहुत जँचेगी।'' और उन्होंने लक्ष्मी के लिए ही खरीद भी ली।

घर आकर अनुराधा ने कहा, ''सुनिए जी! आप से ज्यादा मैं लक्ष्मी को प्यार करती हूँ। मैंने अपनी कोख से जाया है उसे। पर मुझे कब क्या करना चाहिए, इसका ज्ञान है। अभी बेटे का ब्याह है। बहू आने वाली है। मेरा मन उसपर

न्योछावर हो रहा है। बेटी तो बेटी ही है। अपनी है। अब तो एक पराई बेटी को भी अपना बनाना है, हृदय में बैठाना है। आप देख लीजिएगा। जिस कमरे पर आप इतना खर्च कर रहे हैं, लक्ष्मी उसमें नहीं रहेगी।''

''रहेगी क्यों नहीं? और बहू के लिए भी तो हम खर्च कर ही रहे है। उसके पिता से बिना नकद राशि लिये भी उसके लिए गहना-जेवर और बेशकीमती साड़ियाँ खरीदी जा रही हैं। कमरा तो बहू के लिए भी बनवाया है। लाली के लिए कमरे की जरूरत कहाँ थी? वह तो यहाँ आने पर आज भी तुम्हारे साथ ही सोता है। बहू के आने के बाद बेटी को भुलाया नहीं जा सकता, और वह भी मेरी बेटी जैसी!'' राधामोहनजी की आवाज थोड़ी ऊँची हो गई थी।

अनुराधा ने पति से मुँह लगना उचित नहीं समझा। पर रात्रि को सोने से पूर्व वह इतना आगाह करने से रुक नहीं सकी, ''मुझे तो लक्ष्मी के प्रति तुम्हारी प्रीत देखकर ही घर में कुछ गड़बड़ होने का अंदेशा लग रहा है।''

फिर बिफरे राधामोहनजी, ''क्या कहा? कहाँ से आशंकाएँ पाल बैठती हो? मैं बेटी के लिए कमरा बनवा रहा हूँ, इसमें आशंका और दुःशंका की बात कहाँ से आई?''

''सुनिए! हम एक पराई लड़की को अपने घर लाने जा रहे हैं। वही इस घर की मालकिन होगी। फिर उसके सामने आप बेटी के ही प्यार का राग अलापते रहेंगे, तो उसे बुरा नहीं लगेगा? इसी कारण भाभी-ननद में भी प्रीत नहीं बढ़ेगी।''

''क्या-क्या सोचने लगती हो?'' राधामोहनजी ने ट्यूबलाइट का बेड स्विच ऑफ कर दिया था।

तीन महीने में फ्लैट बनकर तैयार हुआ। गृह-प्रवेश में लक्ष्मी को बुलाना आवश्यक था। संयोग से उसके पति को भी पटना में किसी दफ्तर के निरीक्षण का सरकारी दायित्व मिला था। एक दिन के लिए राहुल भी आ गए। बाहर से ही घर देखकर दोनों खुश हुए। राधामोहनजी ने कहा, ''बेटी, तुम दोनों पहले ऊपर चलो। नीचे के कमरे बाद में देखना।''

और ऊपर का भव्य कमरा, बाथरूम की सजावट देखकर दोनों दंग रह गए। क्या सुंदर और अत्याधुनिक उपकरण लगाए थे! एक-एक चीज के चयन में बेटी के आराम और शौक का विशेष ध्यान रखा गया था। लक्ष्मी इतना सोच भी नहीं सकती थी। उसने इतना ही कहा, ''बाबूजी, आपने आर्किटेक्ट और इंटीरियर डेकोरेटर बहुत योग्य रखे। दिल्ली से मँगवाए क्या?''

"नहीं बेटी, ऐसा कोई नहीं था! दोनों की भूमिका मैंने ही निभाई है।"

"अच्छाऽऽ!"

"यह कमरा तुम्हारा है, बेटी।"

"मेराऽऽ! मेरा कमरा क्यों?" लक्ष्मी सुखाश्चर्य में डूब गई।

"हाँ-हाँ, इनका कमरा क्यों?" राहुल भी पूछ बैठे।

"तुम्हारा कमरा क्यों नहीं? पहली संतान तो तुम ही हो, फिर तुम्हारे लिए कमरा क्यों नहीं? तुम्हारी रुचि और आवश्यकता के लिए कुछ विशेष प्रावधान किया है—जैसे पढ़ने-लिखने के लिए टेबल, पुस्तकें रखने के लिए रैक। ये चीजें नीचे के कमरों में नही हैं। यह तुम्हारा कमरा है। तुम दोनों साल में एक बार एक दिन के लिए ही आए तो क्या! ढंग का कमरा तो चाहिए।"

नीचे के तीनों कमरों के रूप-रंग देखकर लक्ष्मी को किसी शहर के विकास प्राधिकरण द्वारा निर्मित मध्यवर्गीय फ्लैट में जाने का एहसास हुआ। ऊपर-नीचे के दोनों कमरों में इतना बड़ा अंतराल देख-समझकर भी वह चुप रही। कुछ नहीं बोली। राधामोहनजी ने चुप्पी भंग की, "इनमें अभी काम बाकी है। विवाह का भी तो एक माह बाकी है। ये कमरे भी ठीक हो जाएँगे।"

पर जैसा मिस्त्री का अनुमान था, राधामोहनजी के बैंक में रुपए ही नहीं बचे। बैंक से मिले दो लाख के कर्ज की अंतिम किस्त भी खप गई थी, उधर बेटे के विवाह की तैयारियाँ अलग से। तीनों कमरे वैसे ही रहे, आधे-अधूरे। न परदे, न पेंट, न टाइल्स, न फर्श पर पत्थर।

भाई के विवाह के तीन दिन पूर्व लक्ष्मी आ गई थी। दामाद के न आने की सूचना सास-ससुर को मिल गई थी। लक्ष्मी ने आते ही नीचे के कमरे देखे। एक महीने में कुछ भी अंतर नहीं आया था। राधामोहनजी ने विलास को आवाज दी, "दीदी का सारा सामान इनके कमरे में रख आओ। जानते हो न! ऊपरवाला कमरा दीदी का कमरा है।" विलास क्या राधामोहनजी के सभी सगे-संबंधी जान गए थे कि ऊपरवाला कमरा उनकी बेटी का कमरा था, जो बेटों के कमरे से पचास गुना सुंदर और आरामदेह था। कइयों को बुलाकर उन्होंने ही दिखाया था। उन दिनों उनके रिश्तेदारों के बीच लाली के विवाह से भी अधिक चर्चा का विषय बना था वह कमरा। अब तो रिश्तेदारों के दोस्तों के बीच भी कमरा पसर गया था। विलास लक्ष्मी की अटैची उठाने लगा।

"नहीं, मेरा सामान नीचे रहेगा। उस कमरे में लाली और बहू रहेंगे।" लक्ष्मी

ने अपना निर्णय सुनाया।

''नहीं, वह तुम्हारा कमरा है। तुम्हें रहना है उसमें। तू ऐसा क्यों कर रही है?'' राधामोहनजी पहली बार लक्ष्मी से इतनी सख्ती से बोले।

''पापा, वह मेरा कमरा है न! फिर मुझे उसके बारे में निर्णय लेने दीजिए।'' लक्ष्मी को अपने पिताजी के अरमान टूटने के दर्द का एहसास तो हुआ, पर वह अपने छोटे भैया और भाभी पर न्योछावर होने का अवसर भी खोना नहीं चाहती थी। और वह निर्णय उसके मस्तिष्क से नहीं, दिल से निकसित था।

चुप रहे राधामोहनजी। आखिर लक्ष्मी उनकी ही बेटी थी न! आसानी से निर्णय नहीं बदल सकती थी। उसके निर्णय से सबसे अधिक आनंद अनुराधा को आया। लक्ष्मी उसकी भी तो बेटी थी। कमरे से बाहर जा रहे पति को सुनाकर बोली, ''मेरी बेटी भी है लक्ष्मी।''

बेटी के निर्णय की समझ ने एक बार फिर गुमान से ओत-प्रोत कर दिया राधामोहनजी को।

□

बुनियाद

उजागर सिन्हा से पत्नी और बच्चों को यही उम्मीद थी। सावित्री तो पंद्रह दिन पहले ही पति का मन भाँप गई थी। वह जादू-मंतर से जान गई थी कि उसके पति ने अपनी पुत्री अलका के लिए कहीं वर और घर पसंद कर लिया था। और पत्नी से कहने के अल्फाज जुटाने में प्रयत्नशील थे। दिल्ली फोन लगाकर बेटी को सूचना देने की जिम्मेदारी उसी की होगी। दरअसल सावित्री जादू-मंतर नहीं जानती। पर यदा-कदा पति के मन की बात हू-ब-हू बखान कर देती है। वे चौंक जाते हैं। कहेंगे, ''तुम कोई जादू-मंतर जानती हो क्या? कैसे समझ गईं कि मैं यही सोच रहा था?''

''हाँ! मैं मायके से ही जादू-मंतर सीखकर आई थी। और मैं तो टोना करना भी जानती हूँ। आप मेरी बात नहीं मानेंगे तो मैं टोना कर दूँगी।''

और दोनों की हँसी की युगलबंदी में जादू-टोना सब उड़ जाता। जेठ की धूप की चिलचिलाहट और माघ की सघनतम सर्द में पगता दांपत्य देखते-देखते परिपक्व हो गया। तीनों बच्चे मानो एक साथ सयाने हो गए हों। बारहवीं पास कराने के बाद ही बड़ी संतान अलका को दिल्ली पढ़ने भेजने का मन बना लिया पिता ने। यह योजना जब पत्नी के आगे प्रकट हुई, सावित्री ने बहुत एतराज किया, ''बेटी वाली बात है। भला दिल्ली जैसे शहर में अकेली कैसे रहेगी?''

ठठाकर हँसे थे उजागर। शीघ्र ही हँसी थामकर बोले, ''क्या कहा, दिल्ली में अकेली? एक करोड़ की आबादी है। सड़कों पर, बाजार और बसों में धक्का खाते चलते हैं लोग।''

''यह तो और बुरी बात हुई। अपनी जवान हो रही बेटी को धक्का खाने के लिए भेजना है दिल्ली! मैं तो नहीं जाने दूँगी। पहले उसका ब्याह कर दीजिए, फिर भेजिए।''

अंततः उजागर सिन्हा की ही चली। इसलिए भी कि उनकी चलने में अलका

की चाहत भी मिल गई थी। बारहवीं के बाद वह दिल्ली जाकर ही पढ़ना चाहती थी और उसकी खुशकिस्मती थी कि उसे दिल्ली के स्वनामधन्य जवाहरलाल नेहरू विश्वविद्यालय में उसके मनचाहे विषय में दाखिला मिल गया था। माँ-बाप दोनों उसे छोड़ने दिल्ली गए थे। उसे छात्रावास में भी जगह मिल गई। पर दिल्ली से भागलपुर लौटते हुए रास्ते भर सावित्री पति से प्रतिज्ञाएँ करवाती रही। पहली प्रतिज्ञा यह कि शीघ्र ही लड़का ढूँढ़कर बेटी के हाथ पीले करवा देंगे, वरना वह भी दिल्ली जाकर ही बेटी के साथ रहेगी। दूसरी प्रतिज्ञा कि लड़का उसके इलाके का ही हो। घर भी उनके घर की तरह सामान्य हो। और तीसरी यह कि विवाह अपने घर से ही करेंगे। अपना घर छोटा है तो क्या, बरात तो अपने दरवाजे ही उतरनी चाहिए, वह भी इकलौती बेटी की।

इतनी जल्दी लड़का तो नहीं मिला, पर छह महीने बाद ही दोनों ने दिल्ली जाकर अलका को देखने का मन बना लिया। हॉस्टल के कमरे में पहुँचे। उसकी रूममेट मणिमाला थोड़ी अस्वस्थ थी, इसलिए कमरे में ही थी। उसने कहा, "आइए, आप लोग बैठिए। अलका आती ही होगी।"

अलका तो नहीं, उसकी घुटने तक लटकती दोनों चोटियाँ दीवार पर अवश्य टँगी थीं। सावित्री की चीख निकल गई। उसने आँखें मूँद लीं। उजागर सिन्हा की निगाहें भी चोटियों पर पड़ीं। उन्हें तो वह दीवार नहीं, सफेद कपड़ों में खड़ी अलका की पीठ नजर आई।

बात तो समझ में आ गई थी। दिल्ली के रंग में रँगने के लिए सबसे पहले उन चोटियों को बलि देनी पड़ी, जिन्हें देखकर सारा भागलपुर शहर अचंभित रहता था। हर महिला उन्हें ललचाई नजर से देखती थी। सावित्री ने बेटी पालनेवाले जतन से ही पाले थे वे बाल। एक बार तो किसी ने अचानक पूछ दिया, 'आपको अलका प्रिय है कि उसकी चोटियाँ?' बिन सोचे-समझे सावित्री के मुख से निकला था, 'उसकी चोटियाँ।'

लेकिन फिर तुरंत सँभल गई थी, "चोटियों का क्या। बढ़ेंगी-घटेंगी। मुझे मेरी बेटी प्यारी है। बेटी है! तब तो चोटियाँ हैं।"

स्थान की नाजुकता समझकर ही सावित्री आँचल से मुँह दबाए, आँखें मूँदे बैठी रही। उस ८/८ फीट के कमरे की एक दीवार पर लटकती दो लंबी चोटियों का वजूद तो था ही। उन्हें नकारा नहीं जा सकता। इसलिए सावित्री ने अपनी आँखें ही मूँद लीं। अलका लौटी। उसे अपने माँ-पापा को देखकर बड़ा आश्चर्य हुआ। पर शीघ्र ही आह्लादित हो गया मन।

"आप लोग! सूचना भी नहीं दी?"

वह माँ से लिपट गई थी। गरदन से ऊपर टँगे छोटे-छोटे धान गेहूँ की छोटी पौधनुमा बाल जरूरत से ज्यादा फूले-फूले थे, बिखरे-बिखरे भी। सावित्री ने उसपर हाथ फेरे। उसकी आँखों से दो बूँद टपक पड़ीं। अलका माँ का भाव समझ गई। बोली, "माँ, यह दिल्ली है न! यहाँ उतने लंबे बाल कोई नहीं रखती। उसे धोने, चोटी बनाने का यहाँ कहाँ समय है! मेरी चोटियों को खोलने में जितना समय लग जाता था, उतने समय में कहाँ से कहाँ चले जाओ।"

"और वह भी घटना तो बताओ, जब भीड़ भरी बस में तुम्हारी चोटी लोगों के शरीर के बीच दबी रह गई थी। तुम नीचे, चोटी ऊपर। बस खुल गई। उस दिन तो तुम बच गईं। और तभी मैंने तुम्हारी चोटियाँ कटवाई थीं। यह भागलपुर जैसा गाँव नहीं है।" मणिमाला ने कहा।

अलका में और भी परिवर्तन आए थे। उसकी शादी के लिए पिता द्वारा लड़का ढूँढ़े जाने की बात सुनकर तो वह अवाक् रह गई थी, "पापा, आप भी! और मेरी पढ़ाई?"

"हाँ, बेटी! हम जिस समाज में रहते हैं न, वहाँ बेटी जवान हो जाए तो नाते-रिश्तेदार और पड़ोस के लोग भी चैन से जीने नहीं देते। मुझे तो तुम्हारी माँ भी…"

लड़का ढूँढ़ने में तीन वर्ष बीत ही गए अथवा उन्होंने बेटी का मन रखने के लिए बिता ही लिये। एक और बात लग गई। उनके मित्र ने कहा, "अभी समय है। झट लड़का देखो और पट विवाह, वरना लड़की हाथ से निकल जाएगी। फिर तुम्हारे कहे विवाह नहीं करेगी।"

उजागरजी को बात समझ में आई। उन्होंने अपने अभियान की गति तेज कर दी। और उस दिन उजागरजी ने प्रकट कर दिया, "मैंने एक लड़का देख लिया है। वह भी दिल्ली में ही नौकरी कर रहा है। साधारण पर सुसंस्कृत परिवार है। अलका को भी पसंद आएगा लड़का।" पत्नी को विस्तार से मनोज के परिवार के बारे में सुनाया उजागरजी ने। सावित्री को कुछ अच्छा लगा, कुछ नहीं। ज्यादातर उम्मीदें ही थीं—जैसे होनहार लड़का है। वह तो तब देखा जाएगा, जब वह कुछ होकर दिखाएगा। इसी तरह 'परिवार में एकता है।', 'सुखी परिवार है।' सावित्री ने सोचा, 'यह सब भी अनुमान है। अलका के प्रवेश के बाद भी सब ऐसा ही रहेगा, कौन जाने!'

सवाल तो अलका के आगे प्रस्ताव रखकर स्वीकृति लेने का था। उजागर सिन्हा ने इस मामले में पत्नी को आगे करने की बड़ी कोशिश की। सावित्री इस

भय से पीछे रही कि यदि अलका पिता की पसंद नहीं मानेगी तो उसे दु:ख होगा। अंतत: उजागर सिन्हा को ही यह भूमिका निभानी पड़ी। उन्होंने होली की छुट्टी में घर आई बेटी के सामने बिना किसी लाग-लपेट के बात रख दी। लड़के की शिक्षा-दीक्षा, रंग-रूप और उसके परिवार का संक्षिप्त परिचय देकर वे बेटी की ओर मुखातिब हुए। अलका डाइनिंग टेबल पर खड़ी पापा के लिए खाना परोस रही थी। वह हिल गई। अपने हाथ का सब्जीवाला बड़ा चम्मच सँभालते, पिता की थाली में यथास्थान सलीके से सब्जी डालते वह अंदर भी सँभल गई थी।

किचन में रोटी सेंकती सावित्री के कान बाहर ही थे। उसने कहा, ''खाना तो खा लीजिए, फिर बैठकर बातें करेंगे।''

अलका रोटी लेने अंदर गई तो गरम रोटी पर घी लगाती सावित्री बेटी का मुँह निरखना नहीं चूकी। उसे कुछ गड़बड़ लगा। उजागर सिन्हा को खाना खिलाकर माँ-बेटी स्वयं एक ही थाली में खाना लेकर बैठीं।

सावित्री ने ही बात उठाई, ''मुझे तो घर अच्छा लगा।''

''माँ, मेरा ब्याह किसी घर से होगा क्या?''

''नहीं! मेरा मतलब था कि लड़का तो अच्छा है ही, घर भी अच्छा है। और यह तो सबसे अच्छा है कि लड़का दिल्ली में है।''

बेटी को दिल्ली भेजकर पढ़ाने के अपने निर्णय पर उजागर सिन्हा भी विचार करने लगे। अलका की सोच में परिवर्तन तो आया ही था। विवाह उसका है, इसलिए उसकी इच्छा का विचार हो, इतना भर तो सीखा ही था उसने। पर उजागर सिन्हा कहाँ माननेवाले थे! उन्होंने तो 'लड़की दिखाई' की तिथि भी घोषित कर दी।

अलका चुप थी। न शिकवे-न शिकायत, न स्वीकृति, न प्रस्ताव की अस्वीकृति। वक्त की डोर में अपने मन को बाँध दिया। खींचनेवाला कोई और था। उसके साथ खिंचती गई। पिता ने बेटी के मौन को उसकी स्वीकृति मान ली। वे बेटी को सुना-सुनाकर संबंधी होनेवाले उस परिवार के गुणों के बखान करते रहते। उन्होंने कहा, ''लड़के का छोटा भाई भी बड़ा गुणी है। उसने घर को ऐसे सजा रखा है, मानो किसी कुशल गृहिणी ने सजाया हो। दीवारें देखते ही बनती हैं। सारी दीवारों पर मधुबनी पेंटिंग है। सीता-राम, राधे-कृष्ण की जोड़ी, तोता-मैना, हाथी-घोड़े, कदली वन, बाँस के झुरमुट और कहीं आम के मंजर तो कहीं फल लगे वृक्ष। पूछिए मत। मैं तो उन दीवारों को ही निहारता रह गया। मुझे अलका की याद आई। काश, उसे भी साथ ले जाता! यह तो खाना-पीना भूलकर उन्हें ही निहारती, सहलाती अनेक सवाल करती। दो-चार दिनों में ही स्वयं पेंटिंग सीख जाती।''

"ठीक है, ठीक है। अलका तो अब वही दीवारें निहारती, मन भरती रहेगी।"

"नहीं-नहीं, मेरी बेटी तो दिल्ली में रहेगी। लड़का भी वहीं नौकरी करता है। आज पढ़े-लिखे क्या, बेपढ़ लोग भी दिल्ली भाग रहे हैं, तो मेरी बेटी क्यों रहेगी यहाँ? हाँ, कभी-कभी मुँगेर जाएगी तो दीवारें ही निहारती रहेगी।"

दोनों अपने-अपने मन को समझा-बुझा रहे थे। प्रश्न भी अपने मन के, उत्तर भी अपनी जबान के!

इधर अलका कहीं खो गई। इन भित्तिचित्रों से उसका गहरा लगाव ही तो उसे दिल्ली की सभी नुमाइशों में घुमाता रहा था। शनिवार की शाम उसकी सहेलियाँ बाजार जातीं या सिनेमा, अलका उस ओर भागती, जहाँ कोई ग्रामीण वस्तुओं अथवा पेंटिंग की नुमाइश लगी हो। कॉलेज की लाइब्रेरी जाकर सभी समाचार-पत्रों के स्थायी स्तंभ 'आज के कार्यक्रम' अवश्य देखती। पेंटिंग, विशेषकर परंपरागत पेंटिंग देखती-परखती अलका की उँगलियों में भी सुगबुगाहट होती। कूची भी आ जाती। मानो सामने रंग की डिबिया रख दी गई हो। कोरी दीवारों पर अलका कूची चलाने लगती। विभिन्न रंग भर देती। वास्तविकता तो यह थी कि पढ़ाई-लिखाई से समय मिले तो पेंटिंग करे! यह खर्चीला शौक भी है।

अपने पापा द्वारा लड़के के गुणों का वर्णन सुनकर भी उसके कुँआरे मन में लड्डू नहीं फूटे थे। पर उस घर की दीवारों का वर्णन सुनकर ऐसी उत्कंठा जगी कि एक बार भागकर जाए और देख आए! पर अभी तो बड़े रस्म-रिवाजों की सीढ़ियाँ लाँघनी थीं। पहली रस्म थी—'लड़की दिखाई' की। अलका को यह रस्म बिलकुल नहीं पसंद। चलचित्रों में देखा था। अपनी चचेरी बहन के विवाह पर भी। कितने डरे-डरे थे उसके चाचा-चाची तथा सारा परिवार। सविता को भी डरा दिया था। सारे अभ्यास कराए थे। उठना, बैठना, चलना, गाना, हँसना। बाप रे बाप! आज भी वह दृश्य स्मरण कर अलका के रोंगटे खड़े हो जाते हैं। उसने तय किया था, 'मैं अपना ऐसा तमाशा हरगिज नहीं बनने दूँगी!'

पर पिता का अनुग्रह था। मानना पड़ा अलका को। अपनी शर्तों पर ही उसने पिता का प्रस्ताव स्वीकार किया। सिर पर पल्लू नहीं रखेगी। चाय की ट्रे लेकर मेहमानों के सामने नहीं आएगी। होनेवाले सास-ससुर के पाँव छूकर प्रणाम नहीं करेगी। अनावश्यक ढंग से सिर नहीं झुकाएगी और गाना नहीं गाएगी।

पिता ने उसकी सारी शर्तें मान लीं। फिर क्या था! जिसे देखना हो देखे, उसे क्या फर्क पड़ेगा! अलका इसी मानसिकता से वहाँ उपस्थित हुई। सामने कुरसियों पर कई लोग बैठे थे। गुलाबी साड़ी में लिपटी एक कृशकाय महिला पर उसकी

प्रथम दृष्टि पड़ी। आँखें भी मिल गईं। उसकी मुसकान ने अपनी ओर खींचा। वह झुककर उनके दोनों पाँव छू गई। उस बिहँसती स्त्री के कंठ से आशीष रिसे, "सदा सुहागन रहना।"

और उनके पाँवों से उठा उसके दाहिने हाथ ने पीठ पीछे लटकते साड़ी के पल्लू को खींच सिर पर रख दिया। उजागर सिन्हा फटी नजरों से बेटी के कारनामे देख सुखाश्चर्य से भर रहे थे। आगंतुक महिला ने अलका को एक बनारसी साड़ी ओढ़ाकर भर-भर हाथ लाख की लहठियाँ पहना दीं। अलका अपनी लंबी छरहरी कलाइयों में पहली बार इतनी सुंदर रंग-बिरंगी चूड़ियाँ देखकर स्वयं उनपर मोहित हो गई। मानो सदा अपने नीचे रहनेवाली सहयोगिन कलाई तो उन आँखों ने कभी देखी ही नहीं हो! इतना पास रहकर आँखों से कितनी दूर थीं कलाइयाँ! उसपर शोभित हो रही चूड़ियों पर भी चित्र बने थे। नग जड़े थे। शीशे के गोल, लंबे, त्रिकोण और चतुष्कोणों वाले नन्हे टुकड़े जड़े थे। खो गई अलका उन लहठियों की गुनगुनाहट में। परिवेश का भान नहीं रहा।

वहाँ घिर आई। शांति को भंग करता एक मीठा पुरुष स्वर गूँजा, "कखन हरब दु:ख मोर हे भोला नाथ···" विद्यापति के भजन की वे पंक्तियाँ उसे भी बहुत पसंद थीं। अलका की नजरें उठीं, गायक के चेहरे पर अटक गईं। स्वर गले से नहीं, हृदय से निकल रहे थे। गानेवाले का परिचय उसके पापा ने नहीं करवाया था। दरअसल उपस्थित लोगों का परिचय तो किसी ने करवाया ही नहीं था। पर उसका अंदाज था, 'हितेश होगा, लड़के का छोटा भाई, जिसे पेंटिंग का शौक है। कलाएँ भी तो जुड़वाँ बहनें हैं। एक को सीखो, दूसरी चली आती है। सबका उत्स एक ही है।"

अलका डूब गई भजन के भावों में। गीत समाप्त होने पर भी वह उसी आकृति की ओर टकटकी लगाए देख रही थी। गायक साँवली सूरतवाला था। बड़ी-बड़ी आँखें और उसकी मूँछें भी थीं। अलका को पुरुष-मुख पर मूँछें नहीं जँचती थीं। एक बार उसने मणिमाला से कहा था, 'मेरे पति की मूँछें हुई तो मैं काट दूँगी।'

'और वह कटवा लेगा?'

'हाँ! क्योंकि मेरे प्यार में डूबते-उतराते उसे मूँछें कटने का एहसास ही नहीं होगा।'

"अच्छा,ऽऽ।" मणिमाला ने लंबी साँस भरी थी। पर अभी तो अलका को कुछ नहीं सूझा। वह तो अपने होनेवाले देवर की मूँछों के नीचे से नि:सरित सुमधुर

स्वर-लहरी में डूब रही थी। तभी उजागरजी बोले, ''मनोजजी, मैंने आपसे पहली भेंट में ही गाने सुने थे। आपके स्वर पर ही मोहित हो गया था। तभी आज भजन सुनने की इच्छा रोक न सका।''

अलका ने अपनी नजरें अपनी समझ के 'हितेश' पर से सरका लीं। वह तो देवर नहीं, होनेवाला पति निकला। उसी का नाम तो मनोज था।

विवाह के लिए अलका के मन ने भी तैयारी शुरू कर दी। पंडितजी ने जब आठ महीने बाद का लगन देखा था, अलका के मन में समय खिंच गया था।

होनेवाली सास, देवर और पति जैसे रिश्तों से ज्यादा वह स्त्री का ममत्व, पुरुष का कला-प्रेम और सुमधुर पुरुष स्वर से जुड़ गई। भित्तिचित्र-दर्शन उसका उद्‍देश्य हो ही गया था। दिन बीतते कितना समय लगता है! विवाह उत्सव संपन्न हुआ। अलका विदा होकर ससुराल पहुँची। पति मिले, देवर दिखा। सासजी न्योछावर हो रही थीं। घूँघट के नीचे से अलका ढूँढ़ रही थी तो वह भित्तिचित्र, वे दीवारें, जो उसके विवाह का मन बनाने की बुनियाद थीं। घर में भीड़-भाड़ थी। सब मेहमान दुलहन को ही घेरे रहते। धीरे-धीरे भीड़ खिसकती गई। लोगों के चले जाने पर अलका ने अपना घूँघट उठाया। खुली नजरों से दीवारें देखने और सहलाने लगी। वहाँ कोई चित्र नहीं था। दीवारें भीगी-भीगी थीं। नई भी।

तीसरे दिन हितेश भाभी से एकांत में मिलने आया। प्रसन्नता ने उसके चेहरे पर मानो जड़ जमा ली थी। हितेश ने पूछा, ''भाभी, आपको हमारे छोटे से घर में कोई तकलीफ तो नहीं? आप तो दिल्लीवाली हैं। वहाँ तो बड़ी-बड़ी इमारतें हैं। वहाँ रहनेवालों को तो हमारा मुँगेर शहर भी गाँव ही लगता है।''

''मात्र तीन वर्ष दिल्ली रहकर मैं दिल्लीवाली कैसे हो गई? मुझे तो अपने इस क्षेत्र के छोटे-छोटे मिट्टी की दीवारोंवाले घर बहुत अच्छे लगते हैं। कितना साफ-सुथरा। बड़े जतन से दीवारों पर की गई चित्रकारी। ऐसे घर में रहने का आनंद ही कुछ और है।'' थोड़ा थमकर बोली, ''मैंने तो आपकी बड़ी प्रशंसा सुनी है। अरे हाँ, आपके हाथों बनी दीवारों पर मधुबनी पेंटिंगवाले अपने घर में हम कब जाएँगे? मुझे उसे देखने की बड़ी लालसा है।'' अलका की उत्कंठाएँ छलक गईं।

''भाभी, आपने सूखते घाव को कुरेद दिया। दरअसल आप दोनों का विवाह निश्चित होने पर मेरे घर में बड़ा तहलका मचा। माँ ने कहा, 'आनेवाली बहू दिल्ली वाली है। वह मिट्टी की दीवारों वाले पुश्तैनी घर में कैसे रहेगी! उसके लिए नया घर बनना चाहिए। बाबूजी ने प्रोविडेंड फंड और जीवन बीमा से कर्जा लिया। जल्दी-जल्दी में तीन कमरे का यह फ्लैट बना। इसीलिए तो विवाह के

लिए आठ महीने का समय लिया था। इसी कमरे में प्लास्टर और पेंट हुए हैं, दूसरे दोनों कमरे पूरी तरह तैयार भी नहीं हुए हैं।''

''ठीक है। पर वह पुश्तैनी भित्ति चित्रवाला दीवार और घर देखने तो चल सकते हैं न? चलिए न, अभी देख आते हैं।'' अलका मचल उठी।

देवर मन मसोसकर रह गया। अपनी भाभी की पहली इच्छा भी पूरी नहीं कर सकता।

हितेश रुआँसा हो गया। बोला, ''भाभीऽऽऽ...!'' हितेश को हिचकी आ गई। अलका ने उसके कंधों पर हाथ रखा। उसके लिए भाभी का वह प्रथम स्नेह स्पर्श था। सहला लिया अपने जख्मों को। साहस बटोरकर बोला, ''भाभी, उसे देखने कहीं दूर जाने की जरूरत नहीं। वह आपके पाँवों के नीचे है।''

''क्या कहा? आप बुझौवल मत बुझाएँ, फिल्मी डायलॉग भी न बोलें। बताएँ तो कि वह भित्ति चित्रोंवाला घर कहाँ है?'' हितेश की भूमिका से अलका की जिज्ञासा बढ़ती जा रही थी।

''भाभी, उन भित्तिचित्रों का अपना वजूद तो था नहीं। भित्तियों पर उकेरे गए थे वे चित्र। जब दीवारें ही नहीं रहीं तो चित्रों की क्या बिसात?'' हितेश दार्शनिक मनोभाव में बोला।

''दीवारें कहाँ गईं?'' अलका भी उद्विग्न हो गई।

हितेश ने शांत स्वर में कहा, ''भाभी, मेरे परदादा ने बनवाया था घर। पुख्ता दीवारें थीं। तीन पीढ़ियों पूर्व बनी मिट्टी की दीवारें ढाह दी गईं। उनके साथ वे चित्र भी। बड़े पेड़ पर बने चिड़िया के घोंसले पेड़ के साथ ही धराशायी होते हैं। दीवार की ढही मिट्टी को मजदूरों ने पानी डाल-डालकर रौंदा। उसी के ऊपर दीवारें खड़ी हुईं। फर्श बना। उसके ऊपर ही प्लास्टर हुआ है, जो आपके पाँवों के नीचे है।''

फिर हिचकने लगा हितेश। फिर सहलाया अलका ने। पर इस बार उसके हाथ के कंपन से काँपने की बारी हितेश की थी।

''भाभी, आप चिंता न करें। मैं इन दीवारों पर भी पेंटिंग कर दूँगा।'' उसने अपने को स्थिर किया।

पर अलका तो कहीं और खो गई थी, मानो उन दीवारों की संहारक वही हो। उसके आगमन की आहट ही कारण बनी दीवारों के अवसान की। देवर-भाभी के मन एक धरातल पर आ गए थे। दोनों के मन की तासीर एक हो गई थी।

हितेश की पीड़ा को सहलाया था अलका की पसंद ने। वह भाभी के लिए

पुनः पेंटिंग बनाने की कल्पना में सराबोर हो गया। पर अलका के टूटते अरमान के दर्द को कौन सहलाए! उसने लंबी साँस खींचकर मन-ही-मन कहा, 'चलो, इस घर की बुनियाद में ही सही, भित्तिचित्र तो हैं। इस घर से संबंध के लिए मेरा मन बनाने की बुनियाद भी।'

उसे स्मरण हो आया, उसके पापा ने भी नया घर बनाया था। नींव में कई नदियों के जल और पवित्र स्थानों की मिट्टी डाली थी। पूजा-अर्चना हुई थी। वह उस नए घर की बुनियाद को नमन कर गई।

□

चिट्ठी की छुअन

कौशल्या की हालत बिगड़ती जा रही थी। चिकित्सक की पकड़ में वह सूत्र नहीं आ पा रहा था जिससे उसकी बीमारी की पहचान हो और तदुपरांत उसका इलाज हो सके। वैसे तो उसकी उम्र ही अपने आप में एक बीमारी थी। अस्सी पतझड़ और वसंत पार कर लेना अपने लिए भी एक संतुष्टि का आलम था। देखने-सुननेवाले कहने लगे थे, ''अब तो अस्सी पार कर लिया, अब क्या! पके आम हैं, कभी भी टपक जाएँ।''

कौशल्या कहा करती थी, ''इस उम्र पर पहुँचने तक एक चिंता सताने लगी है—चलते-चलते चले जाएँ। खटिया न पकड़नी पड़े, किसी की सेवा नहीं लेनी पड़े। एक-एक कर मेरे सभी हमजोली चले गए। अकेला कर दिया। अकेलापन भी एक बीमारी है। बड़े भैया भी पिछले साल मुझे छोड़ गए। उनकी बीमारी की खबर सुनकर मैं मेरठ जाना चाहती थी। बेटे-बहू और पोते-पोतियाँ भी मेरे प्रस्ताव के विरोध में एकमत हो गए।''

बहू नारायणी ने कहा, ''माँ जी, वहाँ जाकर आप करेंगी क्या? मामाजी की सेवा तो करने से रहीं। स्वयं आपकी भी सेवा करनी पड़ेगी उन्हें। एक ही तो बहू है, क्या-क्या करेगी?'' नारायणी बिलकुल ठीक कहती थी। पर कौशल्या अपने मन का क्या करे! उससे उम्र में पाँच वर्ष बड़े उसके भैया पचासी वर्ष के हो गए थे, पर कौशल्या की स्मृति में उसके भैया पचहत्तर वर्ष पूर्व वाले ही उतरते थे। लड़ना-झगड़ना, बात-बात में कौशल्या को छेड़ना। दादी द्वारा उसकी कसकर बँधी चुटिया खींचना। चोटी के अंत में रंग-बिरंगे रिब्बन से बने फूल की पँखुड़ियाँ बिखेर देना। कौशल्या रोती-रोती सीधे बाबूजी के दरबार में ही पहुँचती थी। और बाबूजी के हाथ में अपने पेशे का जो भी औजार—हँसुआ, खुरपी, झाड़ू, गँड़ासा होता, वे उसी से रामलखन पर वार कर देते। बाद में तो बहन को छेड़कर, उसका

रोना शुरू होने से पूर्व लखन भाग लेता। कभी दादी माँ के पीछे छुप जाता। ढूँढ़ ही लेते उसको बाबूजी। उनका वार खाली नहीं जाता। बेटे की पिटाई के लिए उठा हाथ कभी माँ तो कभी पत्नी के ऊपर ही गिरता।

कौशल्या को बाबूजी के हाथ से भाई को एक थप्पड़ लगवाए बिना भी चैन नहीं पड़ता था। पर लखन को अधिक चोट लगने पर उसे साथ-साथ रोना भी पड़ता था। चार भाई थे। अकेली बहन कौशल्या। कौशल्या रामलखन की ही पिठौत थी। उसके बाद था चौथा भैया, जो पैदा होने में भले ही सबके पीछे रहा, दुनिया छोड़ने में प्रथम रहा। विधाता ने मात्र चालीस वर्ष की ही उसकी आयु लिखी थी। इसलिए उन तीनों भाइयों से कम, रामलखन से ही कौशल्या की ठनती। वे दिन बीत गए। अब एक भाई ही तो बचा था। कौशल्या की बेचैनी उसकी बहू नहीं समझ पाई थी। इसलिए कौशल्या ने अपनी बेटी सीमा को पत्र लिखना उचित समझा। पत्र इतना लंबा हो गया था कि डाकखाने के छोटे पीले लिफाफे में आने से रहा। अपने पोते राहुल से प्रथम तो एक कागज का टुकड़ा ही माँगा था कौशल्या ने। राहुल ने एक फुल पेज सादा पेपर दे दिया था। कौशल्या बोली थी, ''अरे बेटा, इतना बड़ा कागज क्या होगा? मुझे तो दो आखर लिखना है। तुम्हारी बुआ को बुलाना है। बहुत दिन हो गए। एक बार आकर मुँह दिखा जाए।''

कौशल्या ने लिखना शुरू किया। राहुल के कमरे में ही बैठी वह बच्चों जैसे बोल-बोलकर लिख रही थी। राहुल ने कहा, ''दादी, आप मन-ही-मन बोलकर लिखिए न। मुझे पढ़ना है। कल पेपर है।'' कौशल्या ने शब्दों और भावों को मन-ही-मन बोलकर कागज पर उतारने की बड़ी कोशिश की। वह इंजीनियरिंग के तीसरे वर्ष में पढ़ रहे पोते की पढ़ाई में बाधा नहीं डालना चाहती थी। पर पत्र लिखते समय बातों को जबान पर सजाकर, होंठ बंद किए ही कागज पर उतार देना, उससे संभव नहीं हो रहा था। इसलिए उसका बुदबुदाना रुका नहीं। राहुल ने कहा, ''अभी मैं सो जाता हूँ। आप चिट्ठी पूरी कर मुझे जगा दीजिए। फिर मैं पढ़ूँगा।'' राहुल द्वारा दिया वह पन्ना तो भरा ही। कौशल्या राहुल की मेज से एक-एक कर अन्य चार पन्ने उठा लाई। रँगती रही, भरती रही—बचपन के न जाने कितने प्रसंग! राहुल दादी के पास ही लेटा था। रजाई से कान ढकने के बाद भी वह दादी के पसरे हुए बचपन के प्रसंग सुनता रहा। कोई एक प्रसंग लिखते-लिखते भूल हो जाए, कौशल्या सुधारती थी, ''नहीं, माँ खाना नहीं बना रही थी, वह तो कपड़े धो रही थी। इसलिए चूल्हे में जलती लकड़ी नहीं, कपड़े पीटनेवाले कुंदे से बाबूजी ने मारा था भैया को। मैं भी कितना भूलने लगी हूँ! चूल्हे की

जलती लकड़ी से भैया को मार खिलवा दिया। झूठ बोलने का भी पाप लगेगा। माफ करना भगवान्।'' यह बुदबुदाती रो पड़ी कौशल्या।

सुन-सुन राहुल हँसे या सोए। बीच-बीच में दादी रोती भी थी। आँखों के आगे छाए धुँधले बादल के छँटने में ही कुछ देर लग जाती। राहुल टोकता, ''दादी, पहले रो लो, फिर लिखना।''

''अरे बेटा। तू सो जा न।''

और इस प्रकार सुबह से शुरुआत हुए उस पत्र को तैयार होते, दादी के बार-बार पढ़ने और रोने-हँसने में उस दिन के और दो पहर बीतकर शाम ढल गई। राहुल को जगाकर दादी ने कहा, ''बेटा, अब जग जाओ, थोड़ा पढ़ लो। थोड़ी देर में गदहबेर हो जाएगा। फिर कैसे पढ़ोगे?''

झटके से उठा राहुल। झल्लाया, ''दादी, आपने अपने पत्र लिखने में मेरा सत्यानाश कर दिया। अब आप गदहबेर में पढ़ने नहीं देंगी। मेरा क्या होगा? मैं तो कल मैथ के पेपर में आपके बचपन की कहानियाँ लिख आऊँगा। लड्डू मिलेंगे लड्डू।''

पोते का समय बरबाद करने के लिए दादी को भी बड़ा पश्चात्ताप हुआ। कौशल्या ने कहा, ''पढ़ बेटा, पढ़। मैं तुम्हारे लिए चाय बनवाती हूँ।'' दादी अपनी कगर सीधी करती बाहर चली गई थी। चिट्ठी चार दिनों तक राहुल की दराज में पड़ी रही। अपनी परीक्षा समाप्त होते ही उसने बड़े लिफाफे में डालकर बुआ को भेज दिया। सीमा कहाँ रुकने वाली थी! चिट्ठी ही ऐसी थी। सीमा के अचानक मायका आने पर कौशल्या और राहुल के सिवा सब लोग अचंभित हुए।

अपनी माँ कौशल्या को मेरठ ले जाकर उसके भाई से मिलाकर सीमा को भी सुखद अनुभूति हुई थी। पर उसे कहाँ पता था कि भाई के जाने के बाद उनका पीछा करते स्वयं कौशल्या भी दुनिया छोड़ने की तैयारी करने लगेगी!

इधर सीमा ने पिछले चालीस वर्षों में माँ द्वारा लिखी सारी चिट्ठियाँ निकाल ली थीं। उसकी भी बेटी रोमा बड़ी हो गई। सीमा नानी भी बन गई। डेढ़ वर्ष पूर्व रोमा के अमेरिका जाने पर तो सीमा को कौशल्या की याद अधिक ही आने लगी थी। माँ की पुरानी चिट्ठियों को अपनी गोद में रखकर एक-एक शब्द सहलाती, उनके नए अर्थ समझती सीमा परिपक्व हो गई थी। उधर कौशल्या को अपने हाथों पाली नातिन रोमा की चिट्ठी का बेसब्री से इंतजार था। कौशल्या कहती, ''सीमा, रोमा तुम्हें तो पत्र लिखती होगी। मुझे वही पत्र भेज दो न। उन्हें ही पढ़कर संतोष कर लूँगी। ससुराल जाकर बेटी चिट्ठी न भेजे, कैसी विचित्र बात लगती है!''

सीमा और उसकी भाभियाँ बहुत हँसती थीं। माँ को कैसे समझाए कि जमाना कितना तेजी से बदला है। अब कोई चिट्ठी नहीं लिखता। टेलीफोन पर हाल-समाचार मिल जाता है। ई-मेल पर सभी विस्तृत जानकारियाँ। बेटी को अमेरिका भेजकर ही सीमा ने कंप्यूटर सीखा—उसे ई-मेल भेजने और उसका ई-मेल पढ़ने के लिए। रोमा अकसर माँ से किसी खाद्य पदार्थ की रेसिपी पूछती।

कौशल्या अपनी बीती जिंदगी की चादर पर अपने सगे-संबंधियों द्वारा लिखी चिट्ठियाँ पसार लेती। वह कहती, "सीमा, अच्छा किया मेरी दादी ने। उसने मुझे चिट्ठी लिखने-पढ़ने लायक पढ़ा-लिखा दिया। वरना मैं अपनी ससुराल में बीती जिंदगी की कहानियाँ दादी और माँ को कैसे सुनाती?" अपने द्वारा लिखी चिट्ठियों के मजमून भी स्मरण थे उसे। जब वह बाँचने लगती, बच्चे ऐसे ध्यानमग्न हो सुनते मानो कोई लोककथा सुन रहे हों। कई बार उनकी चिट्ठी पाते ही उनके पिताजी के आने, उन्हें बुलाकर मायका ले जाने की स्मृतियाँ उन्हें बहुत सुखद लगती थीं। वे अपनी पीठ थपथपाती हुई कहतीं, "मैं चिट्ठी ही ऐसी लिखती थी। पत्थर दिल भी पिघल जाए। वे तो पिता थे। अपने बाबूजी को बुलानेवाली चिट्ठी बनाने के लिए मैं उसमें एक संकेत अवश्य डाल देती। चिट्ठी के अंत में लिखती, 'इसे चिट्ठी नहीं, तार समझिए।' और उस विशेष चिट्ठी को बुलावा समझकर वे अपने फसल की बोआई-कटाई जैसे महत्त्वपूर्ण कारज छोड़ मेरे पास आ जाते। इसलिए तो बहुत दूर भी नहीं ब्याहा था बेटी को। पर हरेंद्र और उसके दो वर्ष बाद श्रवेंद्र के जन्म के बाद तो मैंने भी मायका भुला दिया। चिट्ठी लिखने का समय ही नहीं मिलता था, तो पिताजी को या उनके बाद भाइयों को कैसे बुलाती? भाइयों का अपना परिवार था, अपनी समस्याएँ।

तुम्हारे जन्म के बाद पालन-पोषण में माँ की बहुत याद आती थी। तुम्हें ससुराल भेजकर फिर चिट्ठी लिखने का मन कर आया। तुम भी कहाँ लिखती थीं चिट्ठी, सिर्फ जवाब देती थी। मैं तुम्हारी चिट्ठी के एक-एक अक्षर पर देर तक उँगली रखकर पढ़ती। तुम्हारी लिखावट से भी तुम्हारे मन की बात प्रगट हो जाती। एक चिट्ठी में तुमने बहुत काट-पिटाई की थी। अपने ही द्वारा लिखे अक्षरों पर खूब कलम घिसी थी। ताकि मैं उन शब्दों के एक भी कंकाल नहीं देख सकूँ। तुम्हारे मन के भाव नहीं पढ़ सकूँ। उस चिट्ठी को पढ़कर मैंने तार ही समझा था। तुम्हारे पिताजी को भेज दिया। उन्होंने लौटकर कहा था, "आप ठीक कह रहीं थीं। सीमा बड़ी दुःखी थी।"

"आप उसे अपने साथ क्यों नहीं लाए?" रुँआसे हुए मेरे गले से शिकायत रिसी।

"ऐसे भी कहीं बेटी को बुलाया जाता है! हर घर-संसार में दुःख-सुख लगा ही रहता है। उनके घर की छोटी-छोटी बातों में हमें नहीं पड़ना चाहिए।"

तुम्हारी एक चिट्ठी को पढ़-पढ़ मुझे बड़ी हँसी आई। एक चिट्ठी तुमने दो-चार दिनों में कई कलम और कई रंग की स्याहियों से लिखी थी। तुम्हारे चार वर्षीय बेटे रमन ने भी जगह-जगह कलम घिसे थे। एक स्थान पर तो अक्षर पसर गए थे। पानी पड़ गया था। मैं समझ गई थी। मैंने तुम्हारी भाभी मीरा से कहा, "देखो न! चिट्ठी लिखते समय रोहन गोद में ही रखा होगा। चिट्ठी पर गिरा पानी नहीं, शायद उसका सुसु है।"

मीरा के संग तुम्हारे पिताजी भी हँस पड़े थे। मैंने कहा, "यह हँसने की बात नहीं है। आप उसके लिए एक नौकर ठीक करके भेज दीजिए। घर-गृहस्थी के साथ चार वर्ष और चार माह के बच्चों को अकेले सँभालना आसान नहीं है। दूसरे ही दिन तुम्हारी सहायता के लिए दिवाकर को भेजा था। तुमने दूसरे पत्र में लिखा था, 'माँ, इतनी दूर रहकर भी आपने मेरी परेशानी कैसे समझ ली?'

"अरी नादान! तुमने भले ही अपनी परेशानी नहीं बताई थी, तुम्हारी चिट्ठी के रंग-रूप तो बहुत कुछ कह जाते थे।" चिट्ठी पढ़ती-पढ़ती मैं बुदबुदाई। हरेंद्र ने कहा, "माँ, आप किससे बातें कर रही हैं?"

"चुप कर। मैं चिट्ठी पढ़ रही हूँ।"

कभी-कभी तुम्हारी चिट्ठी पढ़कर मैं रोने लगती। तुम्हारे पिताजी या भाई मेरे हाथ से चिट्ठी लेकर पढ़ते। कहते, "इसमें कहाँ कोई रोनेवाली बात है? आपको तो रोने का बहाना चाहिए।"

कौशल्या के भारी शरीर ने बिछावन पकड़ लिया था। वह आसानी से उठ-बैठ भी नहीं पाती। इधर उसकी एक ही रट थी। कुछ लोग तो उसकी रट को अंतिम इच्छा ही समझने लगे थे। वह थी, 'रोमा के हाथ की चिट्ठी पढ़ने की।' माँ की हालत की जानकारी पाकर सीमा भी मायके आ गई थी। माँ के पास बैठी कभी कमर, कभी हाथ, कभी पीठ सहलाती रहती। पर वह तो मूल थी। कौशल्या को अपने सूद धन रोमा से अधिक लगाव था। राहुल अपने कंप्यूटर पर प्रति सुबह-शाम अपनी बुआ का ई-मेल भी चेक करता। रोमा दिन में तीन बार ई-मेल करती। नानी को अपना हाल-समाचार भेजती, उनका पूछती। पर कौशल्या को यह बात समझ में नहीं आती थी कि उस लोहे के बॉक्स में चिट्ठी आती तो है, पर निकलती क्यों नहीं! चिट्ठी निकालकर भी पढ़ी गई। पर वह तो अंग्रेजी में थी। वे अक्षर कौशल्या को न गुदगुदाए, न रुलाए, न हँसाए, और न चिंतित किए। कौशल्या को संतोष नहीं हुआ।

उसने कहा, ''सीमा, रोमा तो वहाँ बिलकुल अकेली है। कैसे पालती होगी दो महीने के बच्चे को?''

''माँ, मैंने आपको बताया न कि रोमा के सास-ससुर वहाँ गए हुए हैं।''

''तब तो बेचारी के लिए और मुश्किल। उनकी भी आवभगत करनी पड़ती होगी।''

''हाँ, लेकिन आप अब यह सब सोचना छोड़ दीजिए। जिसको जैसे रहना है, रहने दीजिए।''

''ऐसे कैसे छोड़ दूँ! मैं कुछ कहती हूँ। मेरा मन है कि रोमा एक लंबा पत्र लिख देती, जिसे पढ़कर मुझे उसके रहन-सहन, सुख-सुविधा का अंदाजा लग जाता। चिट्ठी को छू-छाकर मुझे उसे ही छूने जैसा लगता। चिट्ठी अपने साथ लिखनेवाले की गंध भी ले आती है, उसकी छुअन भी। तुम्हारी चिट्ठियों को मैं छूती थी, कलेजे से लगाती थी, चूमती थी। वह चिट्ठी ही नहीं होती थी, तुम होती थीं। तुम्हारी छुअन, तुम्हारी गंध होती थी। आखिर उसी कागज को छू-छूकर तुम लिखती थीं न। इस कंबूटर से निकलनेवाले अक्षर और कागज में कहाँ है रोमा की छुअन?''

''माँ, आप समझतीं क्यों नहीं। रोमा पिछले दस वर्षों से कंप्यूटर पर ही काम कर रही है। इसलिए कलम पकड़ना ही भूल गई। मैं तो उसकी कंप्यूटर वाली चिट्ठी ही पढ़कर संतोष करती हूँ। जमाने के अनुसार बदलना ही होगा न।'' सीमा कहती।

इधर-उधर की ढेर सारी बातों के आदान-प्रदान होते रहे। माँ को सुलाकर सीमा बाहर आ गई थी। उन दिनों भाभी-भैया और बच्चों के साथ बैठकर भी माँ की ही बातें होतीं। कौशल्या की स्मरण-शक्ति में कोई कमी नहीं आई थी। आवाज भी वैसी ही टनाटन। घर और बाहर के एक-एक सदस्य को पहचानती और उनके सम्मुख उनसे ही जुड़ी बातें करती। पर एक-एक से यह कहना नहीं छोड़ती, ''मेरी ही बेटी है तो क्या, है कठकरेज। उसकी बेटी की चिट्ठी ही नहीं आती। उसके सुख-दुःख का उसे कैसे पता चले?'' सब उसे यही जवाब देते, ''आज चिट्ठी कौन लिखता है! टेलीफोन, मोबाइल फोन या ई-मेल पर बात होती है।'' भाभी, माँ तो अपने द्वारा लिखी या हमारी पाई चिट्ठियों को कंठाग्र कर लेती थी। उन्हें ऐसे सुनाती, मानो कोई कथा सुना रही हों।''

कौशल्या ने रोमा की चिट्ठी का इंतजार नहीं छोड़ा। मात्र नातिन की चिट्ठी की प्रतीक्षा को ही माँ की बीमारी का कारण समझकर बच्चे आपस में चिंतित होने लगे। मीरा को एक उपाय सूझा, ''सीमाजी, हम ऐसा क्यों न करें। आपके द्वारा

ससुराल के प्रारंभ के दिनों में लिखी चिट्ठियाँ माँ जी ने सँभालकर रखी हैं। उन्हीं में से एक पढ़कर सुना दें। शायद उन्हें संतोष हो जाए। रोमा तो लंबा पत्र लिखने से रही।'' मीरा का प्रस्ताव स्वीकृत हुआ।

कौशल्या के बक्शे से चिट्ठियाँ निकाली गईं। चिट्ठियों के पीले पड़े कागज इतने जानहीन हो गए थे, मानो हवा लगते ही दरक जाएँ। बड़ी सावधानी से चिट्ठियाँ उलटी-पलटी जा रही थीं। पढ़-पढ़कर स्वयं सीमा कभी हँसती, कभी रोती रही।

उनमें से एक चिट्ठी के मजमून रोमा की स्थिति और भाव के भी अनुकूल बैठते थे। मीरा पढ़ रही थी। सीमा सहित घर के सभी सदस्य मीरा को घेरे खड़े चिट्ठी सुन रहे थे—

'आदरणीया माँ,

ईश्वर की अनुकंपा और आप लोगों के आशीष से मैं यहाँ सकुशल हूँ। यहाँ परिवार में सब लोग अच्छे हैं, मुझे प्यार भी करते हैं। मेरे सास-ससुर आपकी बहुत इज्जत करते हैं। कभी किसी बात का उलाहना नहीं देते। और ये तो मेरा बहुत खयाल रखते हैं। अभी जल्दी में हूँ, फिर लंबी चिट्ठी लिखूँगी। घर में बड़ों को प्रणाम। छोटों से प्यार कहिएगा।

आपकी बेटी सीमा।'

सीमा की हँसी छूट गई। उसने कहा, ''रोमा अपने पति संभव का नाम लेकर पुकारती है। माँ यह जानती है। इसलिए 'ये' की जगह 'संभव' पढ़िएगा, भाभी। और अंत में मेरे नाम की जगह—रोमा।'' इसी योजना से सब लोग चिट्ठी लिये कौशल्या के कमरे में दाखिल हुए। सीमा ने ही कहा, ''माँ, आपको जिसका इंतजार था, आ गई।''

''कहाँ? कब आई रोमा?'' कौशल्या बिछावन से उठने का उपक्रम करने लगी।

''रोमा नहीं माँ, उसकी चिट्ठी आई है। आपको तो चिट्ठी का ही इंतजार है न।''

''अच्छा, लाओ, मेरे हाथ में दो।''

कौशल्या के हाथ में चिट्ठी थमा सब लोग चिंतित हो गए। हिलने से ही कागज फट जाता। कौशल्या ने कागज को कलेजे से लगाकर सहलाया। सब लोग साँस रोके खड़े थे। उन्हें अपनी चोरी पकड़ी जाने का भी भय था। चिट्ठी की पोल

खुलने पर कौशल्या उन्हें माफ नहीं करती। बहुत दुःखी हो जाती। संभवतः दवा और भोजन खाना भी छोड़ देती। आँखों-ही-आँखों में सब अपनी चिंताएँ और भय बाँट रहे थे। मीरा ने आहिस्ते से सास के हाथ से चिट्ठी ले एक साँस में पढ़ डाली। कौशल्या ने कहा, ''लो, इतने दिनों बाद लिखी भी तो इतनी छोटी चिट्ठी। आजकल के बच्चों को मौज-मस्ती के लिए समय है, माँ को चिट्ठी लिखने का समय नहीं।''

थोड़ा थमकर बोली, ''जैसी लिखनेवाली, उससे बढ़कर पढ़नेवाली। चिट्ठी ऐसे बाँच दी, मानो पंडितजी ने कोई मंत्र पढ़े हों! लाओ, चिट्ठी मेरे हाथ में दो।''

तभी कॉलबेल बजी। सब एक साथ चौंक गए। दरवाजा खोलने के लिए मीरा ही गई। दरवाजा खोलते ही उसकी चीख निकल गई, ''सीमाजी ऽ ऽ ऽ!'' वह इतना ही बोल पाई। किसी ने उसके मुँह पर हथेली दबा दी थी।

''मुझे नानी को सरप्राइज देना था। उन्हें मेरी चिट्ठी का इंतजार था न। चिट्ठी तो मैं लिखने से रही। हम आ गए हैं।'' पीछे खड़े संभव की गोद में था सरल। तेज गति से कौशल्या के कमरे में दाखिल हो अपनी नानी से चिपक गई रोमा।

''नानी ऽ ऽ ऽ! मैं आ गई।'' कौशल्या और सीमा के होश उड़ने का क्षण था। वे भी सँभले। कौशल्या ने कलेजे पर रखी चिट्ठी पर से हाथ हटा वहाँ खड़ी रोमा को सहलाना प्रारंभ किया। उसके अंग-अंग छूती रही। थोड़ी देर में सरल भी उसकी गोद में था। उस कमरे में खड़े सभी बड़े-छोटे सदस्यों को समझ में नहीं आ रहा था उनके बीच उपस्थित दृश्य झूठ था या सच! उसे आत्मसात् करने में परिवार के सदस्यों को ही नहीं, दीवारों को भी समय लग रहा था।

कौशल्या के मुख से शब्द रुक-रुककर निकल रहे थे, ''तुम्हारी चि···ट्ठी लाकर दिया। मीरा ने पढ़कर भी सुनाया। मुझे संतोष नहीं हो रहा था। तुमने चिट्ठी में सरल के बारे में एक शब्द भी नहीं लिखा। ऐसा क्यों? तुम्हें सरल बोझ तो नहीं लग रहा। अभी तो टट्टी-पेशाब करता होगा, इसलिए तुम तंग आ जाती होगी। पर बेटी, यह समय भी बीत जाएगा। संतान कभी बोझ नहीं होती।''

संतान के ऊपर नानी का व्याख्यान जारी था। इधर रोमा आँखों और हाथ के इशारे से माँ, मामी और भाई-बहनों से पूछ रही थी—कौन सी चिट्ठी? कैसी चिट्ठी? मैंने तो नहीं लिखी। सबने उसे इशारे से ही चुप कराया था। चिट्ठी की पोल खुलने पर रोमा बाहर निकलकर जोरों से हँसी।

''अच्छा हुआ कि मैं उसी समय आ गई, वरना नानी माँ आप लोगों की खूब खबर लेतीं।'' रोमा ने कहा।

दुनिया की खबरों से बेखबर कौशल्या ने दूसरी सुबह किसी की भी खबर लेने के लिए आँखें नहीं खोलीं। उसके शव को नहलाने-धुलाने के लिए वस्त्र उतारते समय उसकी छाती पर कपड़ों में जगह-जगह चिट्ठी के चिंदी हुए टुकड़े अवश्य चिपके थे। नानी और नातिन के कलेजा से कलेजा मिलने के बीच मसलकर चूर-चूर हो गई थी चिट्ठी। असली या नकली, नानी के लिए वह चिट्ठी रोमा की ही थी। और स्वयं रोमा के शरीर की छुअन के आगे कागज के टुकड़े की छुअन की क्या बिसात? वह तो उस छुअन की संवाहिका भर थी।

□

ढाई बीघा जमीन

जमीन, जहाँ खेती होती है, वह तो साढ़े सात बीघा ही थी। एक-एक कोला की मेंड़ पर खड़े होकर देख आए थे राम बाबू। और हिसाब के शिक्षक को यह हिसाब लगाते देर नहीं लगी थी कि रामचरण सिंह के तीनों पुत्रों के बीच बँटवारे में ढाई-ढाई बीघा जमीन ही आएगी। मन-ही-मन हो रही उनकी गणना को उनके साथ चल रहे चूड़ामणि सिंह ने भी सुन लिया था। बोले, ''मास्टर साहब, आप अपनी बेटी को क्यों गड्ढे में धकेल रहे हैं? लड़के के सिर पर मात्र ढाई बीघा जमीन पड़ेगी। क्या खाएगा-खिलाएगा? कैसे परिवार पालेगा?''

रामबाबू असमंजस में पड़ गए थे। क्या बोलते? यह सच था कि वह लड़का उन्हें पसंद आ गया था। देखने-सुनने में सुंदर था। नौकरी करता था। रेलवे में किरानी हुआ तो क्या! सुविधाएँ-ही-सुविधाएँ होती हैं रेलवे की नौकरी में। यहाँ तक कि बच्चों की भी नौकरी लग जाती है। रामबाबू को डर था तो चूड़ामणि सिंह के प्रचारक स्वभाव का। अपनी बेटी के लिए वर ढूँढ़ने और घर-द्वार, जमीन-जत्था देखने तथा गाँववालों से उस परिवार के सदस्यों का स्वभाव जानने-समझने के लिए उन्होंने उस गाँव में पाँच दिनों तक डेरा डाले रखा था। उनके साथ आए दो लोग तो लौट गए। एक की भैंस बिआनेवाली थी। दूसरे के परिवार में कोई हादसा हो गया। बच गए सिर्फ चूड़ामणि। रामबाबू ने गाँववालों से भी अलग हट-हटकर बातें कीं। समवेत स्वर में अनुशंसा थी, ''लड़का हजारों में एक है।'' बात अटक गई थी तो सिर्फ उसके सिर पर की जमीन पर, वह भी चूड़ामणि के मन पर। क्योंकि वे ही सोते-उठते रामबाबू के निर्णय लेते मन पर लड़के के सिर पर ढाई बीघे जमीन का हथौड़ा मार देते। निर्णय का अंकुर चकनाचूर हो जाता।

रामबाबू ने कहा, ''चूड़ामणि, तुम समझने की कोशिश करो। लड़के के सिर

पर जमीन की औकात तब देखी जाती थी, जब उसकी जीविका का साधन मात्र जमीन होती थी। अब तो लड़का नौकरी करता है। जमीन दो बीघा हो या सौ बीघा, क्या फर्क पड़ता है?''

चूड़ामणि कहाँ माननेवाले थे। बोले, ''मास्टर साहब, भगवान् न करे, बिटिया के लिए कोई बुरा दिन आए। पर लड़के के साथ कुछ अनहोनी हो जाने पर जमीन ही रखवाला बन जाता है। यह भी तो लड़की के पिता को देखना पड़ता है।''

''हाँ-हाँ! नौकरी देनेवाले भी ये सारी सावधानियाँ बरतते हैं। तुम चिंता मत करो।''

रामबाबू को डर था तो यह कि गाँव-जवार में चूड़ामणि बात फैला देगा—लड़का के सिर पर मात्र ढाई बीघा जमीन है। लड़के के दरवाजे पर दो बड़े-बड़े पुआल के टाल (ढेर), दो जोड़ी बैल, एक भैंस, एक गाय, एक टायर गाड़ी नहीं दिखा इसे। पर व्यक्तिगत बातों में निर्णय के समय भी इस समाज-भय को अपने मन से हटाना रामबाबू के लिए आसान नहीं था। पिछले साल अपने चचेरे भाई रामहुलास द्वारा बेटी का ब्याह तय करते समय स्वयं रामबाबू अड़ गए थे, ''कैसे तय करेगा विवाह! लड़के के सिर पर न जमीन है, न जायदाद। लड़की को पानी में फेंकना है क्या? हम नहीं होने देंगे यह रिश्ता।'' दरअसल उस 'हम' (समाज) की अवहेलना नहीं कर सकता था कोई। तभी तो स्वयं रामबाबू समाज-भय से आतंकित थे। समाज की खरी-खोटी सुनने का भय त्याग आखिर उन्होंने हिम्मत जुटाई। अपनी बेटी के लिए वर और घर वही चुना।

बराती को दरवाजे लगाकर जनवासे लौट जाने पर रामबाबू ने कई स्त्री-पुरुषों से पूछा, ''लड़का पसंद आया?''

सबों के उत्तर का सारांश यही था, ''शकल-सूरत से लड़का तो ठीक है। पर इसके सिर पर तो ढाई बीघा जमीन ही है न!'' अर्थात् चूड़ामणि ने अपना काम कर लिया था।

विवाह के बाद बेटी-दामाद बाहर ही रहने लगे। दामाद किशोर का तबादला भी होता रहा। कभी-कभी रामबाबू भी चले जाते। बेटी-दामाद के साथ रहते। दोनों नातियों के जन्म होने पर तो उन्हें बेटी के साथ रहना और भी सुखद लगता। कभी बेटी ने ढाई बीघा जमीनवाले घर में ब्याहने का उलाहना नहीं दिया। उसे फुरसत ही कहाँ थी। घर में पैसे की तंगी होती तो शायद अपने भाग्य और पिता के निर्णय को कोसती सुभद्रा। यदा-कदा किशोर के दिल में अवश्य अपने सिर पर की जमीन छूट जाने की आह उठती। वह कहता, ''गाँव में स्कूल टीचर होने का

विशेष फायदा है। तनख्वाह के साथ आराम भी मिलता और खानदानी जमीन का भी फायदा हो जाता।''

सुभद्रा अपने पति के मन का काँटा व्यावहारिक बुद्धि की सूई से निकालती, ''जमीन जोतना क्या आसान है? उसमें भी लागत लगती है। वह भी तुम्हारे गाँव की जमीन! एक ही साल में दो-तीन बार बाढ़ आती है।''

''आखिर दोनों भाइयों के परिवार का गुजारा उसी जमीन से हो रहा है न!''

''गुजारा क्या हो रहा है! अभी बच्चे छोटे हैं, जैसे-तैसे पल जाएँगे। उनके बड़े होने पर पढ़ाई-लिखाई और विवाह के लिए बार-बार तुमसे ही पैसे की माँग होगी।''

किशोर पत्नी से विशेष नहीं उलझता था। उसकी व्यावहारिक बुद्धि के आगे हार मान बैठा था। जब तक माँ-बाबूजी थे, साल में एक बार दोनों गाँव जाते। सुभद्रा अपने गाँव भी जाती। उसके बाबूजी रामबाबू के मन का चोर बेटी के विवाह के पंद्रह-बीस वर्ष बाद भी घात लगाए बैठा था। उन्हें डर था—बेटी कहीं कह न दे, 'बाबूजी, आपने सिर पर ढाई बीघा जमीनवाले लड़के से मेरा ब्याह क्यों रचाया? और ऐसा किया भी तो मुझे क्यों नहीं बताया?'

दरअसल ब्याह के लिए लड़का तय करने के बाद रामबाबू उसकी नौकरी के गुण ही गाते रहते। अपने घर के अंदर ढाई बीघा जमीन की चर्चा ही नहीं की। उस बार जब सुभद्रा अपनी ससुराल गई, पड़ोस की एक सास व्याकुल आत्मा उससे कुछ बात करने के लिए कब से समय की तलाश में थी। सुभद्रा को अकेले में पाकर बोली, ''किशोर नौकरी क्या करने लगा, तुम लोगों को अपनी खानदानी जमीन की चिंता ही नहीं रही। किशोर के दोनों बड़े भाई ने मिलकर इसी वैशाख में एक बीघा जमीन बेच ली। तुम्हारे हिस्से के रुपए भी नहीं दिए। आखिर अभी जमीन का बँटवारा नहीं हुआ तो तीनों भाइयों का हिस्सा होगा न?''

सुभद्रा के मन में भी पति के सिर पर के जमीन की लालच का अंकुर फूटा। उसकी पड़ोसन सास ने गरम लोहे पर हथौड़ा मारा, ''मैं तो कहती हूँ, बँटवारा करवा लो। अपने हिस्से की जमीन बटैया लगा दो या उन्हीं भाइयों को जोतने-कोड़ने के लिए दे दो। कम-से-कम जमीन बेचेंगे तो नहीं। न जाने कब काम आ जाए! नौकरी तो ताड़ पेड़ की छाया है। जमीन, जमीन ही होती है, दुर्दिन में माँ बन जाती है। और अपने हिस्से को क्यों छोड़ना!''

सुभद्रा के मन के नवांकुर की सिंचाई हो गई थी। पड़ोस की सास भी अपना काम बन जाने के संतोष के साथ ही घर वापस गई। दूसरे तीर से उसने एक और

घाव कर दिया था, ''जमीन ही कितनी है। किशोर के सिर मात्र ढाई बीघा पड़ेगी। उसके अलावे घरारी, बथान, फुलवारी भी है। भाई तीन हैं न! तुम्हारे ददिया ससुर और मेरे ससुरजी आधे के हिस्सेदार थे; पर मेरे पति उनके इकलौते बेटे। और हमारा भी एक। इसलिए मेरे बेटे के सिर पर तो दस बीघा है। दो पीढ़ियों में जमीन बँटी नहीं।''

सुभद्रा इस बार ससुराल जाने पर बहुत सी दुनियादारी की बातें सीख आई थी। उसने किशोर से कहा, ''एक काम करो, अपना तबादला सीतामढ़ी स्टेशन पर करवा लो। गाँव भी पास हो जाएगा, खेती भी करवा लिया करेंगे।''

दो बच्चों की पढ़ाई का बहाना बहुत बड़ा था। इसलिए भाइयों के आगे बँटवारे का प्रस्ताव रखने की हिम्मत की औकात की इज्जत भी रह गई। तब तक सुभद्रा के सिर से खेती करवाने के नए शौक का भूत भी उतर गया था। पर विवाह के बीस वर्ष बाद एक और भूत सवार हुआ था—पिता से लड़ाई करने का भूत! आखिर उसके पिता ने वैसे लड़के से क्यों ब्याहा, जिसके सिर पर मात्र ढाई बीघा जमीन थी! पिता की बीमारी का समाचार पाकर उसे दुबारा गाँव जाना पड़ा। अपने पिता से शिकायत करने के लिए उसका मन लुसफुसाता था। परंतु मरण-शय्या पर पड़े थे रामबाबू। बेटी शिकायत करने की हिम्मत नहीं जुटा पाई। पिता ने ही एकांत पाकर कहा, ''सुभी, मेरे मन पर एक बोझ है। तुम्हारा विवाह तय करते समय मैंने बहुत सोचा। मैं भी ऐसे लड़के से तुम्हारा विवाह नहीं करना चाहता था, जिसके सिर पर...''

उन्हें खाँसी आ गई थी। पिता का कलेजा सहलाती सुभद्रा ने वाक्य-पूर्ति कर दी थी, ''मात्र ढाई बीघा जमीन थी।''

''हाँ-हाँ!'' बड़ी मुश्किल से बोल पाए रामबाबू। पर अपनी आँखों में उमड़े जल के रंगों द्वारा अपना छुपा दर्द प्रकट कर गए। बेटी ने आश्वासन दिलाया, ''बाबूजी, आपकी बेटी गाँव की अपनी उन हमउम्र बेटियों से ज्यादा सुखी है जिनके पिता ने मात्र लड़के के सिर पर पचास या सौ बीघा जमीन देखकर विवाह किया। बस, आप मेरी चिंता नहीं करें।''

फिर तो मन हलका हो गया। आँखें ऐसी मूँदीं कि फिर खोलीं ही नहीं। शांति पूर्ण मृत्यु के लिए पिता को सांत्वना देना और बात थी। पर सुभद्रा के मन पर ढाई बीघा जमीन कम नहीं रही थी। अचानक पति की मृत्यु हो जाने पर उसकी भी शहर में रहने की समस्या आ खड़ी हुई थी। बड़े बेटे की रेलवे में ही नौकरी लग जाने पर मकान की समस्या हल हो गई। साल भर बाद ही दोनों बेटों को ब्याहने की तैयारी करने लगी। छोटा बेटा कंप्यूटर इंजीनियर था। दस लाख का पैकेज

मिलता था। 'पैकेज' का अर्थ और व्यवहार समझने में सुभद्रा को कई महीने लगे। कई रिश्ते आए। दोनों कमाऊ पुत्तर थे। सभी लड़कीवालों को सुभद्रा कहना नहीं भूलती, "मेरे बेटे के सिर पर पुश्तैनी जमीन भी है।"

सबों का एक ही जवाब था, "है तो क्या? आज कौन नौजवान खेती करने जाता है! नौकरी है न!"

एक लड़कीवाले ने कहा, "बहनजी, क्या आपको अपने पति के सिर पर की जमीन का फायदा हुआ? नहीं न! फिर इन बच्चों को क्या फायदा होगा? आपके बेटे की नौकरी बरकरार रहनी चाहिए, बस!"

और उन्होंने अपनी बेटी का रिश्ता पक्का कर दिया था। गाँव से दोनों बड़े ताऊ-ताई और उनके बच्चे भी आए थे। चूड़ा, चावल, दाल, घी और सब्जियाँ लेकर आए थे। बातों-बातों में उन्होंने ही दूसरे मेहमानों को बताया, "अब हमारे गाँव की जमीन की कीमत बहुत बढ़ गई। बाँध बँध गया है। बाढ़ भी नहीं आती। बार-बार आई बाढ़ ने हमारी जमीन उपजाऊ बना दी है। जमीन सोना उगलती है। हमारे बच्चे भी खुशहाल हैं। शहर की नौकरी तो ताड़ की छाँव है, आज है तो कल नहीं। पुश्तैनी जमीन तो माँ के बराबर होती है, जिसकी छाया सिर से कभी नहीं हटती। संतान के सुखी जीवन से माँ भले ही दूर हो जाए, दुर्दिन में संजीवनी बन खड़ी होती है।"

विवाहोत्सव के कार्यों में लगी सुभद्रा के कानों में ये बातें भी पड़कर अपना स्थान बनाती रहीं। विवाह का आयोजन समाप्त हुआ। दुलहन घर आई। ताइयों ने खूब सराहा बहू के लक्षण को, दान-दहेज की भी प्रशंसा की। बड़ी जेठानी गाँव जाते समय बोलीं, "सुभद्रा, कभी-कभी गाँव आ जाया करो। बच्चों को पाल-पोस दिया, अब क्या? अब तो गाँव भी शहर जैसा है। और बहू से गृह-देवता की पूजा भी तो करवानी है।"

"आऊँगी दीदी, आऊँगी।"

सुभद्रा ने तो ऐसे ही कह दिया था। उसे कहाँ फुरसत थी! दोनों बेटों के दो घर—एक अलीगढ़ और एक गुड़गाँव। एक करोड़ का फ्लैट लिया था मनीष ने। छह लाख की गाड़ी भी थी। सब कर्जे पर। वह सबकुछ था, जितने को जुटाने में कइयों की उम्र गुजर जाती थी। स्वयं सुभद्रा और किशोर ने भी इतने सरंजाम नहीं सहेजे। मनीष के यहाँ तो अब बस घरवाली की कमी थी। कई रिश्ते आए। सुभद्रा उन दिनों गुड़गाँव के फ्लैट में ही रहती। सब सुख था। पर एक ही कमी। दिन भर अकेले रहने का दुःख! सुबह ७ बजे निकलकर रात्रि के ८-९ बजे आता मनीष।

सुभद्रा ने कहा, "तुम अपनी कंपनी के बँधुआ मजदूर हो क्या? यदि ऐसी स्थिति रही तो कौन लड़की तुम्हारी पत्नी बनकर घर में रहेगी?"

मनीष मुसकराया था। जिस लड़की से उसका विवाह निश्चित हुआ, उसे भी सात लाख का 'पैकेज' मिलता था। छह महीने बाद विवाह होना था। इस बीच ही मंदी की हवा बह गई। विश्व में मंदी। पैकेजवालों की धड़कनें तीव्र हो गईं, क्योंकि वे सबसे ऊँचाई पर थे। मंदी की बयार भी तो सबसे पहले ऊँचाई को ही प्रभावित करेगी। करोड़टकिया फ्लैट, दस लाखी गाड़ियाँ, बीवियाँ सब बोझ लगने लगीं। पर वे जाएँ तो जाएँ कहाँ?

और एक दिन वही हुआ, जिसकी आशंका प्रकट की जा रही थी। मंदी का पहला प्रहार पैकेज पर ही हुआ। गुड़गाँव के अधिकतर फ्लैट के रंग बदरंग हो गए। मनीष चुपचाप रहने लगा था। सुभद्रा चिंतित थी। उसने एक दिन बेटे को डाँटा, "बोलते क्यों नहीं? अब तो विवाह की तैयारी करो। शहनाई बजवाऊँगी मैं। उसका बयाना तो दे दो। शादी के और भी सरंजाम बुकिंग कराने हैं। अब दिन ही कितने बचे हैं!"

मनीष चुप रहा। उसी शाम नौकरी से बरखास्तगी की चिट्ठी आ गई थी। और दूसरे ही दिन लड़कीवाले ने दूरभाष पर विवाह का रिश्ता तोड़ने की सूचना दे दी।

मनीष ने चुप्पी भंग की, "अब क्या होगा, माँ?"

माँ को सोचने में एक दिन लगा था। बहुत सोच-समझकर बोली, "बेटा! मैं क्या कह सकती हूँ। विशेष पढ़ी-लिखी भी नहीं। एक उपाय मन में आया है—गाँव लौटने का। चलो, वहाँ जमीन भी है और मेरे हिस्से की एक बड़ी कोठरी और आँगन का कोना। तुम्हारे पापा के सिर ढाई बीघे जमीन होने का बड़ा शोर सुना था। हमने उसका उपयोग नहीं किया। नौकरी करते थे। उनकी नौकरी की अनुकंपा नौकरी बड़े बेटे को मिली। पुश्तैनी जमीन तुम ले सकते हो। यह किसी की अनुकंपा नहीं, तुम्हारा हक है।"

मनीष माँ के सुझाव पर आश्चर्य प्रकट कर गया।

"हाँ, मैं ठीक कहती हूँ।"

"क्या?" वह अनमना-सा बोला।

"यही कि गाँव चलो। कम-से-कम तब तक जब तक मंदी रहे। देखना, फिर दिन बहुरेंगे तुम्हारे भी, पैकेज के भी। जिंदगी तो बितानी होती है, बेटा। पैकेज के सहारे या पुश्तैनी जमीन के सहारे, क्या फर्क पड़ता है।"

मनीष ने हामी तो नहीं भरी थी, पर रात को माँ-बेटे दोनों को अच्छी नींद आई थी। सुबह का अखबार हाथ में लेकर मनीष गाँव जाने की योजना बना रहा

था। उसके एक मित्र द्वारा आत्महत्या करने की खबर फोटो के साथ छपी थी। वह भी पैकेजवाला नौजवान था, शादीशुदा।

माँ चाय ले आई थी। मनीष लिपट गया माँ से। बोला, ''माँ, चलो, अभी गाँव चलते हैं।''

सुभद्रा बुदबुदाई थी, ''कभी सुना था—जेवर संपत्ति का श्रृंगार और विपत्ति का आहार होता है। पर तुम्हारे लिए तो पुश्तैनी जमीन ही विपत्ति का आहार बन रही है। ढाई बीघा ही है तो क्या, तिनके का सहारा।''

मनीष माँ की ओर ऐसे देख रहा था, मानो जीवन में पहली बार आभार प्रकट करने का मन बन आया हो। रुक गया मनीष। उस भाव और चिंता को कृतज्ञता से निपटाया नहीं जा सकता था। उसने माँ की गोद में सिर छुपा लिया था, जहाँ मंदी का हलका झोंका भी कभी नहीं पहुँचता। वह सावन-भादों की नदियों समान भरी रहती है—छलकती भी है, सूखती नहीं।

□

डायरी के पन्नों पर

जज साहब मानो इस मामले में थक-से गए थे। सुवर्णा और सौहार्द के दांपत्य झगड़ों के अनेक मोड़ों की कथा सुनते-गुनते कई वर्ष बीत गए। पृथ्वी ने सूरज की हजारों बार परिक्रमाएँ कर लीं। न्यायाधीश मदनमोहनजी वैवाहिक झगड़ों के निबटारे में देरी होने के सख्त विरोधी थे। उनका मानना था, ''दांपत्य के प्रारंभिक काल में ही झगड़े होते हैं। दांपत्य के जमने का भी यही काल होता है। यदि दोनों के बीच कोई विवाद हो गया तो शीघ्र निपटारा होना चाहिए। पच्चीस-तीस वर्षों के बाद फैसले होने पर तो कोई अर्थ ही नहीं रह जाता।''

जज साहब के अपने विचार और उनके न्यायालय की प्रक्रिया में कोई तालमेल नहीं था। उनकी लाख कोशिशों के बाद भी सुवर्णा और सौहार्द के मामले में फैसला सुनाने में देरी हो रही थी। दरअसल अधिकांश वैवाहिक झगड़ों से भिन्न था यह मामला। पति-पत्नी के बीच किसी दूसरी महिला या पुरुष की घुसपैठ की घटना उतनी ही सनातन है, जितना पति-पत्नी के रूप में स्त्री-पुरुष का साथ रहना। पर इस मामले में तो बाहर से एक पुरुष और एक महिला दोनों की घुसपैठ हुई थी। वह भी विपरीत लिंग मित्रता नहीं। सुवर्णा की मित्रता मेधा से और सौहार्द की घनिष्ठ मित्र शिवालिक से।

सौहार्द का अधिकांश समय शिवालिक के साथ बीतता। दफ्तर में दोनों साथ थे। लंच के समय ही मिलना होता। वहाँ अंतरंग बातें नहीं हो पातीं, इसलिए दोनों दफ्तर से साथ निकलते। चाय के बहाने किसी रेस्तराँ में बैठते तो रात्रि भोजन का समय बीतकर सोने का समय आ जाता। इधर सुवर्णा और मेधा की जोड़ी की भी यही स्थिति थी। मेधा की माँ ने एक दिन हिदायत दी थी, ''मेधा, अब तुम सुवर्णा

का संग-साथ छोड़ो। उसका विवाह हो गया है। उसे सौहार्द के साथ उठने-बैठने दो।''

सुवर्णा के लिए उसकी माँ की सीख थी, ''बेटी, अब तुम सौहार्द के साथ अधिक समय व्यतीत किया करो। आज कामकाजी पति-पत्नियों को आपस में बात करने का अवसर नहीं मिलता। मेरी समझ से दोनों के बीच तनाव का कारण भी आपसी मेल-जोल व वार्त्तालाप की कमी होती है।''

सुवर्णा और मेधा दोनों खिलखिलाकर हँस पड़ी थीं। माँ ने कड़क स्वर में कहा, ''हँसो मत। कहीं तुम्हारा आज का हँसना भविष्य में रोने का कारण न बन जाए।'' सुवर्णा समझ और सँभल गई थी। वह जल्दी घर लौटने लगी। पर उसे अपने फ्लैट में शाम की चाय से लेकर रात्रि भोजन भी अकेले करना पड़ता। दांपत्य के दामन में एक छोटा सा छिद्र हो गया। शक की घुसपैठ से बात बेडरूम, ड्राइंगरूम और फ्लैट की सीमाएँ लाँघ दोनों के दफ्तर, परिवार परामर्श केंद्र से होते हुए कोर्ट तक पहुँच गई। दरअसल दांपत्य मन-मुटाव के नन्हे से छिद्र में सबने उँगलियाँ डाल-डाल देखीं। छिद्र बढ़ता गया। उँगलियाँ डालनेवालों के प्रयास तो छिद्र भरने के थे। उन्हें क्या पता था कि छिद्र भरने के मामले में उनके वे प्रयास उलटी दिशा की ओर बढ़ते गए थे। दांपत्य के दामन में पड़े छोटे से विस्तार लिये छिद्र ने दामन के दोनों छोरों तक पहुँचकर उसे दो टुकड़े करने के कगार पर पहुँचा दिया। अपने हिस्से के उस फटे हुए टुकड़े को लेकर ही सुवर्णा ने कोर्ट जाने की हिम्मत की थी। पर किनारा अब भी जुड़ा था, इसलिए सौहार्द को भी जाना पड़ा।

इस स्थिति में आने में भी दो वर्ष बीत गए थे। इस बीच बहुत कुछ उलट-पलट हो गया। सौहार्द को मनाने में मेधा और सुवर्णा को समझाने में शिवालिक का अधिक समय लगने लगा। मानो मेधा और शिवालिक की सीधी चाल ने भी उलटी दिशा ले ली। सौहार्द और सुवर्णा ने दोनों के प्रयास को अपने-अपने ढंग से लिया। सुवर्णा के लिए मेधा का बार-बार सौहार्द से मिलना वही अमरबेल पैदा कर गया, जो शक के नाम से किसी भी दांपत्य में बिना मिट्टी-पानी के भी उत्पन्न हो जाती है। अपने दफ्तर से मेधा सौहार्द के दफ्तर आती। उसी की कार में सामने की सीट पर बैठकर उसे समझाती-बुझाती सुवर्णा के फ्लैट तक पहुँच जाती। प्रारंभ में उसे अपनी अंतरंग मित्र के व्यवहार पर आश्चर्य हुआ था। पर धीरे-धीरे सौहार्द के साथ उसका अधिक मिलना-जुलना, घूमना-फिरना शक से असमंजस, ईर्ष्या और

विश्वास की सीढ़ियाँ पार करता नफरत तक पहुँच गया। सुवर्णा ने मेधा और सौहार्द से बात करनी भी छोड़ दी। इधर सौहार्द और शिवालिक के साथ भी कुछ-कुछ ऐसा ही बीता। मेधा और शिवालिक का आपस में इतना अधिक मिलना-जुलना हुआ, मानो उन्हें लूट में चरखा नफा मिला हो।

दरअसल दोनों सुवर्णा और सौहार्द के बीच आई दरार पाटने की उपाय-योजना बनाते रहे। पति-पत्नी के बीच विश्वास, एक-दूसरे के लिए समर्पण और आपसी तालमेल और समझ के लिए ही दोनों के विचार प्रगट होते। इस क्षेत्र में दोनों को एक-दूसरे के विचार पसंद आ गए थे। दोनों ने एक-दूसरे के प्रति आकर्षित होकर भी अपने भाव छुपा रखे थे। उनका पूरा ध्यान अपने-अपने मित्र के दांपत्य-जीवन में सुख-शांति लाना था। उन्होंने यह भी एहसास किया था कि वे दोनों ही उस मनमुटाव के कारण बने थे। इसलिए निदान बनने के लिए थोड़-बहुत त्याग करने के लिए भी तैयार थे। उन दोनों का विवाह बँधन में बंधना सुवर्णा और सौहार्द के लिए संभवतः सुखद नहीं होता। उन्होंने अपने निर्णय को थोड़े समय के लिए स्थगित रखकर ही अपने-अपने मित्रों के लिए त्याग करने का मन बनाया था। आपस में अपने बारे में कम, अपने मित्रों के बारे में अधिक चर्चा होती।

पर देखते-देखते उनके हाथों से मामला खिसककर कोर्ट तक पहुँच गया था। जज साहब ने भी मित्र के नाते मामले के बारे में छानबीन करने के लिए मेधा और शिवालिक को तलब किया। मेधा ने सौहार्द और शिवालिक ने सुवर्णा की इतनी तारीफ की कि जज साहब की निगाह में भी दोनों शक के घेरे में आ गए। थोड़े समय तक जज साहब भी इन दोनों को ही उस दांपत्य में दरार का कारण समझे बैठे रहे। पर वह समय भी आसमान में छाए घने काले बादल की तरह छँट ही गया। मेधा और शिवालिक से मामला नहीं सुलझा, पर जज साहब को इन दोनों के माध्यम से मामला सुलझाने के कई सूत्र मिले। उन्होंने सौहार्द और सुवर्णा को दो सप्ताह के लिए शिमला घूमने जाने के लिए बाध्य किया। सौहार्द को सुवर्णा के साथ दो बार उसके मायके भी जाना पड़ा। पर तीनों बार दोनों के संग-संग रहकर लौटने पर भी मन-भेद के फासले में कोई अंतर नहीं आया था। जज साहब ने तो कोर्ट की काररवाई के दौरान फासले में थोड़ी वृद्धि ही अनुभव की थी। जज साहब हिम्मत हारनेवाले नहीं थे। तलाक के बारे में अपनी धारणा बदलनेवाले भी नहीं।

सुवर्णा के द्वारा सौहार्द से अलग मकान में रहने की दी अर्जी अस्वीकृत हुई।

उन्होंने साफ शब्दों में कहा, ''तलाक की अर्जी देने और तलाक की मंजूरी मिलने न मिलने तक दोनों को यथास्थिति में ही रहना होगा। बार-बार स्थिति बदलना तलाक मामले के निपटारे में बाधक होता है।''

दफ्तर से छह महीने की लंबी छुट्टी पर जाने की अरजी सौहार्द की थी। जज साहब ने उसके व्यवस्थापक को पत्र लिखकर आवेदन-आग्रह अस्वीकृत करवाया। दोनों एक छत के नीचे रहने के लिए बाध्य थे। दोनों के बीच शक की दीवार चौड़ी होती गई थी। फ्लैट दो बेडरूम का था। आड़े वक्त में काम आ गया। संग-साथ बैठने की जगह ड्राइंगरूम कुँआरा ही रह गया। रसोईघर से सौहार्द के चाय या दूध लेकर दफ्तर के लिए निकल जाने के बाद ही सुवर्णा वहाँ प्रवेश करती। सौहार्द द्वारा संगमरमरी प्लेटफॉर्म पर दूध-पानी के मिश्रण के उबलकर गिरने, माइक्रोवेव का दरवाजा खुला पड़ा छोड़ जाने के कारण चाय बनाते हुए चाय के खौलने के पूर्व सुवर्णा का गुस्सा खौल जाता। इसलिए उससे भी चाय खौलकर चूल्हे पर गिरने की भूल हो जाती। और चूल्हा-चौका साफ करने हेतु उठाए पानी से ही अपना गुस्सा ठंडा करती सुवर्णा को अकसर दफ्तर पहुँचने में विलंब हो जाता।

दफ्तर में सभी सहयोगी, विशेषकर महिला सहयोगिनियाँ, अपना काम छोड़ उसे घूर-घूरकर देखतीं। उस दिन सुवर्णा ने अपनी सहयोगिनियों का वार्त्तालाप सुन लिया था।

एक ने कहा था, ''इसे तो घर में पति के लिए कुछ नहीं करना पड़ता। फिर देर क्यों होती है ?''

दूसरी ने कहा, ''देर से सोती होगी, देर से जगती होगी।''

तीसरी का आश्चर्य था, ''क्यों, पति के साथ ही नहीं रहती तो सोने में देर क्यों ?''

दूसरी ने उसकी नासमझी पर आश्चर्य प्रगट किया, ''अरे, यही तो देर से सोने का बड़ा कारण है। उसे नींद ही नहीं आती होगी।''

सुवर्णा ने अपने बारे में और भी बहुत कुछ सुना था। कुछ कानों से सुनकर तो कुछ लोगों के हाव-भाव से अनुमान लगाकर। सुवर्णा को एक बात का आश्चर्य होता। दफ्तर, परिवार और समाज में उसके प्रति सहानुभूति रखनेवालों की संख्या कम थी। अधिकांश शुभचिंतक सौहार्द के प्रति नरम दिखते। सुवर्णा की माँ ने भी कहा था, ''बेटी, सौहार्द को समझने की कोशिश करो। कहीं-न-कहीं तुम दोनों से

ही गलती हुई है। एक हाथ से ताली नहीं बजती।'' सब उसे ही झुकने की सीख देते। सुवर्णा के ससुरजी ने यहाँ तक कहा, ''स्त्री तो धरती होती है, सब सहन करती है। सौहार्द की गलतियों को क्षमा कर दो। आखिर तुम दोनों को ही परिवार चलाना है।''

सुवर्णा की मौन अभिव्यक्ति थी, 'मेरी बला से। मैं नहीं बनती धरती। मैं ही क्यों परवाह करूँ परिवार की? जब सौहार्द को मेरी परवाह नहीं। उसने कब की मेरी चिंता? पति-पत्नी तो एक-दूसरे के पूरक होते हैं। फिर मेरे से ही झुकने और बरदाश्त करने की अपेक्षा क्यों?'

सुवर्णा की ऐसी ही प्रतिक्रियाएँ होतीं, मानो चूल्हे पर उबालने के लिए चढ़ाए दूध के प्रथम उफान में ही किसी ने अम्ल डाल दिया हो। दूध का फटना उसकी नियति थी। जज साहब दांपत्य की उस नियति के विरुद्ध निर्णय लेने की सोच रहे थे। पिछली तारीख की सुनवाई के उपरांत तो जज साहब का मन भी डोल गया। सुवर्णा और सौहार्द एक-दूसरे के प्रति बड़े कड़वे हो गए थे। कुछ लोग बीच-बचाव नहीं करते तो कोर्ट में ही दोनों के बीच हाथापाई की नौबत आ जाती। दृश्य देख-सुनकर जज साहब के ललाट पर उभरी चिंता की लकीरों से कोर्ट में उपस्थित सारे लोग प्रभावित हुए। कोर्ट की कार्यवाही आगे के लिए स्थगित कर जज साहब घर लौटे। सायंकाल चाय के समय पत्नी से एक शब्द भी नहीं बोले। रात्रि-भोजन के समय भी निःशब्द ही थे। शयनकक्ष में बिछावन पर पड़े आँखों में नींद उतारने के पूर्व पत्नी के कानों में कोर्ट में बीते मामलों के कुछ प्रसंग अवश्य डाला करते थे। कई प्रसंग सुनकर पत्नी कान बंद कर लेती। कहती, ''ये सारी बातें कोर्ट में ही छोड़ आया करें। काले कोट उतारकर टाँगने की जगह मैंने घर में प्रवेश करनेवाले दरवाजे के साथ ही बना रखी है। घर, घर है; कोर्ट, कोर्ट।''

उस रात शयनकक्ष में भी दोनों के बीच कोई वार्त्तालाप नहीं हुआ। प्रातःकाल प्रथम बार पत्नी सुबह की सैर के लिए अकेली ही निकल गई। जज साहब को बात समझ में आ गई। उन्होंने चाय मँगवाई। चाय का इंतजार करते हुए दोनों के तकिए के बीच पत्नी की डायरी हाथ लग गई। पत्नी द्वारा प्रति रात डायरी लिखना उन्हें पसंद नहीं था। परंतु उन्होंने कभी रोका नहीं। वे पति-पत्नी के बीच बहुत कुछ व्यक्तिगत रहने देने के समर्थक थे। वे सिद्धांत और व्यवहार में साम्यता रखते थे।

जज साहब ने पहली बार पत्नी की डायरी के पन्ने पलटने शुरू किए। पढ़ते गए। आया ने चाय लाकर रख दी थी। चाय कब की ठंडी हो गई। उन्हें प्रत्येक पन्ने पर अपना नाम पढ़कर सुखद लग रहा था, मानो उनकी सहधर्मिणी का एक पल भी उनके बिना नहीं बीतता था। और जैसे बाथटब में नहाते हुए एक प्राचीन दार्शनिक आरेकिमोडिस की तरह उन्हें भी उसी स्थान पर ज्ञान मिला। उस दार्शनिक को हाथी तौलने का सूत्र मिला था, जज साहब को अपनी एक गहन समस्या समाधान का सूत्र। उन्होंने कुछ निश्चय किया और 'यूरेका' की तर्ज पर ही नाश्ते की मेज पर प्रसन्न होते हुए पत्नी से बोले, ''प्रतिभा, आज तुम्हारे कारण एक जटिल मामला सुलझाने का सूत्र! मिला है। मुझे लगता है कि अब सुवर्णा और सौहार्द के बीच समझौता ही नहीं, स्नेह का भी संचार हो जाएगा।'' वे तो अपना 'यूरेका' लिये कोर्ट चले गए। पत्नी को पति के आह्लाद के प्रथम अंश से प्रसन्नता मिली थी। कथन का दूसरा खंड फिर उबाऊ था।

जज साहब ने अपनी कुरसी पर बैठते ही सुवर्णा और सौहार्द के वकीलों को फोन मिलाने को कहा। दोनों को अचानक जज साहब के फोन सुनकर आश्चर्य हुआ। जज साहब ने दोनों से यही कहा, ''यदि सुवर्णा और सौहार्द डायरी लिखते हैं तो पिछले पाँच वर्षों की डायरियाँ मँगवाइए।''

वकील और जज साहब के लिए सुखद सूचना थी कि दोनों डायरी लिखते थे। दोनों की डायरियाँ आ गईं। जज साहब आधी रात तक उन डायरियों पर अंकित शब्द भी पढ़ते रहे और अर्थ भी लगाते रहे। चूल्हे पर चढ़ी चावल की हाँड़ी से चार चावल ही निकालकर देखना यथेष्ट होता है। उन्हें पूरी हाँड़ी के चावल के पक जाने का अंदाज लग गया। दोनों डायरियों पर एक ही तिथि में दर्ज एक प्रसंग पर दो विचार, भाव और प्रतिक्रियाएँ, जज साहब जिन्हें मिलाते-मिलाते प्रसन्न हो जाते थे। बार-बार यूरेका (मिल गया) के भाव में तैरने लगते। दूसरी रात भी यही स्थिति रही। दो दिनों बाद ही दोनों वकील के माध्यम से सुवर्णा और सौहार्द को बुलाकर डायरियाँ दे दी गई थीं।

डायरी हाथ में लेते ही सुवर्णा चौंकी, ''वकील साहब, यह मेरी डायरी नहीं। आपने गलती से सौहार्दवाली मुझे दे दी। कहीं मेरी उसके पास तो नहीं पहुँच गई! यह तो ठीक नहीं होगा। मुझे मेरी डायरी चाहिए।''

वकील साहब शांतचित्त थे। बोले, ''आपकी डायरी सौहार्द के पास ही

पहुँची है; पर गलती से नहीं। जज साहब की आज्ञा थी। आप यही डायरी ले जाइए। लिखने के लिए नहीं, पढ़ने के लिए।''

''वकील साहब! जज साहब से कहिए, अब कुछ नहीं होने वाला। वे जल्द-से-जल्द मुझे सौहार्द से छुटकारा दिलवाएँ, बस। रोज-रोज के इस नाटक से मैं तंग आ गई हूँ। मैं स्वतंत्र होना चाहती हूँ। वैसे भी हम दोनों के बीच अब कोई बंधन रहा ही नहीं। ऐसे बंधनहीन संबंध को घसीटने से क्या फायदा? हमारे बीच अब मनमेल हो भी नहीं सकता। असंभव!''

बुझे मन से सौहार्द की डायरी लेकर सुवर्णा घर लौटी थी। देर रात तक उस फ्लैट के दोनों शयनकक्षों की बत्तियाँ नहीं बुझीं। दूसरी सुबह खिड़कियों से छनकर आई सूर्य की तीव्र रोशनी में सौ पावर के बल्ब शरमाकर निस्तेज हो गए थे। दफ्तर जाने में देर हो रही देख दोनों ने चाय बनाने का इरादा भी छोड़ दिया था। फ्लैट से बाहर निकलते हुए अवश्य टकराए थे, वह भी इस भाव में कि रात भर तो साथ ही थे। और ऐसा ही साथ कई रात्रियों का साथ हो गया। दो शयनकक्षों में रहते हुए भी दोनों साथ थे। एक-दूसरे के मन में अपनी औकात आँकते हुए, भाव मापते हुए। सुवर्णा की आँखों से गुजर रहे सौहार्द की डायरी के पन्नों का एक भी पन्ना ऐसा नहीं था, जिसपर उसका नाम न अंकित हो। सुवर्णा पूरे दमखम से पसरी थी उन पन्नों पर। सौहार्द का मेधा से मिलना, मेधा द्वारा अपनी मित्र सुवर्णा की प्रशंसा के पुल बँधते पढ़कर दोनों की छवि के सँजोए पुराने चित्र गडमड्ड हो रहे थे। उसने तो मेधा को अपनी प्रतिद्वंद्वी मान रखा था। पर ऐसा था नहीं। डायरी के पन्नों पर दर्ज शब्दों में मेधा और सौहार्द के वार्त्तालाप का विषय सुवर्णा ही थी। पढ़-पढ़कर उसका सिर चकराने लगा। हृदय की धड़कनों की स्थिति भी बदल रही थी। एक बार तो मन की विचित्र स्थिति हो गई। पिछली सैकड़ों रात्रियों को वह सोने से पूर्व अपने कमरे की बंद कुंडी की जाँच-पड़ताल तक कर आती थी। पर उस रात तो एक बार कुंडी नीचे खींच दरवाजा खुला रखने के लिए उसके हाथ बढ़े। उसने सप्रयास हाथ रोक लिया।

कमोबेश मात्रा में यही स्थिति सौहार्द की भी थी। सुवर्णा की डायरी के पन्नों से वह एक दिन के लिए भी अनुपस्थित नहीं हुआ था। दिनचर्या के प्रत्येक प्रसंग में कभी सुवर्णा के क्रोध, कभी द्वेष तो कभी नफरत का पात्र बनकर। उसके मित्र शिवालिक ने तो हद कर दी थी। उसने सुवर्णा से यहाँ तक कहा था, 'यदि तुम

दोनों (सुवर्णा और सौहार्द) का मेल-मिलाप नहीं होता, तो मैं आजीवन कुँआरा रहूँगा। कम-से-कम अपनी मित्र मेधा और मेरी सोचकर तो समझौता कर लो। सौहार्द तुम्हें बहुत चाहता है।'

डायरी में दर्ज इस कथन को कई बार पढ़ा सौहार्द ने। उसी वक्त उसे अपने मित्र को गले लगाने का मन कर आया। रात बाकी थी। एक छत के नीचे थे सुवर्णा और सौहार्द। सुवर्णा के कमरे का दरवाजा खटखटाने के लिए हाथों में सुगबुगाहट हुई। हिम्मत बटोरने में ही सुबह हो गई, मानो बड़े दमखम से सूर्य भी सहयोग के लिए आया हो। ऐसे मामलों के समझौते रोशनी में नहीं, अंधकार में हो जाते हैं। संबंधों में सबकुछ साफ-साफ नहीं दिखता।

चाय सौहार्द ने ही बनाई। एक नहीं, दो प्याला चाय बनी थी। उसने एक प्याला चाय वहीं स्टैंड पर प्लेट से ढक छोड़ दी। बहुत दिनों बाद सुवर्णा को सुबह-सुबह बनी-बनाई चाय मिलने का सौभाग्य प्राप्त हुआ था। उसने ठंडी हुई चाय अपने गले की गरमाहट में सेंककर अंदर कर ली। सौहार्द दफ्तर के लिए निकला—मुख्य दरवाजा बंद करते हुए सुवर्णा से टकराने की अपेक्षा लिये। पर सुवर्णा को भी चाय पीनी थी। बनी-बनाई चाय में थोड़ा सा अधिक शक्कर मिलाकर पीते हुए सुवर्णा कहीं खो गई। सौहार्द ने उस सुबह भी चाय चूल्हे पर गिराई थी। चबूतरा तक गंदा किया था। वॉशबेसिन में पिछली रात होटल से लाए मुरगे और पुलाव का अवशेष पड़ा था।

सुवर्णा और सौहार्द के बीच दूरी का कारण एक का शाकाहारी, तो दूसरे का मांसाहारी होना भी था। और इसलिए दोनों अलग-अलग प्लेट ही नहीं, भिन्न-भिन्न समय में ही खाना खाया करते। संबंधों का दही जमे तो कैसे? मन-मुटाव बढ़ने के बाद सौहार्द ने मांसाहारी भोजन घर लाना छोड़ दिया था। होटल से ही खाकर आता। पिछली रात चिकन और पुलाव क्यों घर लाया, उसे भी नहीं पता। वॉशबेसिन से दुर्गंध आ रही थी। सुवर्णा ने चुपचाप धो डाला। क्यों और कैसे, उसे भी जानने-समझने का समय नहीं था।

अपने-अपने दफ्तर से चलकर कोर्ट पहुँचने के समय का पूर्व आकलन किए बगैर यह संयोग भर था कि दोनों ने एक साथ कोर्ट के कमरे में प्रवेश किया था।

न्याय की कुरसी पर जज साहब के विराजमान होते ही दोनों ने मुसकराकर उनका आभार प्रकट किया। कोर्ट में उपस्थित लोगों को जज साहब से कुछ नया

सुनने की उम्मीद थी। कइयों ने मन-ही-मन जज साहब की ओर से सुनाए जाने वाले फैसले की भाषा भी निश्चित कर ली थी। एक ने अपने पड़ोस में बैठे हुए व्यक्ति से कहा, "जज साहब इन दोनों से कहेंगे—'तमाम साक्ष्य, गवाह और हमारे अथक प्रयास के बावजूद इस निष्कर्ष पर हम आए हैं कि आप दोनों…'।

तभी जज साहब ने पूछा, "आप दोनों कुछ कहना चाहेंगे,"

सुवर्णा मुखरित हुई, "जज साहब, आपको हमने बहुत परेशान किया। मैंने सौहार्द की डायरियाँ पढ़ ली हैं। अब मैं अपने दांपत्य-जीवन में कोई दरार नहीं चाहती। यदि सौहार्द को कोई एतराज नहीं तो साथ रहेंगे हम।"

स्वीकृति में सौहार्द का सिर सायास हिला था, जिसे सुवर्णा ने भी देखा-परखा। जज साहब के मुख पर प्रसन्नता गहरा गई थी, मानो उन्हें अपने पच्चीस वर्षीय पेशे के पहले निर्णय से सुख मिला हो!

उन्होंने उन्हें घर जाने की अनुमति देते हुए कहा, "आप दोनों डायरी लिखते रहिए और कभी-कभी एक-दूसरे की डायरी पढ़ते भी रहिए—चुप-चोरी से ही सही।" वर्षों बाद दोनों एक साथ हँस पड़े थे। दांपत्यी उद्‍गार में कोर्ट का वह छोटा कमरा भीग गया था।

□

हार गया सत्यवान

दूरभाष पर नवीन से बात करने की हिम्मत नहीं हो रही थी। अव्वल तो वह खबर सुनकर किसी भी हालत में भागकर वहाँ पहुँचना चाहिए था। लेकिन किसी कारणवश ऐसा नहीं हो सका।

पर अपना मन कहाँ मान रहा था। मन की उस छटपटाहट में ही न जाने बीते छह दशकों के पारिवारिक आख्यान के कितने पन्ने फड़फड़ाकर खुलते चले गए थे। श्रीराम और किशोरी के दांपत्य रूपी तरुण वृक्ष पर पहले भी फल लगा था। एक बिटिया हुई, जिसकी अकाल मृत्यु हो गई। तब तो उन्हें माँ-बाप बनने का एहसास भी नहीं हुआ था। फिर तो वह वृक्ष अपने ऊपर फल लगने की आशा में पपीहरा हो गया। कई वर्ष बीत गए। आखिरकार मनोकामना पूरी हुई। गर्भवती किशोरी मायके में ही रही। उसकी इच्छा ही नहीं, हर ग्रामीण की इच्छा थी, ''किशोरी के गर्भ से लड़का ही उत्पन्न होना चाहिए।''

ईश्वर की कृपा। आधी रात को मास्टर साहब के घर की उस दखिनबारी कोठरी में एक नवजात शिशु के 'केहाँऽऽऽकेहाँ' का तीव्र स्वर गूँजा। दरवाजे पर बैठे मास्टर साहब के कानों को भी सुनने का इंतजार था, 'नाती हुआ है।'

लमहा भी कहाँ बीता था। किसी ने सूचना दी, ''लक्ष्मी आई है। आपको नतिनी हुई है।''

मास्टर साहब अपने लंबे-चौड़े बरामदे पर चहलकदमी करने लगे। मैंने ही जाकर कहा था, ''बउआ आई है।''

''अरे, तू भी जगी है?'' दस वर्षीया अपनी बेटी के आधी रात तक जागते रहने पर आश्चर्य प्रकट किया था।

''हाँ, मुझे मौसी बनना था न! काकी बोली थी, जगी रहोगी, तभी तो मौसी बनोगी।''

अर्द्धरात्रि की नि:शब्दता की परवाह किए बिना बाबूजी हँसे थे ठहाका मार कर। मेरे मौसी बनने की व्याकुलता की परवाह किए बिना।

बउआ बढ़ने लगी, तिल-तिल। नाना-नानी, मामा-मामी-मौसी ही नहीं, वहाँ तो और भी बहुत लोग थे। सबकी दुलारी। किलकारी मारती, मानो हर किलकारी के साथ एक तिल भर बढ़ जाती। उसकी हरकतें देख सब लोग फूले न समाते थे। राजा जनक की बेटी सीता से कहाँ कम थी। वह भी सीता की तरह 'पलंगपीठ तजि गोद हिंडोरे, सिय न दीन्ह पग अबनि कठोरे' की स्थिति में ही थी। स्वजनों के बीच छीना-झपटी। कोई उसे सोने भी न दे। नानी की हिदायत थी, 'सोया हुआ बच्चा गोद में नहीं रखते।' यदि ऐसा था तो सोने ही क्यों दें उसे!

उसके साथ खेलने का सबका अपना-अपना समय बँध गया था। नानाजी क्यों पीछे रहते! वे दूसरों की गोद में खेलते बच्चे को देख ही आनंदित होते। अपनी तर्जनी से उसका गाल छूते, और मानो पूरे शरीर में उस नन्ही के नन्हे स्पर्श से उत्पन्न करंट दौड़ जाता। आह्लादित हो जाते। नाना को अपने गठिया-ग्रसित हाथों पर विश्वास नहीं था, इसलिए बच्ची को गोद में नहीं उठाते। उस दिन नहाने से पूर्व तेल मालिश करवाकर उठे थे। उनकी छोटी बिटिया अपनी नन्ही बाँहों में टुन्नी को थामे थी। बोली, "बाबूजी, आप लीजिए न बउआ को अपनी गोद में।"

ना नहीं कर सके। उठा लिया नातिन को। हाथों में शक्ति लौट आई थी। थोड़ी देर सख्ती से उसे थामे रखा। टुन्नी ने अपना शरीर हिलाया। हाथ से बच्ची के छूट जाने के भय से भयभीत मास्टर साहब ने शीघ्रता से उसे पास ही बैठी पत्नी की गोद में डाल दिया। पत्नी बोली, "कितना डरते हैं! अपने बच्चों को भी उठाना तो दूर, छुआ तक नहीं न! कैसे अभ्यास पड़े? पर यह तो मूल नहीं है। सूद से अधिक प्यार होता है। इसे तो गोद में रखिए, शक्ति मिलेगी।"

फिर तो घर के अन्य सदस्यों के साथ वे भी बच्ची को गोद में थामने की पंक्ति में खड़े रहते। पर संभवत: बच्ची को दूसरे के सहारे जीना कबूल नहीं था। अपने पाँव पर खड़ी हो गई। उसका पहला कदम पूरे परिवार के लोगों ने एक साथ देखा। उसके नन्हे पहले थरथराते कदम ने धरती पर पड़ते ही सारे सदस्यों के पाँवों में गुदगुदी कर दी, मानो उन्होंने भी उसी क्षण चलना सीखा हो!

फिर क्या था! कौन रोक सकता था बढ़त! कहते हैं, बेटी की बढ़त तीव्र होती है। बढ़ती गई थी टुन्नी। दो वर्ष की थी। गरमी के दिन मामा अपनी साइकिल पर बैठाकर बगीचा घुमाने ले गए। एक छोटा सा पका आम उसकी नन्ही जाँघ पर गिरा। मामा आम उठाकर ले आए। पत्नी से बोले, "इसे धोकर लाइए। टुन्नी को खिलाऊँगा।"

और मौसी ने उन दिनों प्रचलित गीत 'चंदा मामा दूर के···' पर झटपट पैरोडी बना ली, "अपन मामा पास के, आम लाए बीन के। आप खाए काट के, टुन्नी को दे गार के।"

टुन्नी अपनी माँ के साथ पिता के घर क्या चली गई, नाना का सारा साम्राज्य ही सूना हो गया। कोई किसी से बात न करे। उनके आपसी बातचीत का माध्यम थी वह। घर में अधिकांश वार्त्तालाप उसी से प्रारंभ होकर उसपर ही समाप्त होता। उसके जाने पर सब चुप थे। शीघ्र वापस बुला लिया था बेटी को। फिर तो ननिहाल और पिता के घर आती-जाती सयानी हो गई टुन्नी। किशोरी की गोद में दो और संतानें आईं। मुन्नी और एक उसका भाई। पर टुन्नी तो टुन्नी थी। विवाह योग्य हो गई टुन्नी। साँवली-सलोनी सावित्री के पोर-पोर को गुणों से सजा दिया था उसकी माँ ने। बेटी जो थी। उसके पिता श्रीराम सिंह लड़केवालों के आगे अपनी बिटिया के गुणों को बखानते नहीं थकते। दरअसल बार-बार बेटी की विशेषताएँ बोलते रहने के कारण नर्सरी राइम्स की तरह रट लिया था उन्होंने।

लड़केवालों को लड़की के गुण चाहिए थे। पर मात्र गुण नहीं, धन भी चाहिए था। इसलिए कहीं बात नहीं बन पा रही थी। नौजवान नवीन को दिल से पसंद किया था श्रीराम सिंह ने। कॉलेज में मनोविज्ञान के व्याख्याता नवीन ने श्रीराम सिंह का मन भाँप लिया था। विवाह के बाद सबने कहा, "अपना बेटा नहीं है तो क्या, हू-ब-हू अपने रूप-रंग जैसा दामाद ले आए।"

और सच तो यही था कि उनकी बीमारी में नवीन और टुन्नी ने दो बेटों के बराबर ही सेवा की। धन्य हो गए श्रीराम सिंह! पीड़ादायी स्थिति में भी जीने की चाहत बढ़ गई। नवीन-टुन्नी का वश चलता तो सामने खड़े यमराज को फटकार या अनुनय-विनय कर लौटा देते। पर ऐसा कहीं हुआ है। दूसरी बेटी मुन्नी और पत्नी को भी नवीन के आश्रय पर छोड़कर स्वर्ग सिधार गए श्रीराम सिंह।

दोनों ने सँभाल ली थी जिम्मेदारी। नवीन के सामने ससुर-सास द्वारा दिखाए बाइस्कोप पिटारी से टुन्नी के गुणों की तसवीर एक-एक कर खुलती गई थी। कुशल गृहिणी टुन्नी ने गृहस्वामी के भी दायित्व ओढ़ लिये थे। देवर के साथ मुन्नी का विवाह रचा दिया। दोनों साथ रहतीं। मकान बनवाने, खेती करवाने से लेकर घर सजाने, साफ-सुथरा रखने तक। दिन बीतने के साथ नवीन के सारे दैनंदिनी के इंतजाम का कार्यभार टुन्नी ने अपने ऊपर ले लिया। टुन्नी और नवीन के दांपत्य में बच्चा नहीं बदा था। टुन्नी तो नवीन की ही बच्चे के रूप में देख-रेख कर रही थी। उसके हर नखरे उठाती। नवीन की अपेक्षाएँ बढ़ती गई थीं। टुन्नी से पूछे बिना घर

का पत्ता भी नहीं हिलता। सुबह की चाय, व्यायाम करने के लिए दरी बिछी हुई, दाढ़ी बनाने के लिए गरम पानी, नाश्ते-खाने की सामग्रियाँ नवीन की रुचि अनुसार तैयार मिलतीं। एक दिन उसने मुझसे हँसते हुए शिकायत की थी, ''मौसी, ई त बड़ा नखरा कर लथुन।''

''बेटी, नखरा भी कोई तब करे, जब कोई उठानेवाला हो। तुमने नवीन को पंगु बना दिया। वह तुम पर पूर्णरूपेण आश्रित हो गया। अब तुम्हारे बिना जीने की सोच भी नहीं सकता।'' दोनों विहँस उठे थे। मुझे भी उन दोनों का वह संबंध सुखद लगता था।

समय तो अपनी रफ्तार से बीत ही रहा था। मुन्नी को एक लड़का हुआ था। उन पाँच सदस्यों की संयुक्त जान को मानो विशेष ऑक्सीजन मिल गया था। चहचहा उठी थी बगिया। नानी की हड्डियों में शक्ति लौट आई थी। मनन को मुन्नी ने कोख दी थी। गोद टुन्नी की मिल गई। मम्मी बन गई टुन्नी। बड़ी मम्मी और मम्मी। देवकी और यशोदा का साझा बच्चा बढ़ता गया। कई उम्मीदें टिक गई थीं उस परिवार वृक्ष पर फले इकलौते फल पर। मनन और मुन्नी, मनन और नवीनजी, मुन्नी और कैलाश—सबके बीच की कड़ी बन गई टुन्नी। इतनी सारी जिम्मेदारियाँ ओढ़नी भी ठीक नहीं। पर जाने-अनजाने ओढ़ ली थीं टुन्नी ने।

देखते-देखते इतना समय बीत गया। नवीन कॉलेज से रिटायर हो गए। मैं उनके घर मिलने गई थी। टुन्नी ने कहा था, ''मौसी, इनका अपने साथ ले जा। बड़ा हरान कर लथुन।''

मैंने कहा, ''ठीक कहती हो। अवकाश-प्राप्त पति को सँभालना बड़ा कठिन होता है।''

नवीन मुसकराए थे। करते क्या! आश्रित हो गए थे पत्नी पर। उसकी सेवा के बंधन में जकड़े रहना ही अपनी नियति मान ली। सुखद नियति!

उस दिन अचानक खबर मिली, 'टुन्नी को कैंसर हो गया।' अंदर तक दहलकर बुदबुदाई थी, ''कैसे जिएगा नवीन? मुन्नी का क्या होगा? और मनन?'' तीनों उसी पर आश्रित हैं। गर्भाशय का कैंसर था। ईश्वर शरीर में गर्भ सृजन तो सृष्टि को बढ़ाने लिए करता है। मेरे मन में प्रश्न उठा, 'उसमें बच्चा नहीं पला तो कैंसर क्यों?' पर मेरे इन अनर्गल भावनात्मक प्रश्नों से बीमारी का कुछ लेना-देना नहीं था।

सुननेवाले दिलासा दिलाते थे, ''अब कैंसर भी ठीक हो जाता है।'' दो वर्षों की तपस्या। सारा बदला चुका लिया टुन्नी ने। अगले जन्म के लिए नवीन पर कुछ

भी उधार नहीं छोड़ा। टुन्नी को वेलोर इलाज के लिए ले जाने की डॉक्टर की सलाह पूरी तरह सुन भी कहाँ पाया था। तब तो टुन्नी ने ही ढाँढ़स बँधाया था, ''जाँच के लिए ही तो जाना है। आप क्यों परेशान हो रहे हैं?''

नवीन भागा था। पैसा पानी की तरह बहाता रहा। नवीन को आशा थी, निकाल ले आएगा काल कोठरी से अपनी जान को। सच तो था। उसपर आश्रित थी उसकी जान। फिर कैसे जाने देता! लाखों रुपए तो कागज के ही थे। हाथों से उनके फिसलते समय नवीन को कोई कष्ट नहीं होता। इनके बदले उसकी जान जो बचनी थी।

बहुत भागा वेलोर-मुजफ्फरपुर, मुजफ्फरपुर-वेलोर और फिर पटना। भागता रहा पत्नी को पीठ पर उठाए, जान को हथेली पर लिये।

मैंने टुन्नी से उसके विवाह के पैंतीस वर्ष बाद दो महीने पूर्व ही पूछा था, ''तुम्हारा स्कूल वाला नाम क्या है?''

''सावित्री नवीन।''

सावित्री के संग नवीन नहीं, सत्यवान बन गया था नवीन। पर बात उलटी हुई। अचानक सत्यवान की जान चली गई थी। उसे लेने आए यमराज को सावित्री ने शास्त्रार्थ में परास्त किया था। सत्यवान की जान वापस करवाई थी। इस सावित्री-सत्यवान की जोड़ी में सत्यवान यमराज को पराजित करने में तन-मन-धन से जुटा था। एक ही धुन थी—सावित्री को बचा लेना।

टुन्नी ने कहा था, ''छोड़िए न! अब मुझ पर क्यों इतना पैसा बरबाद कर रहे हैं?''

''अपना स्वार्थ है। तुझे बचाना मतलब अपने को जीवित रखना है।''

पत्नी को बचा लेने के लिए आश्वस्त तो था नवीन। किसी चिकित्सक ने जब कहा कि दो-तीन साल जिंदा रह सकती है, पर पाँच लाख रुपए खर्च होंगे, नवीन ने तपाक से कहा था, ''दस लाख और खर्च कर दूँगा। आप इसे पाँच साल बचाए रखिए।''

नवीन के अंदर आशा की डोर फिर जुड़ गई थी। उस रात दोनों ने मिलकर सपने देखे थे—मनन के ब्याह का सपना। बस, अब यही सपना तो पूरा होना था। दूरभाष पर दूसरे ही दिन हाल-चाल पूछा था मैंने। नवीन बोले थे, ''मौसीजी, टुन्नी तो अब फिर से जवान हो गई। कीमोथैरैपी के बाद बाल झड़ने पर बहुत रोई थी। पर अब ये छोटे-छोटे घुंघराले बाल इसके ऊपर बड़े शोभ रहे हैं। गोरी भी हो गई है। इतनी सुंदर तो कभी नहीं थी।''

पत्नी सामने बैठी रही होगी। हुलस-हुलसकर अपना मन पसार गए थे नवीन। और मैं हजार कि.मी. दूर अपनी जीत भाव से आच्छादित बैठी टुन्नी का हँसता चेहरा देख पा रही थी। कितना प्रसन्न होगी टुन्नी! न शिकवे, न शिकायत। इस जानलेवा बीमारी ने सारे शिकवे समाप्त कर दिए। एक-दूसरे के लिए जीने का संकल्प जीवंत हो उठा। और क्या चाहिए?

दूसरे दिन ही दर्द से पीड़ित उसके कराहते रहने की खबर आई। दो वर्षों में अनेक बार उससे दूरभाष पर बातें हुईं। हमेशा कहती, "मौसी, ठीक हूँ। दर्द कम हो रहा है। थोड़ी खिचड़ी खाती हूँ।"

अपनी सारी व्यस्तताओं को दरकिनार कर मैं उससे मिलने उसके पास चली गई थी। उस दिन उसका दर्द कम था। मुझसे बोली, "मैं भी आपके साथ नानी के यहाँ घूमने चलूँगी।"

सुननेवालों को आश्चर्य हुआ। कल तो आँखें भी नहीं खोलती थी, आज घूमने जाएगी! मोबाइल पर नं. घुमाकर मैंने किरण, मंजू, संगीता को दिल्ली, मोतीहारी और दिल्ली खबर कर दिया, "टुन्नी को बाजार घुमाने ले जा रही हूँ।" झट पैरोडी बनाकर मैं गाने लगी, "ले चल बजार, बजार, रे जिआ ना लागे मौसी।" सुनकर विहँस उठे। सबकी आवाज में प्रसन्नता थी, आशा थी। मेरे मन के एक कोने में दृढ़ विश्वास था। आखिर यह सत्यवान सावित्री की जान वापस ले ही आया।

टुन्नी ने चार वर्ष पूर्व ही बड़ा घर बनवाया था, अकेले। थक गई थी। मुझसे ही शिकायत की, और किससे करती? माँ नहीं थी, मौसी तो थी। बोली, "घर बनवाने में भी मदद नहीं करते हैं।"

मैंने सांत्वना दी, "कोई बात नहीं। महिलाएँ घर तो बनाती ही थीं। इन दिनों मकान बनाने का काम भी औरतों ने ही ले लिया है।"

किस्से तो बहुत थे—हँसी-मजाक के, शिकवे-शिकायत के, एक-दूसरे पर निर्भरता के। टुन्नी का किया हुआ सब पीछे पड़ गया था। नवीन की सेवा आगे बढ़ गई।

"टुन्नी मुँह फेरकर चली गई।" खबर सुनकर सन्न रह गई थी। रात भर फोन नहीं किया। पर ऐसी सूचना मंजू देती रही, "गराज में सुलाया है टुन्नी दीदी को।" तीन मंजिल का सुंदर घर उसने ही बनवाया था। पर उसे सर्दी की रात बाहर ही सुलाया गया।

रुग्ण शरीर था, जर्जर। मात्र साँस निकल जाने से ही शरीर घर में रखने लायक नहीं रहा। जन्म-मरण के द्वंद्व में मन फँसा था। दूसरे दिन हिम्मत करके

दूरभाष उठा ही लिया मैंने। बड़ी हिम्मत की। 'हलो' सुनते ही नवीन बिफर पड़ा, "मौसीजी! शब्द चुक गए। क्या कहूँ? मैं तो यतीम हो गया। टूअर।"

नवीन के माता-पिता कब के स्वर्ग सिधार गए थे। तब तो वह टूअर नहीं हुआ था। टुन्नी ने थाम लिये थे उसके नखरे। मेरे मन में उठी टीस रिसने लगी, "हाँ, तुम टूअर हो गए। वह दिखती सहृदयी थी, तुम पर कितनी ममता लुटाती थी। पर वह सब धोखा था। बड़ी निष्ठुर निकली। मुन्नी और मनन भी टूअर हो गए।"

किस्सा खत्म हो गया। बचपन में किस्सा सुनकर टुन्नी जिद करती थी, "औल! मौसी औलो कह। रानी मर गेल, फेर राजा के की भेल?" मुँह में उँगली डालती थी। मैं कहती थी, "किस्सा खतम, पैसा हजम।"

क़िस्सा खतम हो गया टुन्नी का। नवीन की अकेली कहानी भी नहीं बन सकती। उसे भी टुन्नी के संग-साथ की अपनी कहानी के संग-साथ जीना है। आखिर हार ही गया सत्यवान। यमराज की जीत हुई। सत्यवान की जगह सावित्री होती तो शायद यमराज परास्त होते। पता नहीं क्या होता! कितनी सावित्रियाँ हारती रहती हैं। अभी तो मैं इस सत्यवान की हार पर अचंभित हूँ।

□

हस्तक्षेप

सुनते ही मानो नीलाभ के पाँव तले से सातवें फ्लोर पर बना वह करोड़टकिया फ्लैट खिसक गया। वह आसमान में तैरने लगा। दूरभाष पर उसकी नानी की ही आवाज थी। वे हुलस रही थीं, ''सुना है, तुमने फ्लैट भी खरीद लिया है। अब तो हॉस्टल में रहने का बहाना नहीं चलेगा। मैं कल ही ट्रेन पकड़कर आ रही हूँ। तुम मुझे स्टेशन पर मिलना।''

नीलाभ की चुप्पी को उन्होंने सहलाया था, ''आ जाना बेटा, मुझे अपने फ्लैट में रख देना। तुम ड्यूटी पर जाया करना, मैं अकेले ही रह लूँगी। यहाँ कौन सी दुकेली हूँ। लाली ने मुझे सब बता दिया है। सुबह सात बजे ड्यूटी पर जाते हो। रात्रि के नौ-दस बजे लौटते हो। कैसी दुनिया हो गई! इतना तो बँधुआ मजदूर से भी हम काम नहीं लेते थे। सरकार ने इतना बवाल उठाया। बँधुआ मजदूर के बंधन छुड़वाए। आज पढ़े-लिखे लड़के भी बँधुआ मजदूर ही तो हैं। जितनी ज्यादा पढ़ाई, उतनी जान घिसाई। साँस लेने की फुरसत नहीं। कोई नहीं, सुबह-शाम तुम्हारा मुख तो देख लिया करूँगी। हाथों में थोड़ी-बहुत ताकत बची है। रोटी बना दूँगी, गाजर का हलुआ भी। स्टेशन आ जाना।''

दूरभाष की लाइन कट गई थी। नीलाभ सोचने लगा, 'नानी ने गाड़ी का नाम नहीं बताया।' उसके मन ने ही जवाब दिया, 'यह बहाना नहीं चलेगा, क्योंकि उसके छोटे शहर सिवान के स्टेशन पर दिल्ली जानेवाली एक ही ट्रेन रुकती है। तीन बजे दिन में। नानी का फोन दो बजे आया था। चलने से पूर्व उन्होंने फोन किया होगा। दो वर्ष पूर्व नीलाभ ने ही मोबाइल सेट खरीदकर नानी को दिया था। डेढ़ वर्ष तक बातें होती रहीं। पिछले पाँच महीने नानी से बात नहीं हो सकी थी। अंतिम वार्त्तालाप का मजमून था, ''मैं बूथ से बोल रहा हूँ। मेरा मोबाइल चोरी हो गया।''

''दूसरा खरीद लो न! पैसे मैं दे दूँगी।''

"नानी, बाजार जाने का समय कहाँ मिलता है। जब समय मिलेगा, खरीद लूँगा। नया नं. आपको दे दूँगा।" तब से ही दोनों के बीच वार्त्तालाप की लाइन कट गई थी। नीलाभ को अनुमान था कि नानी के ऊपर उस खबर से पहाड़ टूट पड़ा होगा। नए जमाने के नए फैशन से नानी को कोई परहेज नहीं है। वे कहती हैं, "तुम्हारे जमाने का यह मोबाइल मुझे बड़ा सुकून देता है। अरे, आज तुम्हारा जमाना नया है तो कल मेरा भी था। मेरी सास ने भी तो मेरे नए फैशन को बरदाश्त किया। मैंने घूँघट उठा लिया। अकेले बाजार जाने लगी। स्कूल में पढ़ाने जाती थी। मेरी सास ने अनुमति दे दी। हाँ, कुछ बातें थीं, जो उन्हें सहन नहीं होती थीं। हमने भी वैसा कुछ नहीं किया।"

नीलाभ नानी से पूछता, "आपके जमाने का वह कौन सा फैशन था, जो बूढ़ी नानी को पसंद नहीं था?"

"वही। बाहर निकलकर औरत-मर्द एक-दूसरे का हाथ पकड़कर या कमर में हाथ डालकर चलें। एक बार उन्होंने किसी जोड़ी को वैसे ही चलते देख लिया। फिर क्या था! न जान न पहचान। पार्क में ही शुरू हो गईं। उन्हें बड़ा भला-बुरा कहा। अपने घर लौट जाने की सलाह दी। कहा—कमरे का दरवाजा बंद कर जो मन में आए, करो। नंगा ही नाच करो। कौन रोकेगा? इसीलिए तो माँ-बाप ने ब्याह दिया। संग-साथ में कुछ भी करने का सर्टिफिकेट दे दिया।"

नीलाभ ने पूछा, "फिर उन्होंने क्या कहा?"

"अरे, कुछ नहीं। उस जमाने में बड़े-बुजुर्ग का कहा मानते थे। उनसे डरते थे। वे अनजान ही क्यों न हों।"

नानी को पति-पत्नी के बीच एक-दूसरे का नाम लेकर पुकारना अच्छा नहीं लगता था। बातों-बातों में उन्होंने नीलाभ को यह भी बताया था, "मुझे विवाह के पूर्व लड़के-लड़कियों का मिलना-जुलना बिलकुल पसंद नहीं।"

लेकिन नए जमाने के नए फैशन को नानी बर्दाश्त भी करती जा रही हैं। उनके छोटे शहर में ही क्या-क्या होने लगा है। इन सब बातों से अधिक नीलाभ चिंतित था कि नानी को कहाँ ठहराए! नानी को दिल्ली आने से रोक तो नहीं सकता है। वह अपने फ्लैट में ही चहलकदमी कर रहा था। मल्लिका ने दरवाजा खोला। नीलाभ को फ्लैट में उपस्थित देख उसे आश्चर्य हुआ। उसने घड़ी देखी। शाम के सात बजे थे। बोली, "अभी आ गए? क्या बात है? तबीयत तो ठीक है? मैं चाय बनाऊँ?"

"हाँ-हाँ, चाय लेकर इधर आओ।" नीलाभ के स्वर में थोड़ी सी झल्लाहट

थी। मल्लिका की उपस्थिति से उसकी परेशानियाँ कम नहीं हुईं, बढ़ गईं।

चिंतित हो गई मल्लिका। नीलाभ के स्वर का रूखापन गहरा गया था। मन में आए दु:शंकाओं को टालती वह चाय बनाकर बालकनी में गई। अप्रैल का महीना था। शाम सुहानी थी। मल्लिका बोली, ''देखो, कितना सुखद लग रहा है यहाँ बैठना! दिल्ली के फ्लैटों में बालकनी खूब बने हैं। परंतु साल के आठ महीने आप वहाँ बैठ नहीं सकते। कड़ाके की ठंड़ या भीषण गरमी। पड़ोसियों से बात करने का समय ही नहीं। वैसे भी अपनी तो किसी से पहचान ही नहीं बनी। कोई हमसे पहचान बनाना चाहता ही नहीं। अब देखो न! आए दिन अपने क्लब में पार्टियाँ होती हैं। हमें कोई बुलाता ही नहीं। कल मेरे पीछे चलते हुए दो महिलाएँ बात कर रही थीं। एक ने कहा, 'यह भी यहीं रहती है। कल की पार्टी में इन्हें नहीं बुलाया।' दूसरी ने का, 'अरे इन्हें बुलाने की क्या जरूरत?'

''क्यों?''

''बिना शादी के किसी के साथ रहती है। ऐसे लोगों को हम अपने क्लब में नहीं बुलाते।''

नीलाभ ने मानो मल्लिका का प्रलाप सुना ही न हो। उसे चुपचाप देख मल्लिका ने पूछा, ''क्या बात है?''

''बात नहीं, बतंगड़ होने वाला है।''

''क्यों, क्या हुआ?''

''कल सुबह नानी आ रही हैं। मैं उन्हें लाने स्टेशन जा रहा हूँ।''

''तो तुमने उन्हें रोका क्यों नहीं? कोई बहाना बना देते।''

''कितने बहाने बनाऊँ? बहाने बना-बनाकर छह महीने से रोक रखा था। यह तो लाली ने सब गड़बड़ कर दिया। उसने ही नानी को बताया कि मैंने फ्लैट खरीद लिया है। मेरा नया मोबाइल नं. भी दे आया। अब क्या होगा?''

''पर तुम तो कहते हो कि नानी किसी को टोका-टाँकी नहीं करतीं। जिसे जैसे रहना हो, रहे।''

''अरे हाँ! वह व्यवहार तो दूसरों के लिए है। मुझे तो उन्होंने बेटा के बराबर पाला-पोसा है। मेरे जीवन में हस्तक्षेप तो उनका अधिकार है।'' दोनों चिंतन और चिंता की मुद्रा में आ गए। मल्लिका ने कहा, ''नानी है न! हस्तक्षेप भी सुखद होगा।''

बाहर अँधियारा घिर आया था। इनके बीच का अँधेरा ज्यादा गहरा था। कोई राह नहीं सूझी। अंदर कमरे में आकर बल्ब जलाने से बाहर का अँधियारा

छँटा। इन दोनों की समस्या का समाधान नहीं निकला। मल्लिका कई प्रकार के सैंडविच ले आई थी। नीलाभ से भी खाने के लिए कहा। कुछ भी उसके गले उतरने का नाम न ले।

बल्ब जलते छोड़ा था। आँखों में नींद उतर आई। समाधान नहीं। नीलाभ ने स्टेशन के लिए जाते हुए कहा, ''उठो, तुम्हें ऑफिस जाना होगा। हो सके तो दो-चार दिनों के लिए कहीं और ठहरने की व्यवस्था कर लो। वैसे भी अब हमें अलग ही रहना है। मैंने बहुत विचार कर लिया। इसी निर्णय पर आया हूँ कि हम साथ नहीं रह सकते।''

मल्लिका को अंदाज था, नीलाभ को यही समाधान सूझेगा। ऑफिस जाकर काम में व्यस्त हो गई थी मल्लिका। इसलिए समस्या का समाधान ढूँढ़ने पर विचार ही नहीं कर पाई। समय कहाँ मिला!

उस शाम दफ्तर का काम छोड़कर ही भाग खड़ी हुई थी मल्लिका। लिफ्ट में चढ़ने तक उसे सुबह का प्रसंग स्मरण नहीं था। जब तक उसे वस्तुस्थिति का भान हो, लिफ्ट पाँचवी मंजिल तक पहुँच चुकी थी। लिफ्ट की बाईं ओर पहला फ्लैट है नीलाभ का। दरवाजा पूरा खुला पड़ा था। तभी उसका दिमाग खुला, ''अरे, यहाँ तो नीलाभ की नानी होगी।''

आगे नहीं सोच पाई थी। दरवाजे पर खड़ी बुजुर्ग महिला पूछ रही थी, ''किससे मिलना है बेटी? यह तो मर्दाना घर है। मेरा नाती नीलाभ का! वह तो अभी आया नहीं। आओ, अंदर आओ।''

मल्लिका सँभल-सँभलकर अंदर प्रवेश कर रही थी। मानो अनजान घर की साज-सजावट से कहीं पाँव टकरा न जाए, ''आ जाओ! आओ, मेरे पास बैठो! मुझे मालूम है कि गलती से तुम इस फ्लैट के सामने खड़ी हो गईं। किसी और का फ्लैट ढूँढ़ रही होगी। पर मैं क्या करूँ? सुबह से अकेली बैठी हूँ। इसलिए तुम्हें अंदर बुला लिया। बैठो, मैं चाय बनाती हूँ।''

''नहीं, चायपत्ती तो है नहीं।'' मल्लिका के मुँह से मानो महुआ के पके फूल टपक पड़े।

''चाय कैसे नहीं पिओगी। लगता है, दफ्तर से थककर आई हो।'' किचन में आठ-दस ही तो डिब्बे थे। जब उनमें ढूँढ़-ढूँढ़कर भी चायपत्ती नहीं मिली, कौशल्या देवी को मल्लिका की आवाज सुनाई पड़ी—चायपत्ती है ही नहीं।

उन्होंने अपना आश्चर्य व्यक्त किया, ''तुम्हें कैसे पता है कि यहाँ चायपत्ती नहीं थी?''

मल्लिका हिल गई। थरथराते गले से ही बहाना रिसा, ''लड़कोंवाले फ्लैट में ऐसा ही होता है। कभी चायपत्ती नहीं, कभी दूध नहीं, कभी चीनी नहीं।''

कौशल्या देवी ने उसके अनुभव को समर्थन दिया, ''हाँ बेटी! बिन घरनी घर भूत का डेरा ही होता है। इसीलिए तो मैं यहाँ आई हूँ। नीलाभ की नौकरी हो गई, फ्लैट हो गया। अब तो एक घरवाली की सख्त जरूरत है।''

''नानी!'' मल्लिका के मुख से संबंध संबोधन छिटके। उसने जबान सँभाला। बोली, ''आंटीजी!''

''क्यों, तुम्हें मैं आंटीजी दिखती हूँ, नानी नहीं! तुम मुझे नानी ही कहो।''

''मैं यह कह रही थी कि आपका नाती विवाह करेगा भी तो वह घर सँभालने वाली तो होगी नहीं। वह भी नौकरी करनेवाली ही होगी।''

''तो क्या, औरत तो औरत होती है। घर में उसके पाँव पड़ने मात्र से ईंट कंक्रीट का बना वह स्थान घर हो जाता है। हॉस्टल या दफ्तर नहीं रहता। अब देखो न! यह कोई घर लगता है। जो सामान जहाँ पड़ा है, वहीं है। बाजार से खरीदकर लाए कई पैकेट खुले भी नहीं। आज मैं पूरे दिन उसका बिखरा सामान सहेजती रही।''

मल्लिका ने सोचा—शुक्र है। मैंने रात्रि को ही अपना सारा सामान अटैची में बंद कर ऊपर रख दिया, वरना॰॰॰। उसने प्रगट होकर कहा, ''नानीजी, मैं चायपत्ती ले आऊँ?''

''कहाँ से?''

''अभी गई और अभी आई। नीचे ही दुकान है।''

कौशल्या देवी जब तक उसे रोकें, वह लिफ्ट में थी। पर कौशल्या देवी के मस्तिष्क में कुछ प्रश्न उभरने का वक्त मिल गया—यदि यह गलती से आई थी, फिर बैठी क्यों रही? बैठी भी तो चायपत्ती लाने क्यों चली गई? उन्हें यह भी स्मरण हो आया, 'उसने चायपत्ती नहीं है, कैसे जाना?' कौशल्या देवी की समझदारी के दायरे में इतनी बात आ गई कि यह लड़की जान-बूझकर ही उसके दरवाजे खड़ी थी। यह अवश्य नीलाभ की दोस्त है। नीलाभ को अकेले जान आ जाती होगी। बनाती, खाती-पीती होगी। आगे की वह सोचना ही नहीं चाहती थीं।

चायपत्ती लेकर मल्लिका आई तो हाँफ रही थी। हाँफते-हाँफते बोली, ''मैं चायपत्ती के साथ दूध का पैकेट और चीनी भी ले आई। अब मैं चाय बनाती हूँ। लिफ्ट बंद है, नानी। सीढ़ियों से आई हूँ।''

मल्लिका किचन की ओर बढ़ी। कौशल्या देवी ने रोका नहीं। उनका अंदाज

विश्वास में बदलता जा रहा था। दो प्याला चाय मल्लिका ले आई थी। उसी का सुझाव था, "बॉलकनी में बैठें। यहाँ से बाहर का दृश्य सुहाना लगेगा।"

"अच्छा, तुम्हें यह भी पता है!"

"हाँ, क्योंकि मेरे फ्लैट की बालकनी से भी ऐसा ही दृश्य···" रुक गई मल्लिका। उसके चेहरे पर जो दो अनुभवी आँखें टिक गई थीं, उसके स्पर्श की तीक्ष्णता से वह विचलित हो रही थी। चाय पी लेने के बाद मल्लिका वापस जाने की जल्दीबाजी में होगी, इस समझ के साथ कौशल्या देवी ने उसका परिचय पूछ लिया। बोलीं, "बेटी, अब तुम्हें भी विवाह कर लेना चाहिए। तुम पढ़े-लिखे लोग बड़ी गलती कर रहे हो। पढ़ाई-लिखाई और पैसा-कमाई आखिर किस काम के लिए! घर तो चाहिए, बाल-बच्चे भी।"

"सब चाहिए, नानी। पर ढंग का लड़का तो मिले। चाहे जिस किसी के साथ भी कैसे रहा जा सकता है?"

"क्या मतलब? शादी के बाद ही तो समझोगे। पहले तो मुँह-आँख-कान ही देखा जाएगा। उसकी कमाई और खानदान देखते हैं। विवाह के पूर्व दोनों साथ-साथ तो नहीं रह सकते न। साथ रहे भी तो क्यों? एक-दूसरे को पसंद आए तो ठीक, वरना कुट्टी?"

कुट्टी! तो फिर! फिर दूसरे को समझने की कोशिश। फिर कुट्टी! बुढ़ा-बूढ़ी हो जाओगी। कोई पसंद नहीं आएगा। अजी! ऐसे भी कहीं होता है! दुनिया में एक भी जोड़ी नहीं होगी, जो एक-दूसरे को पूरी तरह पसंद करती हो। ईश्वर ने ऐसी जोड़ी बनाई ही नहीं। विवाह के लिए···।

नानी का वाक्य पूरा नहीं हुआ था कि दरवाजा खुलने की आवाज आई। मल्लिका चौंक गई। मल्लिका को नानी के साथ देख नीलाभ भी। मल्लिका और नीलाभ की आँखों में उतरे प्रश्नों ने कौशल्या देवी के मन में उठ रही गुत्थियों को सुलझाने में मदद की।

परिवेश शांत हो गया था। कोई कुछ न बोला। नानी ने ही कहा, "नीलाभ, चाय बना दूँ बेटा! तुम्हारे घर में तो कुछ नहीं था। यह मल्लिका आ गई। सब खरीदकर लाई। मुझे चाय पिलाई।"

मल्लिका ने बीच में ही बात रोक ली, "मैं बनाती हूँ चाय।"

मल्लिका चाय बनाने चली गई। नीलाभ चुपचाप खड़ा था, सहमा-सहमा। नानी ने कहा, "देख लो चौके में। कहीं इलायची या अदरक है तो दे दो। चाय में डाल देगी। और सब्जी वगैरह भी है कि नहीं। रात का खाना भी तो बनेगा।"

नीलाभ जबरन अपने पाँव किचन की ओर घसीटने लगा। उसे नानी की आवाज सुनाई पड़ी, "तुम चाय पीओ, मैं जरा मुँह-हाथ धोकर एक माला जप लूँ।

ड्राइंग रूम में ही माला जपने बैठ गई थीं कौशल्या देवी। किचन से फुसफुसाहट की आवाज आ रही थी, "मैंने कहा था न कि अपने रहने का इंतजाम कर लो। अब क्या होगा? क्या कह रही हैं नानी? क्या तुमने सब बता दिया?"

"नहीं!"

"अरी, तुम नहीं जानतीं मेरी नानी को। वे लाल बुझक्कड़ हैं। सब समझ गई होंगी।"

"नहीं! उन्होंने ऐसा कुछ नहीं कहा। और मैंने भी नहीं। अब तुम चाय पीओ। मैं चली। उन्हें हमारे संबंध का पता चल जाएगा तो झाड़ू मारकर भगाएँगी मुझे। मैं जानती हूँ।"

माला फेरती नानी की आँखें बंद थीं। मल्लिका बालकनी की ओर गई। वहाँ से अपना बैग उठाया। नानी के पास ही सोफे पर उसका लैपटॉप रखा था। उसे उठाना आवश्यक था। पर उसे डर था कि वहाँ कोई हरकत होने पर नानी का ध्यान भंग न हो जाए। वही हुआ। नानी ने कहा, "कहाँ चली? रात को अकेली। तुम शहरवाली लड़कियाँ आफत को आमंत्रण देती हो। क्या जरूरत है रात को अकेले बाहर निकलने की? जाना था तो तभी चली जाती। रात भर रहो, सुबह चली जाना।"

रुक गए मल्लिका के पाँव। सच तो यह था कि जाती भी कहाँ। यूँ तो छह महीने के साथ रहने के बाद दोनों ने अलग होने का निश्चय कर ही लिया था। प्रस्ताव नीलाभ का ही था। मल्लिका ने भी आधे मन से स्वीकार कर लिया था। पर उसे अपने रहने के लिए फ्लैट तो चाहिए। किराए पर फ्लैट लेना भी आसान नहीं होता। कमबख्त फ्लैट वाले भी क्या-क्या शर्तें लगाने लगे हैं। अकेलों को फ्लैट नहीं देते, वह लड़का हो या लड़की। अब तो दोनों साथ हों, तो विवाह के फोटो और सर्टिफिकेट भी देखते हैं।

नीलाभ ने परिस्थिति की नाजुकता समझ ली थी। पिछली रात मल्लिका ने अपने सारे सामान सँभाल लिए थे। कहीं कोई उसका सामान अवश्य छूट गया होगा। और नानी को शक का समाधान मिल गया होगा। नीलाभ ने सोचा, 'अच्छा ही हुआ। पर नानी को बताना पड़ेगा कि अब दोनों की दोस्ती टूट गई है। वे साथ नहीं रह सकते।' फिर तो नानी बिफर पड़ेगी। नीलाभ ने अपनी चिंता पर लगाम लगाई, 'जो होगा, देखा जाएगा।'

नीलाभ अपने कमरे में गया। उसके कमरे के सामान इतने सलीके से रखे थे कि उन्हें ढूँढ़ने में उसे बड़ी परेशानी हुई। सामानों को यथास्थिति और व्यवस्थित पड़े रहने का अभ्यास नहीं था। बिछावन पर ही अधिकांश सामान पड़े रहते। वह भीगा तौलिया भी। बालकनी में धूप आकर चली जाती। खिड़की के शीशे से छनकर उसके बिछावन पर भी धूप आती। उस तौलिए के स्वास्थ्य के लिए उतनी भी काफी होती थी।

नीलाभ बाजार से कुछ-कुछ लेकर आया था। नानी ने उसे खाने से मना कर दिया। मल्लिका के साथ नीलाभ भी नीचे गया। दोनों चावल और सब्जी खरीद लाए। नानी के लिए खाना मल्लिका ने ही बनाया।

गरम चावल-दाल खाते हुए नानी ने कहा, ''मैं प्रति शाम अपने दरवाजे पर बैठी-बैठी एक दृश्य देखा करती हूँ। मजदूर स्त्री-पुरुष दिन भर मजदूरी करके अपने घर लौटते हुए चावल, आटा, लकड़ी, थोड़ा सा मसाला-तेल खरीदकर ले जाते हुए दिखते हैं। तुम लोग भी तो मजदूर ही हो। अंतर है तो कच्चा माल और पका-पकाया सामान का। तुम उनसे अधिक सौभाग्यशाली हो कि तुम्हें बनाना भी नहीं पड़ता। पर हो तो मजदूर ही।''

नानी अपने घर में बने भोजन के बारे में बताती रहीं। और उनके द्वारा अपने घर के गरम-गरम भोजन सामग्री के वर्णन में सोने का समय हो गया। नानी ने कहा, ''मल्लिका, इधर आओ! मेरे पास इसी दीवान पर सो जाओ।''

मल्लिका को ध्यान आया। वह अपनी नाइटी बाथरूम में टँगी छोड़ गई थी। पर उस कमरे में कैसे जाए! वहाँ नीलाभ लैपटॉप पर काम कर रहा था। वह जींस-टॉप में ही लेट गई। नानी बोलीं, ''जा-जा, बाथरूम की अलमारी से नाइटी ले आ। इस घर में एक जनाना कपड़ा मिला मुझे। मेरी ननद की लड़की सुमेघा यहीं रहती है। कभी आई होगी। नाइटी छोड़ गई। शायद उसे ध्यान भी न हो। जा, ले आ तू।''

मल्लिका के पाँव तले जमीन खिसकी। नानी द्वारा उनकी गंभीर हरकतों को सहजता से लेते देख आश्चर्य भी हुआ। कुछ नहीं बोली। और रात्रि में मल्लिका के शरीर की हरकतों और उसके मुख से निकले स्वरों ने शक को विश्वास में बदला। नानी ने सोच लिया, 'सुबह होते ही दोनों से हलदी-चूना बुलवाऊँगी।''

नानी की आँखों में नींद उतरी ही नहीं। इसलिए सुबह जगने का सवाल नहीं था। वे नीलाभ और मल्लिका के जगने का इंतजार कर रही थीं। नीलाभ को जगाते हुए नानी ने कहा, ''आज तुम दोनों को ऑफिस नहीं जाना है। छुट्टी ले लो।''

"हम दोनों! क्या मतलब नानी?" वह आँखें मलता हुआ बोला।

"हाँ, तुम दोनों! उठो, फिर मैं बताती हूँ।"

चाय बना लाया था नीलाभ।

नानी ने कहा, "अब मुझे बताओ, मल्लिका यहाँ कितने दिनों से रहती है?"

"नानी! नहीं नानी, मल्लिका यहाँ···नहीं···मल्लिका···मल्लिका तुम ही···"

"नीलाभ! तुम्हें बचपन से झूठ बोलने का अभ्यास नहीं है, इसलिए कोशिश मत करो।" नानी की आवाज सख्त थी।

"नानी, आप ठीक कहती हैं। पर हम दोनों अकेले नहीं हैं। इसी अपार्टमेंट में कई ऐसी जोड़ियाँ हैं। वे भी हमारी तरह शादीशुदा नहीं हैं। साथ-साथ रहते हैं। दरअसल···नानी यहाँ का रिवाज हो गया है। पर अब तो हम अलग हो रहे हैं। आप एक दिन विलंब से आतीं तो यहाँ कोई मल्लिका-सल्लिका नहीं होती। मैं कान पकड़ता हूँ, अब ऐसा नहीं करूँगा। आप जिससे कहेंगी, विवाह कर लूँगा। वह कानी, लँगड़ी या काली-कलूटी क्यों न हो! बिन पढ़ी-लिखी भी चलेगी। जो आपको खाना बनाकर खिला सके, घर ठीक से रख सके। सच नानी, मैं तो झूठ नहीं बोलता न!"

नीलाभ ने अपने दोनों कान पकड़कर सिर झुका लिये। मल्लिका की हँसी छूट गई।

"ठीक है। पर आज तुम दोनों मेरे साथ शिव मंदिर चलो। आज वसंत पंचमी है।" नानी का स्वर मुलायम हुआ था।

नानी के आगे दोनों की एक न चली। मंदिर में पार्वतीजी को सिंदूर चढ़ाकर बाहर आ गई थीं नानी। आमने-सामने स्थित शिव और पार्वती के मंदिर के बीच खड़ी होकर नानी ने नीलाभ को शिव और मल्लिका को पार्वती मंदिर की तरफ आमने-सामने खड़ा किया। नीलाभ से बोलीं, "लो, इस डिबिया से सिंदूर निकालकर मल्लिका की माँग में तीन बार भरो।"

पंडित की भूमिका में आ गई थीं नानी। नानी की गोद में नीलाभ को डालकर ही उसकी माँ तीस वर्ष पूर्व गुजर गई थीं। तब से वह नानी की आज्ञा मानता रहा है। कुछ लोग उनके आस-पास खड़े हो गए थे। नीलाभ वहाँ तमाशा खड़ा करना नहीं चाहता था। उसने वैसे ही किया, जैसा नानी ने चाहा था। नानी के होंठ हिले। गीत की पंक्तियाँ रिसीं—

"मचिया बैठल कौशल्या रानी, मन ही आनंद भेल
कब होयत राम के विवाह, सेंदूर हम बेसाहव हे।"

आँखों से झरते आँसू की लड़ी ने उन उद्गारों को पखार दिए। दोनों ने नानी के पाँव छुए।

"क्यों नानी, रो क्यों रही हैं? आप चाहें तो मल्लिका को छोड़ दूँ।"

"नहीं रे! अब तो यह शिव-पार्वती का बंधन है, जनम-जनम का बंधन! खबरदार जो कभी खोलने की सोची। मल्लिका, तुम्हारा सुहाग पार्वती की तरह अमर रहे।"

फिर तो उन दोनों की आँखें भी भर आईं।

फ्लैट में पहुँचकर नानी ने कहा, "मुझे स्टेशन छोड़ आओ। आज ही लौटूँगी।"

"क्यों, आप खुश नहीं हमारे विवाह से?"

"हूँ न! मेरी खुशी का ठिकाना नहीं है। पर मैं गाँववालों में बाँटना चाहती हूँ। वहाँ जाकर सब तैयारी करूँ। धूमधाम से तुम दोनों का विवाह रचाऊँगी। कागजी काररवाई से विवाह संपन्न नहीं होता। समाज की स्वीकृति चाहिए न! न जाने कितने लोग तुम्हारे ब्याह देखने की आशा लगाए हैं। सबकी आस पूरी करूँगी। मेरी तो हो गई।"

□

कटोरी

राँची जाने पर सीमा का पुनरावृत्त आग्रह था, "इस बार मेरे घर अवश्य चलिए।"

अति व्यस्तता में से भी मैंने समय निकाल लिया था। आधुनिक साज-सज्जा से सुशोभित बैठक रूम में हम बैठे ही थे कि सामने रखे शो-केश के एक शो-पीस पर मेरा ध्यान अटक गया। दूसरे के घर में उपस्थिति की औपचारिकता भंग करती मैं उसके शो-केस के नजदीक पहुँच गई। जर्मनी, जापान और कई देशों के क्रिस्टल, काँच, पीतल, चाँदी की मूर्तियों के बीच एक कौआ शीशे में बंद था। कौए की चोंच सोने की थी और उस चोंच में एक एल्यूमिनियम की कटोरी अटकी पड़ी थी। दृश्य ऐसा, मानो कौआ कटोरी को लिये अभी उड़ जाएगा! कुछ पल वहाँ खड़ी रही। कौआ भागा नहीं। मेरे द्वारा शीशे के दरवाजे को खोलने के प्रयास पर भी नहीं। कौआ तो मिट्टी का था। उसकी चोंच सुनहली थी। सुंदर आकृति थी। पर उसकी चोंच में अटकी कटोरी कई जगहों से चिपकी पड़ी थी। उसपर एल्यूमिनियम पेंट किया गया था। परंतु वह जातिगत रंग उसकी जर्ज़रता को ढकने में नाकाम रहा था।

दृश्य और कारण में संबंध स्थापित करने की मानसिक कसरत में उलझी रही। तभी सीमा चाय के साथ आ गई थी। बोली, "आइए दीदी। चाय पीजिए, मैं जानती थी कि आप भी इसे देखकर अवश्य पूछेंगी।"

"हाँ! कौए और उसकी सुनहरी चोंच के साथ इस घिसी-पिटी कटोरी का संबंध नहीं बनता, इसलिए…"

"बनता है, दीदी। मेरे लिए और कोई चारा नहीं था।"

"मतलब ?"

"आप कुछ लीजिए तो, फिर बताती हूँ।" और उसके द्वारा कार्यकारक के संबंध बताने-सुनने की उत्कंठा में मैंने चाय का प्याला उठा लिया।

वह बोली, ''दीदी, मायके में भाइयों के बीच बँटवारे में यह कटोरी मेरे हिस्से में आई।'' मेरे भाव समझकर उसने कहा, ''दीदी, चौंकिए नहीं। लंबी कहानी है। मैं सुनाती हूँ आपको।''

और वह प्रारंभ हो गई, ''ईआ के जीवित रहते अकसर गाँव चली जाती थी। ईआ अपनी जवानी की कई कहानियाँ सुनाती। कई बार तो प्रसंगों की पुनरावृत्ति ही होती। पर उसके उन प्रसंग वर्णनों में रस होता था। वह प्रसंग के हर पात्र और उनके कथनों को भाव सहित सामने पसार देती। फिर तो हम मात्र सुनकर नहीं रहते, स्वयं उस प्रसंग के पात्र बन जाते। श्रोता भी तो पात्र ही हो जाता है न! क्या दीदी, आप तो लेखिका हैं। मैं ठीक कह रही हूँ न?''

''हाँ-हाँ, ठीक है। पर अपनी ईआ और इस कौए के संबंध के बारे में बताओ न।''

''दीदी, जैसा मेरी ईआ वर्णन करती थी, बात उस समय की है, जब मेरी माँ की गोद में मैं उसकी पहली संतान थी। मेरी आजी की तीन बहुएँ थीं, उनकी जेठानी की चार। बड़ा संयुक्त परिवार था। सब बहुओं को तेल, साबुन व कपड़ा भी समय पर बाँटकर बराबर-बराबर दिया जाता। यह काम मेरी आजी ही करती थीं। मेरी आजी कहीं मेले में गई थीं। वहाँ से पत्थर की एक दर्जन मलिया (कटोरी) खरीद लाईं। मेले से उनके लौटने पर सातों बहुओं ने घेर लिया। पोते-पोतियाँ भी सबको उनकी गठरी में से अपने लिए कुछ निकलने की उम्मीद थी। उन्होंने कटोरियाँ निकालीं। सभी बहुओं को एक-एक दे दी। कहा, 'प्रतिदिन इसी में सबको सुबह-सुबह तेल दूँगी। बच्चों को लगाना, स्वयं बालों में डालना, रात्रि को पति के पाँव की मालिश करना—सब इसी में। रोज-रोज की आपसी कानाफूसी भी बंद हो जाएगी।'

''बहुएँ अपने हाथों में नन्ही पथरौटी (कच्चे पत्थर की कटोरी) मलिया लिये उनके नख-शिख निहारती रहीं। दूसरे दिन से ही आजी तेल से भरी बड़ी कटोरी और एक सिथुआ (सिप का एक भाग) लिये बैठी बहुओं को आवाज देतीं। वे अपना काम स्थगित कर तेल लेने के लिए सास के पास पहुँचती। ईआ बताती, 'आजी की इस व्यावहारिक बुद्धि के कारण तेल की खपत भी कम हो गई तथा आपसी लड़ाई भी बंद हो गई। वरना सभी बहुएँ आजी के व्यवहार में भेदभाव की खोट टाँक देती थीं—'किसी को ज्यादा तो किसी को कम तेल मिलने की शिकायत। पर उन पथरौटी कटोरियों का पेट बराबर था। इसलिए उस घर में कम-से-कम तेल के मामले में सही समाजवाद आ गया था। एक दिन मेरी ईआ तेल

लेने नहीं पहुँची। आजी ने कई बार आवाज दी। ईआ के नहीं आने पर बोलीं, 'दिन भर बेटी सूखी पड़ी रहेगी। तेल के लिए बुला रही हूँ तो आती नहीं।'

''मेरी ईआ पहुँची। पर उसके हाथ में जो पथरौटी थी, उसके दो टुकड़े हो चुके थे। दादी बिफर उठीं, 'यह क्या कर दिया? कटोरी तोड़ दी। अब किस में तेल लोगी? फूहड़ कहीं की। मायके संदेशा भेज दो। भाई के हाथ मँगा लो। मैं तेरे चल्लू में तो तेल देने से रही। अब बाप ही भेजेंगे कटोरी, तब तेल मिलेगा। कटोरी ऐसे फोड़कर बैठी है, जैसे बाप से मिली हो दहेज में।'

''प्रसंग सुनाते हुए भी ईआ का गला रुँध जाता। ईआ कहती, 'मैं बहुत रोई, बिलख-बिलखकर। कुछ खाया-पीया भी नहीं। रोती-बिलखती आँगन में खाट डालकर गेहूँ पसारकर रखवाली करती बैठी थी। कहीं चिड़ियाँ न आ जाए। तभी पश्चिम दिशा से एक कौआ उड़ता हुआ अपनी चोंच की एक कटोरी मेरी गोद में गिराता काँव-काँव करता फिर पश्चिम दिशा को ही लौट गया। मैं कटोरी हाथ में लिये उसे निहार रही थी। दरअसल तुम्हें तेल लगाकर पत्थर की कटोरी मैंने छप्पर पर खपड़ों के बीच अटका दी थी। मैं रोटी पका रही थी। वहाँ बैठा एक कौआ कटोरी में चोंच मारने लगा। मैंने 'हा-हा' करके कौए को भगाया। वह चोंच में कटोरी उठाना चाहता था। कटोरी उठी नहीं, नीचे पत्थर पर गिरकर टूट गई थी। सास की डाँट सुनकर मैं मन-ही-मन उस कौए को ही गालियाँ दे बैठी थी। मेरी गोद में गिरी कटोरी एल्यूमिनियम की थी। बेहद हलकी। उसके चारों ओर ढलाई के फूल-पत्ती बने थे। मैं हुलस उठी। मुझे तेल के लिए कटोरी क्या मिली, मानो उस वक्त दुनिया की सबसे अनमोल वस्तु मिल गई! तभी मेरी सास आ गई थीं। मेरे हाथ में कटोरी देख बोलीं—यह तेल की कटोरी कहाँ से लाई? भाई दे गया क्या? 'हाँ माँजी! कौआ भैया आया था। पश्चिम से ही आया था। जिधर मेरा गाँव है। कटोरी गिराकर चला गया। उधर ही लौटा है। मेरी माँ ने भेजी होगी कटोरी।' मैं हुलास में बोलती गई थी। मेरी सास की हँसी फूट गई। ऊँची आवाज कर बोलीं, 'अजी सुनती हो तुम लोग। बाहर निकलो। तुम्हारी गोतनी का कौआ भैया कटोरी दे गया।'

''फिर तो उस कटोरी को लगभग छोटे-बड़े बीस-पच्चीस हाथों के बीच खड़े होकर अपने अस्तित्व की घोषणा करनी पड़ी, 'चलो, मान गए कि तुम्हारा कौआ भैया कटोरी दे गया। यह भी मान गए कि तुम्हारी माँ ने ही भेजी होगी। अब तेल तो ले जाओ।' आजी बोलीं।

''आखिर पिघल गई थीं तुम्हारी आजी। तुम्हें सुबह से मालिश नहीं हुई थी।

इसलिए तुम सो भी नहीं रही थीं। मेरे मालिश करते-करते तुम सो गई थीं। पर मैं तो आश्चर्यचकित थी। कौआ कहाँ से कटोरी लाया? मेरी गोद में ही क्यों गिरी कटोरी? आँगन में तुम्हें गोद में लिये बैठी मैं आसमान की ओर ही नजरें टिकाए थी। कहीं कौआ दिख जाए! पर उस दिन नहीं दिखा। मानो जल्दी शाम ढल गई थी। दूसरी सुबह मैं उसी स्थान पर रोटी के दो टुकड़े रख आई, जहाँ पथरौटी रखी थी। एक कौआ आकर एक टुकड़ा ले गया। थोड़ी देर बाद दूसरा आया, दूसरा टुकड़ा ले गया। मैं सोच रही थी, ये एक ही थे या दो? कैसे पहचानूँ?

फिर तो कौए मेरे आँगन में भी आते रहे। मेरी देवरानी हा-हा करके भगा देती। मैं उनके लिए कुछ दाने छीट आती। मेरी सास कहतीं, 'भाई है न! देखो! मेरे घर का अन्न छींट आती है उसके लिए।' मेरे मन में कौए पक्षी के प्रति ही कुछ विशेष अनुराग ने जन्म ले लिया था। एक बात का मलाल था। जिस कौए ने कटोरी गिराई थी, उसे कैसे पहचानूँ? सब कौए तो एक ही जैसे दिखते थे। जिस दिन आँगन में कौए नहीं आए, मुझे बड़ा सूना-सूना लगता था।' ईआ ने बताया था, 'जब तुम्हारे बाबूजी ने आँगन की पिछली दीवार ऊँची कर दी, मैं चिल्लाई थी—दीवार इतनी ऊँची क्यों की? अब तो कौआ नहीं आएगा आँगन में।…' तुम्हारे बाबूजी बहुत हँसे थे।

"होश सँभालने पर मैंने देखा था, बाबूजी भी नहाने के पहले उसी कटोरी में तेल लेकर पूरे बदन में मालिश करते। वह कटोरी कभी खाली नहीं रहती। एक बार आँगन में वह कटोरी छूट गई। एक कौआ आया। उसे अपनी चोंच में उठा लिया। बाबूजी ने देख लिया। हा-हा करके भगाए। ईआ भी आ गई थी। बोली, 'वही कौआ होगा। पंद्रह वर्ष बाद कटोरी लेने आया होगा।'

"बाबूजी ठहाका मारकर हँसे थे—ईआ के मनोभाव की खिल्ली उड़ाते हुए। खटिया पर पड़ी गठिया के दर्द से कराहती आजी भी हँस पड़ी थीं। ईआ बहुत देर तक साँस रोक खपरैल पर कौए के आगमन की प्रतीक्षा करती रही। उसके न आने पर पूरा घर सिर पर उठा लिया। खपरैल पर से कटोरी उतरवानी थी। बाबूजी को डर था कि खपरे फूट जाएँगे। माँ ने एक तरह से सत्याग्रह ही कर दिया, खाना भी नहीं बनाया। फिर तो बाबूजी ने मेरे छोटे भाई को चढ़ाकर कटोरी उतरवाई।

कटोरी पिचकती गई थी। मेरे बड़े बेटे के जन्म के समय ईआ उसी तेल से नाती की मालिश करती थी। मेरी बेटी के जन्म तक तो आजी नहीं रहीं। ईआ को सास की उत्तराधिकारिणी बनने की पड़ी थी। वह भी ओसारे के कोने में उसी खाट पर पड़ी-पड़ी दर्द से कराहती रहती। उस दिन उसकी अधिक तबीयत खराब होने

की खबर पाकर हम सपरिवार राँची से आरा पहुँच गए थे। माँ जीवन के अंतिम क्षणों में ही थीं। मेरी भाभी उसी कटोरी में घी रखकर माँ के शरीर में मल रही थी। तीस वर्षों में बढ़े परिवार की औकात के साथ कटोरी की औकात में इतनी बढ़ोतरी तो हुई ही थी। तेल वाली कटोरी में पहली बार घी रखा गया था। ईआ नहीं रही। मैंने उस कटोरी की ओर देखकर सोचा था, माँ के बिना हम टूअर हो गए। पर यह कटोरी तो श्रीहीन हो जाएगी। अब कौन इसकी इज्जत करेगा?

''दो वर्ष बाद ही भाइयों में बँटवारा हुआ। जमीन-जायदाद के बँटने के बाद बरतनों के बँटने की बारी आई थी। संयोग से मैं भी वहीं थी। बरतनों के संदूक खुलने पर उसमें से भारी पीतल, ताँबे और काँसे के बरतन निकाले जाने लगे। नग और वजन का ध्यान रखते हुए बरतनों की तीन कूड़ियाँ लगाई जा रही थीं। मेरे हिस्से के बड़े बरतन तो मेरी शादी के समय तिलक और दुरागमन पर मेरे साथ चले गए थे। इसलिए ईआ की कोख से पैदा हुए चार बच्चों के बीच तीन कूड़ियों के लगने का मलाल नहीं था। अंतिम बरतन बटलोही थी। उसे कैसे बाँटें! संदूक में झाँक-झाँक कर देखा जा रहा था। और दो बरतन निकल आते तो कूड़ियाँ पूरी हो जातीं। उसी बटलोही के पेट में छुपकर बैठी थी वह कटोरी। बाँटनेवाले ने बटलोही में हाथ डाले। हाथ पड़ी कटोरी को बाहर निकाला। तलहथी में रख, देख, परख उसकी निस्सारता पर हँसा और निकालकर आँगन में फेंक दिया। सच, उतने वजनदार कीमती बरतनों के बीच उसकी क्या बिसात! फेंकी हुई कटोरी बहुत देर तक गुड़कती, फिर डोलती औंधे मुँह स्थिर हुई। मैं उधर ही देखती रही। थोड़ी देर बाद मैंने उसे सीधा कर दिया। शायद यह सोचकर कि कौआ आकर उठा ले जाएगा। कौए की उम्र बड़ी लंबी होती है। हो सकता है, वह कौआ मेरी परदादी की उम्र का ही हो। कटोरी उठाने के लिए कौआ नहीं आया। भाभियों के नौकर अपने हिस्से के बरतन उठाकर बड़े बोरे में कसने आ गए थे।

''पड़ोसी भी बँटवारे का तमाशा देखने आ गए। शाम ढल रही थी। कौआ के आने की कोई आस नहीं बची थी। मैंने कटोरी उठाकर कहा, ''रुको, मैं भी बरतनों में अपना हिस्सा लूँगी।''

''मेरे भाई-भाभियाँ एक-दूसरे की आँखों में मेरे कथन का अर्थ ढूँढ़ने लगे। मैंने चौथे कोने पर कटोरी रख दी। एक कूड़ी बढ़ा दी। कहा, ''ईआ के बरतनों में मेरे हिस्से में यह कटोरी आएगी।'' और उनके द्वारा बरतन उठाना प्रारंभ करने से पूर्व मैंने कटोरी उठाकर अपने पर्स में रख ली। बड़ी बोरियों की जरूरत नहीं

पड़ी। पर मेरे पर्स का वजन बहुत बढ़ गया था। उसमें आजी, ईआ और कौआ मामा भी समाए थे।''

सीमा रुकी। उसका गला रुँध गया था। कथा सुनकर मेरा मन भी भारी हुआ। पर माँ के मनोभाव के प्रति सीमा की कृतज्ञता पर फिर मन हलका हुआ। मैं कुछ कहूँ, सीमा ने कहा, ''दीदी, आप एक कहानी लिख दीजिएगा। मेरी ईआ भी अमर हो जाएगी।''

मैं क्या कहानी लिखती! कहानी तो लिख दी थी सीमा ने। कितनी सशक्त कहानी थी। कौए की कटोरी का जीवनवृत्त! मैंने इतना ही कहा, ''शो-केश में लगे शीशे के दरवाजे खोलो। एक बार मुझे भी इस कटोरी को छू लेने दो और कौए को भी।'' कटोरी को छूते हुए उसके रूप-रंग की ओर ध्यान कहाँ गया। मानो सीमा की माँ जानकी देवी, उनकी सास, उनके पति और बच्चों सहित आँगन में उड़ते कौए को छू रही थी। उन सबके स्पर्श से बिंधा सारा शरीर पुलकित हो गया।

□

केकड़ा का जीवन

वह त्रेता युग के राजा राम की पत्नी तो नहीं है, पर है वह सीता नाम की ही स्त्री। और उसका पति अवधेश है, वह भी अयोध्या का राजा नहीं, क्योंकि आज की अयोध्या नगरी में न कोई राजसत्ता है, न कोई राजा। और अवधेश तो अयोध्या का है भी नहीं। वह बिहार के पूर्वी चंपारण जिला के मेहसी नामक स्थान का रहनेवाला है। त्रेता युग के अवधेश चक्रवर्ती राजा बने थे, अवधेश अपने गाँव की एक बीघा जमीन का मालिक है भी और नहीं भी। क्योंकि कहते हैं न, जर, जमीन और जोरू जोर की होती है। अवधेश का जोर कहीं नहीं है। न जर, न जमीन और न जोरू पर। धन है नहीं, जमीन पिता जोतते हैं और जोरू के प्रति कर्तव्य ही नहीं निभाता तो अधिकार कैसा? पर है तो वह अवधेश ही है, नाम से ही सही।

अवधेश से विवाह निश्चित होने पर सीता के मन में बचपन से रामलीला में देखे राम-सीता की जोड़ी की प्रतिमा जीवंत हो गई थी। क्या उसकी जोड़ी भी सीता-राम की जोड़ी ही दिखेगी?

उसने माँ की मुँहपोछनी (शृंगारदानी) में रखा छोटा शीशा निकालकर चुपके से अपना मुँह निहारा था। दादी का पुनरावृत्त कथन, ‘‘अपनी पोती के नाक-नक्श तो राम मंदिर की सीता जैसे ही हैं। इसलिए हमने नाम सीता रख दिया।’’

उसे सब स्मरण हो आया। बचपन से सुनती आई है। उनसे मिलनेवाली हर औरत कहती, ‘‘कितनी सुंदर है! बचाकर रखना होगा। किसी की नजर न लग जाए!’’

मूर्तिकार ने मानो फुरसत की घड़ी में गढ़ी थी प्रतिमा। तभी तो आँख, नाक, होंठ, दाँत, ललाट, भौंहें और गाल—सबों के बीच सामंजस्य स्थापित किया था। देखनेवालों के पछताने के लिए, ‘काश, नाक थोड़ी सी और ऊँची होती या आँखें जरा सी बड़ी होतीं!’ कहीं कुछ भी तो कमी नहीं छोड़ी थी विधना ने। आलोचना

की कोई गुंजाइश नहीं। स्वयं छोटे से शीशे को चारों ओर घुमा-घुमाकर अपने मुखड़े का हर कोना निहारती सीता अभिभूत हो गई थी। शरमा गई, मानो किसी नायक की आँखों में उसकी छवि उतर आई हो। दोनों हथेलियों से चेहरा ढक लिया। पर राम मंदिर में प्रस्थापित सीता-राम की प्रतिमाओं जैसी एकरूपता लाने के लिए अवधेश को भी ब्रह्मा ने फुरसत के समय में गढ़ा होना चाहिए था। सीता के मन में होनेवाले पति के रूप-रंग जानने की उत्सुकता जगी थी। पर पूछे किससे? पिता ने किसी से कुछ नहीं बताया था। वरना वह अपनी सहेलियों की तरह लुक-छिपकर सुन लेती। रामलगन की बेटी के लिए लड़का मिल गया था, यही क्या कम था। गाँठ में पैसे तो थे नहीं। विवाह के लिए पैसा चाहिए न! रूप लेकर कौन चाटेगा? बातों-बातों में रामलगन के मुँह से बात निकल गई थी, "घी के लड्डू टेढ़ो भले।"

सीता ने बचपन से यह उक्ति सुन रखी थी। तीन बहनों के बाद जनमा बहुप्रतिक्षित उसका भाई साँवला था। नाक-नक्श भी सीता जैसे नहीं। सीता जैसी तो दोनों बहनें भी नहीं थीं। इसलिए तो कहते हैं कि कुम्हार का आवाँ और औरत की कोख एक ही प्रकार के हैं। सुंदर-असुंदर बरतन और बच्चे दोनों एक स्थान से निकलते हैं। आवाँ से निर्जीव और कोख से सजीव। इतना ही अंतर है। भाई को देखकर उसकी दादी ने घी के लड्डू वाली कहावत कही थी। पिता द्वारा उच्चरित कहावत ने मन में बैठी सीता-राम की मूर्ति खंडित कर दी थी। सीता ने सब्र बाँध लिया था। अपने मन को समझाया था, 'वे तो भगवान् हैं, वे भी पत्थर के। हमारे और उनमें फर्क तो होगा ही।'

इसलिए ब्याहकर ससुराल जाते समय गद्गद थी, मानो उसके आँगन की छत से (आकाश) लटके सारे सितारे उसके आँचल में बिछ गए थे। आँचल में आकाश उतर आया था। थोड़े ही दिनों में एक-एक सितारे टूटकर गिरे और आसमान साफ हो गया था। सीता के शरीर पर मायके और ससुराल से मिली कुल दस साड़ियों में पैबंद लगाने की भी जगह नहीं बची। सीता ने अवधेश को बहुत समझाया, "कुछ तो काम करो। दूसरे के खेत में कुदाल चलाने में भी लाज की क्या बात है। काम तो काम है, छोटा क्या और बड़ा क्या! बड़ी बात तो कमाई है। कमाई के बिना तो लुगाई भी नहीं बसती।"

अवधेश के कान पर जूँ नहीं रेंगी। सीता परेशान होकर मायके चली आई। स्वयं काम खोजने लगी। उस कस्बे में कहाँ से मिलता काम? डूबती हुई जिंदगी थी। मिल गया तिनका। दिल्ली से आई मीना दीदी की उँगली पकड़कर वह दिल्ली

पहुँच गई। उनके घर में काम-धाम और इकलौती बेटी सौम्या की देखभाल। सीता की आँखें चौंधिया गईं। खाने-पीने की सामग्रियों का सारा भंडार उसी के हाथ में था। दूध-घी, मक्खन-पनीर, क्या नहीं था। और कोई बंधन भी तो नहीं था। एक महीने में शरीर, मानो गुब्बारे में हवा भर दी हो किसी ने। चेहरे पर तो कली खिल गई हो। सफेद रंग गुलाबी-गुलाबी होकर गहरा गया।

सिंदूर, पाउडर, क्रीम की भी कमी नहीं थी। पंक्तिबद्ध हो सब बड़ी-छोटी शीशियाँ या डिब्बे ड्रेसिंग टेबल पर प्रतीक्षारत थे। साफ-सफाई करती हुई सीता एक-एक को छूती-सँवारती। पर उसके चेहरे को उनमें से किसी की जरूरत ही नहीं पड़ती। शरीर में खून भर जाने से पतले पीले पड़े होंठ भी लाल हो गए थे। नयन तो कजरारे थे ही। सीता को देखकर एक दिन मीना बुदबुदाई, ''इसे अपने घर में सँभालना बड़ा कठिन है। इसके सौंदर्य की रक्षा करना मेरे बूते की बात नहीं।''

सीता ने स्वयं अपना चेहरा आदमकद शीशे में देखा था। अंदर गुदगुदी हुई थी। और फिर तो एक दिन गाँव से आया एक काला-कलूटा मरद मीना के फ्लैट की कॉलबेल बजा ही गया। सीता ने ही दरवाजा खोला, ''कौन?''

दरवाजा खोलकर खड़ी सीता ने मुसकराकर आगंतुक का स्वागत किया। आगंतुक की आँखें चौंधिया गईं—'गिरा नयन अनयन बिनू बानी' की स्थिति हो गई। पीछे से मीना आ गई थी। पूछा, ''कौन?''

सीता बोली, ''दीदी, ये मेरे घर वाले हैं।''

''क्यों? यहाँ कैसे आया?'' मीना चौंक गई थी। उसके स्वर में आगंतुक के लिए तिरस्कार भाव था।

सौम्या ने बताया, ''मम्मी, सीता मौसी ने पत्र लिखा था। जब तुम घर में नहीं रहती थीं तो शायद इन्हीं को फोन करती थीं। इनको अपने पास बुलाती थीं।''

सीता ने भी कह ही दिया, ''दीदीजी, यह अब तक कमाया-खटाया नहीं तो क्या, मैं तो कमाने लगी न। दो घर कमाकर इसका भी पेट पाल दूँगी। दिल्ली में रहकर तो मैं दो क्या, दस का पेट पाल सकती हूँ। पर एक बच्चे से अपनी कोख तो अकेले नहीं भर सकती न! इसीलिए दीदी, और कोई बात नहीं। वैसे तो आपके घर में मुझे सारा सुख है, पर...''

सीता का तात्पर्य समझ गई थी मीना। अपने से अधिक सांसारिक बुद्धिवाली को अपने आश्रय में रखने का उसे दुःख भी हुआ। बिफर पड़ी थी। सीता की निजी जरूरतें समझते हुए भी मीना ने महसूस किया, मानो वह ठगी गई हो। दरअसल, सीता को अपने पास रखकर वह सौम्या से निश्चिंत हो गई थी। देर-सबेर घर

लौटती। कभी-कभी दो-तीन दिन बाहर। राजनीति में व्यक्तिगत समय का हाल कुछ ऐसा ही होता है। उसे विश्वास था कि सीता का पति से संबंध-विच्छेद हो ही जाएगा। पति को दिन-रात गाली और श्राप देती थी। भूखी-प्यासी सीता पेट भर जाने पर उसे ढूँढ़ लाएगी, ऐसा नहीं सोचा था मीना ने। इसलिए उसे कोई बहुमूल्य वस्तु के खो जाने का एहसास हुआ। अब उसके घर की व्यवस्था का क्या होगा? वह बहुत चिल्लाई, पर सीता नहीं रुकी। सीता जो थी। पति के साथ जाने के लिए मीना दीदी के बड़े फ्लैट में मानो अयोध्या के राजभवन जैसी सुविधाएँ त्याग दीं। एम.पी. फ्लैट्स के सर्वेंट क्वार्टर के पीछे बनी टूटी-फूटी झोंपड़ी में चली गई। चार घरों में चौका-बरतन करने लगी।

सीता से मीना के बिछोह का अवसाद भी धीरे-धीरे कम हो गया था। भूल गई थी सीता को। जलाशय से बड़े-छोटे पात्र में जल निकालने से वहाँ कोई रिक्तता नहीं आती। घर के अंदर व्यक्ति का अभाव भी भर ही जाता है। सीता द्वारा मीना का घर छोड़ने के बाद दिन, महीने, साल बीत गए। एक दिन दिल्ली के खान मार्केट में जाते हुए एक क्षीण स्त्री काया ने मीना का रास्ता रोका, ''दीदी, प्रणाम!''

पहचानने में देर लगी। आँख की चमक तो जानी-पहचानी दिखी थी, पर अन्य अंग ऐसे, जैसे कभी देखा न हो। उसी काया पर स्थापित कंठ से आवाज निकली, ''मैं हूँ दीदी, सीता। ये मेरे दो बच्चे हैं।''

मीना झल्लाई। चार वर्षों में भी उसका गुस्सा ठंडा नहीं हुआ था। उसने इतना ही कहा, ''मुझे देर हो रही है।''

पर सीता कहाँ माननेवाली थी। उसके पीछे-पीछे चलती हुई बोली, ''मैं फिर पेट से हूँ, दीदी। मुझे किसी दफ्तर में कोई काम दिलवा दें न। मैं चौका-बरतन अब नहीं कर सकती।''

''नहीं-नहीं, मैं कुछ नहीं कर सकती। कहाँ गया तुम्हारा पति? खाओ उसकी कमाई। आठ-दस बच्चे पैदा करो। तुम्हें और क्या चाहिए?''

''नहीं दीदी! वह तो न गाँव में कमाता था, न यहाँ। मैं यह जानती थी कि वह निकम्मा था। मैं तो सिर्फ इसलिए बुलाई थी कि एक बच्चा हो जाए। तभी तो मैं औरत कहलाऊँगी।''

मीना के चेहरे पर मानो नफरत के भाव आने के लिए उछालें मार रहे थे। मीना ने उन्हें दबा लिया। आगे बढ़ गई। सीता समझ गई। उसकी गोद और उँगली पकड़े लव-कुश को देखकर और तीसरे के गर्भ में होने की खबर ने नाराज कर दिया था मीना को।

गाड़ी स्टार्ट करती वह बुदबुदा रही थी, ''औरतें ऐसे ही मार खाती हैं। दासी बनकर रहती हैं। इन्हें मर्द चाहिए। मर्द के बिना नहीं रह सकतीं, क्योंकि बच्चा चाहिए। अब सड़ो उसी के साथ; पालो तीन-तीन बच्चे। मेरे घर के सारे सुख को लात मार गई। कैसा धप-धप चेहरा बन गया था। अब चूसे हुए बीजू आम के समान हो गई। केकड़ा है, केकड़ा। इसके बच्चे ही इसे खा जाएँगे।''

उसे हिकारत भरी नजरों से देखती मीना ने गाड़ी आगे बढ़ा ली थी। सीता ने अवधेश को पटरी पर लाने की हिम्मत नहीं हारी। निर्जीव-सी देह को घसीटती तीन घरों में चौका-चूल्हा करती रही। सिर के तीन-चौथाई बाल शताब्दी एक्सप्रेस की गति से सफेद हो गए। मांस गायब, गाल की हड्डियाँ बाहर आ गईं। कजरारे नहीं, नयन तो मानो काजल की डिबिया में डूब गए। टूटी नहीं सीता। अब उसे तीनों बच्चों को पढ़ाने-लिखाने की पड़ी थी। अवधेश कभी गाँव, कभी शहर में पड़ा रहता।

पर उस दिन टूट गई सीता। आठवीं कक्षा का छात्र बड़ा लड़का लव पैसे माँग रहा था। उसी लहजे में, जैसे उसका बाप माँगता था। पैसे थे ही नहीं सीता के पास। बेटे ने पैसे के लिए हाथ बढ़ाने की बजाय माँ पर हाथ उठा दिया। सीता की साधना भंग हो गई। बहुत रोई-चिल्लाई। बाहर खटिया पर बैठा बीड़ी फूँक रहा अवधेश सब देख रहा था, मानो कह रहा हो—'भुगतो तुम ही! तुम्हें ही बच्चा चाहिए था। तुमने ही पैदा किया है, मैं क्या करूँ?'

सीता भागी थी मीना के पास। डूबती हुई सीता के लिए शायद मीना एक बार और तिनका बन जाए। सीता ने सोच लिया था—तीनों बच्चों को बाप के पास छोड़ देगी। पति को भी छोड़ेगी। वह मीना के साथ ही रहेगी। सौम्या बिटिया भी तो है। उसने मीना के फ्लैट की बेल बजाई।

दरवाजा खोलकर सामने एक नवयुवती खड़ी थी। पूछा, ''कौन?''

''पहचाना नहीं, बिटिया? मैं तुम्हारी सीता मौसी!''

कॉलेज जाने के लिए तैयार सौम्या की स्मृति रेखाएँ धीरे-धीरे जीवंत हो रही थीं। बोली, ''हाँ, हाँ! पर आप ऐसी कैसे हो गईं?''

मीना आ गई थी। उसने पीछे से ही सीता को पहचान लिया। बोली, ''हटो, भागो। यहाँ क्यों आई हो? जाओ अपने मरद के पास।''

हाथ उठाने की भी ताकत कहाँ थी उस शरीर में। जबरन दोनों हाथ उठाकर जोड़ लिये सीता ने। गिड़गिड़ाई, ''दीदी, मुझे माफ कर दो। मुझसे गलती हो गई। जिस बच्चा की खातिर निकम्मे पति को दिल्ली बुलाया था, अब वह बच्चा ही

मुझपर हाथ उठाने लगा। मैं क्या करूँ, कहाँ जाऊँ? मुझे नहीं चाहिए बच्चा, नहीं चाहिए पति! मुझे बचा लो, दीदी! मैं आपके पाँव पड़ती हूँ।''

''मुझे सब पता है। दो दिनों बाद ही उनकी याद सताएगी तुम्हें। फिर उनके पास ही जाओगी। जाओ, अब मरो उन्हीं के साथ। केकड़ा हो, केकड़ा।''

और मीना ने इतनी जोर से दरवाजा बंद किया था कि हिल गई सीता। पाँव हिल गए, जिसके नीचे धरती के फटने का एहसास हो आया उसे, सीता जो थी। केकड़ा जमीन से ही तो निकलता है। और सीता, उसे स्मरण हो आया। माँ कहती थी, 'केकड़ा का बियान केकड़ा ही खाए।'

सीता के कदम बढ़ रहे थे, पर किधर। जिधर वह लौट रही थी, उधर उसके ही बियान (बच्चे) हैं। उसे ही खाएँगे। खाने दो। यही नियति है। 'तुम केकड़ा हो' गूँज रहा था उसके कानों में। घर पहुँचकर सदा की तरह खाट पर ही गिरी थी सीता।

दूर बैठा देख रहा था अवधेश। उसे विश्वास था, वह फिर उठेगी। रोएगी, धोएगी, फिर खाना बनाएगी। पर नहीं उठी सीता। केकड़ा तो बरसात में जमीन से निकलता है। सीता ग्रीष्म ऋतु में ही चली गई। इससे पहले कि उसके बच्चे उसे खाएँ, वह स्वयं चली गई।

□

पुनर्नवा

अभय सिंह की अवकाश-प्राप्ति की खबर ने सुभद्रा के मन में कई प्रश्न उठा दिए थे। पहला प्रश्न तो उसे चौंकाने वाला था। क्या अभय सिंह इतने बड़े हो गए? साठ वर्ष के? मन पीछे भागा। बैक गियर में भागी उसकी आँखें देवर का लँगोट पहने हुए रूप देख पा रही थीं। दस वर्षीय अभय सिंह एक बार पोखर से नहाकर नंगे ही लौट आए थे। दरवाजे के कोने में खड़े दीदी (माँ) से हाफ पैंट माँग रहे थे। सुभद्रा की सास अपनी नई बहू के कमरे में ही थीं। उन्होंने आँगन में झाँककर देखा। बेटे की उस स्थिति पर उनकी हँसी छूट गई। उन्होंने बहू को इशारे से कहा, "अपनी यह साड़ी उसे दे आओ।" कुछ दिनों के ससुराल वास में ही सुभद्रा को अपने छोटे देवर अभय सिंह के गुस्सैल तेवर की जानकारी मिल गई थी। वह अपनी साड़ी देवर को देकर ठिठोली करने की हिम्मत नहीं जुटा पाई। पता नहीं वह उसके व्यवहार को कैसे ले! भाभी से उसकी घनिष्ठता भी नहीं बनी थी। सुभद्रा बड़े देवर मदन सिंह और ननद सुशीला से घिरी रहती। अभय की बारी नहीं आई थी। मन सास की आज्ञा-पालन के ऊहापोह में था कि अभय चिल्लाया, "गे बुढ़िया! मर गेले कीऽऽऽ!"

वह झल्लाहट उसकी माँ के लिए थी। सुभद्रा का शरीर और मन सहम गया। फिर तो उसके कमरे से बाहर निकलकर देवर को अपनी साड़ी पहनने के लिए देने जैसा मजाक करने का सवाल ही नहीं उठता था।

"अभी आई! कमर में दर्द है न, इसलिए जल्दी नहीं उठ पाई।" बहाना बनाती हुई सुभद्रा की सास अपने नन्हे नंगे बेटे को हाफ पैंट देने चली गईं। अभय एक कोने में छुपा था। पीछे से रोती-चिल्लाती एक महिला चोट खाए अपने नंग-धड़ंग बेटे को लिए पहुँची, "मालकिन, मार दिए अभय बाबू! मर गया मेरा बेटा!"

सास को समझने में देर नहीं लगी। उनके बेटे ने उस लड़के को मारा-पीटा था। यह तो सबके लिए विश्वसनीय बात थी। शक की कोई गुंजाइश नहीं थी। सुभद्रा की दोनों सासें उसकी सेवा-सुश्रुषा करने लगीं। कान के नीचे खून बह रहा था। आँगन के कोने से भंगरिया की घास उखाड़कर रिसते खून के स्थान पर उसका रस निचोड़ा। दूध में हल्दी डालकर उसे पीने के लिए दिया। उसकी माँ को चुप कराते हुए कहा, ''चुप रहो, सब ठीक हो जाएगा। लड़का-बच्चा के बीच यह सब होता ही रहता है। अभी उसके बाबूजी आते होंगे। समाचार पाकर उसकी भी कुटाई करेंगे।''

वह मुसहरनी मजदूर महिला आँचल से अपनी आँखें पोंछती बोली, ''पर मेरे बेटे की क्या गलती हुई? अभय बाबू की धोती पीपल के पेड़ पर थी। वे नंगे नहा रहे थे। मेरा बेटा पीपल के पेड़ पर चढ़ा। इनकी धोती पानी में गिरकर भीग गई। अभयजी चिल्लाए—'साले मेरी धोती भिगा दी। अब मैं कैसे घर जाऊँ? पहलेवाली बात नहीं। मेरी भौजी आई हुई है!' और मारने लगे उसे।'' फिर रोई वह औरत। सुभद्रा की सास ने उसे चार-पाँच आम, हल्दी और दूध भी दिया।

सायंकाल आम के बगीचे से अभय के पिताजी के लौटने तक बात ठंडी पड़ गई थी। बनारसी देवी ने पति को नहीं बताया। शाम तक पता चला कि उस प्रसंग के उपरांत अभय भी बगीचा गया था और किसी बच्चे ने उसके पहुँचने से पूर्व ही पिताजी को वह खबर पहुँचा दी थी। बेटे की पीठ पर बरस चुका था पिताजी का थप्पड़ और मुक्का। अभय की उम्र और कद-काठी के साथ उसकी शैतानी बढ़ती गई थी और पिता के मारने के साधन भी।

सुभद्रा अपने पति के साथ तीस कि.मी. दूर शहर में किराए के मकान में रहा करती थी। सास-ससुर आया-जाया करते। उसकी सास अपने छोटे बेटे के लिए अधिक चिंतित थीं। दोनों बड़े बेटों ने अच्छी पढ़ाई-लिखाई की। प्रथम श्रेणी से पास होते रहे। माँ-बाप का मान बढ़ता रहा। छुटपन से ही अभय में पढ़ने-लिखने के कोई लक्षण नहीं दिखे। यह भी चलता। पर उसकी गतिविधियाँ ठीक नहीं थीं। माँ को उलाहने सुनने पड़ते। पिता तो मारपीट कर अपनी भड़ास निकाल लेते। माँ ने बेटे को भाई-भाभी के पास शहर में रखकर पढ़ाने की इच्छा व्यक्त की। सुभद्रा का प्रथम पुत्र छह महीने का था। अभय को उससे बड़ा लगाव था। उसने सबसे पहला शब्द उच्चरित किया था 'भय'। 'भय' कहकर ही पुकारता था वह अपने चाचा को। चाचा मगन! शहर में मानो उनकी शैतानियों पर पाबंदी लग गई थी।

शहर के कॉलेजियट स्कूल में नाम लिखाया था। घर से स्कूल और स्कूल से घर का रास्ता नापते अभय को कोई मुश्किल नहीं होती। पर झोले में रखी किताब-कॉपियों पर ध्यान एकाग्र करना उसके लिए बड़ी सजा थी। शहर में आकर जानकारियाँ तो बढ़ी हीं। और १८ वर्ष की आयु में ही सेना में भरती होने का भूत सवार। बिना किसी से पूछे भरती हो गए। घरवालों को जानकारी मिली। उसके बड़े भैया ने पिता से कहा, ''इतनी कम उम्र में सेना में। रगड़ा जाएगा।''

''नहीं! जाने दो! वहाँ जाकर मँज जाएगा। आदमी बनेगा। यहाँ रहकर शैतान बन जाएगा।''

पिता ने भी कलेजे पर पत्थर ही रखा होगा। बेटे की पीठ पर अपने हाथ के मुक्के और थप्पड़ के स्पर्श स्मरण हो आए होंगे। सुभद्रा अपने पति के साथ अभय को स्टेशन छोड़ने गई थी। अभय अपने साथियों के साथ डिब्बे में बैठ गया था। भाई-भाभी से नजरें नहीं मिलाईं। अच्छा किया। रिक्शे में बैठकर सुभद्रा ने बरसने दिया आँखों को। घर लौटी तो माँ को अकेले देख बबलू ने कहा, ''चाचा!'' वह चाचा बोलने लगा था।

एक वर्ष उपरांत प्रथम बार फौज से लौटने के बाद रगड़ाकर बहुत बदल गए थे अभय सिंह। १८ वर्षों में परिवार ने जो नहीं सिखाया, बारह महीने में फौज की रगड़ाई ने सिखा दिया। देखनेवाले आश्चर्यचकित, 'वही अभय है!'

फौज से दूसरी-तीसरी बार लौटने के बाद तो विवाह के लिए रिश्ते आने लगे थे। माँ-बाप ने विवाह तय कर दिया। एक सुंदर-सुशीला कन्या से अभय का रिश्ता जुड़ गया। मिथिलेश पत्नी बनकर घर में आ गई। पर अभय अपनी दोनों भाभियों का सेवक बना रहा। उसकी माँ ने ही सिखा दिया था, 'बड़ी भाभी माँ बराबर होती है। भाभी की सेवा करनी चाहिए।' और उन भाभियों की सेवा में अपनी पत्नी की कोई परवाह नहीं। भाभियाँ थीं न पत्नी को प्यार देने के लिए। एक पुत्री रत्न की प्राप्ति हुई मिथिलेश-अभय की जोड़ी को।

माँ ने अपने प्रथम पुत्र से कहा, ''क्या अभय की फौज की नौकरी छूट नहीं सकती?''

छूट गई नौकरी। पर घर आकर क्या करे? खेती या छोटा-मोटा व्यापार करने का मन बनाया था। दोनों कार्यों के लिए पैसे की जरूरत होती है। बड़े भैया-भाभी अपनी सीमित आय में ही मकान बनवा रहे थे। भाभी पैसे के लिए परेशान। बनता हुआ मकान तो अच्छे-अच्छों के हाथ फैलवा देता है। अपनी भाभी की तंगी हालत

देखना अभय के लिए असहनीय था। वह करे तो क्या? फौज की नौकरी में हजार-दो हजार ही बचत की थी।

"भाभी, आप यह रुपए ले लीजिए। इतना ही है मेरे पास।"

भाभी ने उन सौ-सौ के दस नोट को लाखों मान लिया था। वही जमा-पूँजी तो थी उसकी। सारा दे दिया। अभय की फिर नौकरी लग गई। शहर में भैया-भाभी के साथ रहने लगा। पत्नी और बच्चे गाँव में थे। अस्पताल की नौकरी थी, वह भी ऑपरेशन थिएटर में। देर-सवेर लौटते अभय। उनके भाई भी उन्हें 'अभय सिंह' ही कहकर पुकारने लगे थे। अभय सिंह की लोकप्रियता बढ़ती जा रही थी। अस्पताल में मरीजों और डॉक्टरों की ओर से प्रशंसा भी। अपने पेशे में सेवाभाव उड़ेल दिया था अभय सिंह ने। काम में समय का पाबंद। स्वभाव में विनम्र। गरीब, असहाय मरीजों का साथी। वह दर्दखोरों के हमदर्द बन गए।

विजय उसके स्कूल का साथी था। आठवीं पास करने के बाद अभय सेना में और विजय कलकत्ता की फैक्टरी में काम करने चला गया था। स्कूल के दिनों में दोनों के बीच जानी दुश्मनी थी। एक-दूसरे को देखना भी दुश्वार था। दोनों बदला लेने की स्थिति में ही रहते। कभी अभय तो कभी विजय। आठवीं कक्षा में मारा था विजय ने। अभय बदला लेने की स्थिति में था। पर दोनों का स्थान ही बदल गया था। दोनों देश के दो छोर पर थे। पिछले पंद्रह वर्षों में आपस में मिलना नहीं हुआ तो बदला कैसे सधाए? विजय अपने गाँव आया था। उसकी पत्नी की तबीयत खराब हो गई। छह मास का बच्चा पेट में ही मर गया था। वह गाँव से शहर के अस्पताल में ले जाने लगा। गाँववालों ने कहा, "अस्पताल में अभय सिंह है। उससे मिल लेना। सब ठीक हो जाएगा।"

विजय अंदर से काँप गया। उसने अभय सिंह से नहीं मिलने की ठान ली थी। भला वह क्यों सहायता करेगा? वह दिन विजय को स्मरण है। विजय ने उसकी जमकर पिटाई की थी। वह बदला लेने की सोच रहा था कि दोनों के पिता ने दोनों को दो शहरों में भेज दिया था। पिछले पंद्रह वर्षों में विजय से बदला लेने के भाव हिलोर लेते रहे होंगे।

ऑपरेशन थिएटर का दरवाजा खोल जिस व्यक्ति ने स्ट्रेचर पर लेटी विजय की पत्नी को अंदर खींचा था, विजय उसके आगे हाथ जोड़े खड़ा था। चेहरे पर हरे कपड़े का नकाब पहने व्यक्ति ने विजय को गेट से हटाकर दरवाजा बंद कर लिया था। एक घंटे तक ऑपरेशन होता रहा। बाहर बैठा विजय ईश्वर से प्रार्थना

कर रहा था, "हे ईश्वर! मेरी पत्नी को बचा लो!"

उसकी दूसरी भी चाहत थी, 'ईश्वर करे अभय अंदर न हो। यदि उसे पता चल जाए कि मेरी पत्नी है, तब तो समझो, मामला खत्म।'

ऑपरेशन के बाद डॉक्टर के बाहर आने पर विजय ने डॉक्टर का रास्ता रोका। डॉक्टर को उस स्थिति का अभ्यास था। विजय क्या पूछेगा, अनुमान था। बिना प्रश्न के ही जवाब दिया, "यह अभय सिंह हैं। इन्होंने तुम्हारी पत्नी को बचा लिया। इनका धन्यवाद करो। मैं चिकित्सक हूँ, यह भगवान्।" डॉक्टर ने अपने पीछे खड़े अभय सिंह का परिचय कराया और आगे बढ़ गया। उसने अभय की पीठ भी थपथपाई।

अभय सिंह के सामने खड़ा था विजय। अभय के बढ़े दोनों हाथों के साथ दिल भी मिले। अभय सिंह बोले, "विजय भाई, बच गई भाभी। बड़ी मेहनत करनी पड़ी। मेहनत तो करता ही रहता हूँ। काम का सुख भी मिलता है। पर आज भाभी को बचाकर मैं धन्य हुआ। मुझे सुख और संतोष दोनों मिला। ईश्वर ने साथ दिया है।"

विजय की आँखें बरसनी थीं, बरस गईं। अभय के प्रति वर्षों से सँजोए भाव भी धुल गए। विजय दस दिनों तक अस्पताल में था। अभय के बारे में मरीज, स्टाफ और डॉक्टरों के अलावा मरीजों के अपनों से जो सुना, सुनता गया। कानों को विश्वास करना पड़ा। उसके मन से शब्द रिसे, 'तो क्या नया जन्म हुआ है अभय का! यह तो चमत्कार ही कहा जाएगा। जिसे मैं देख-सुन रहा हूँ, यह नया अभय है। कहाँ वह अभय और कहाँ यह! परिवर्तन तो होता ही है। पर लोहा भी कभी रुई बन सकता है? आश्चर्य!'

अभय का कायल हो गया विजय, प्रसन्न भी। देखते-देखते गाँववाले ही नहीं, इलाके के लोग, गाँववालों के रिश्तेदारों के बीच भी अभय सिंह लोकप्रिय हो गए। उनको जाननेवाले लोग उस मृतप्राय अस्पताल व्यवस्था में अभय सिंह में विश्वास करके ही इलाज के लिए आते थे।

मिथिलेश दूसरी बार गर्भवती थी। उसकी सास ने कहा, "अभय, इसे अस्पताल में ही ले जाओ। वहीं ठीक रहेगी जच्चगी।"

अभय सिंह ने साफ मना कर दिया—"नहीं, यहीं गाँव में डिलेवरी होगी।"

सुभद्रा ने शहर बुला लिया था देवरानी को। डिलेवरी अस्पताल में करवाना तय किया था। डिलेवरी के समय स्वयं सुभद्रा उपस्थित नहीं हो सकी। अस्पताल

जाने पर स्थिति भाँपकर पूछा, "क्या हुआ?"

नर्स ने कहा, "बेटी है।" दूसरी बेटी थी। नर्स और दाई भी गमगीन। मिथिलेश ने रुआँसी होकर कहा, "बेटी होने की खबर सुनकर आपके देवर इधर आए भी नहीं। अस्पताल में ही हैं।" सुभद्रा को बड़ा गुस्सा आया। पति की जिम्मेदारी से बेखबर देवर की खबर तो लेनी ही होगी। थोड़ी देर में ही अपने सहकर्मी थानेश्वर के साथ हँसते हुए उपस्थित हुए अभय सिंह। उनको देखते ही बिफर पड़ी सुभद्रा, "क्या बात है? बेटी हुई तो क्या, जान तो है। आप तो बड़े समाज-सेवक बनते हैं, दूसरों की जान बचाते हैं, अपनी बेटी हुई तो दुखी हो गए? उसे देखने तक नहीं आए।"

सहमे ही नहीं, हिल भी गए अभय सिंह। भाभी ने ऐसी डाँट कभी नहीं लगाई थी। थानेश्वर बोला, "भाभी, किसने उड़ाई गलत खबर? इस अस्पताल में हिम्मत किसकी हुई अभय के खिलाफ अफवाह फैलाने की। दरअसल नर्स से सूचना पाकर अभय उसी समय ऑपरेशन थिएटर से लेबर रूम की ओर भागा आ रहा था। मुझे हँसकर बोला—आपकी भतीजी हुई है। परंतु अचानक अस्पताल में कई घायल मरीज आ गए। बड़ा हादसा हुआ है। मुजफ्फरपुर जंक्शन और नारायणपुर अनंत स्टेशन के बीच ट्रेन दुर्घटना। गरीब लोग मरे हैं। अब आप तो जानती ही हैं, ऐसी स्थिति में तो अभय अपनी ड्यूटी पर ही रहेगा। ऐसे समय पर इसे तो हम पर भी विश्वास नहीं। और ऑपरेशन थिएटर में हम इसके बिना असहाय हो जाते हैं। दो घंटे में जी-जान लगाकर कई मरीजों की सेवा की है इसने।" रुक गए थानेश्वर। थोड़ा थमकर बोले, "भाभी, बिटिया मुबारक हो।"

फिर थोड़ा थमे। बोले, "देखिएगा। खुदा न करे, इस बिटिया के विवाह के समय भी कोई दीन-दुखिया ऑपरेशन थिएटर में न आए। दरवाजे लगी बरात छोड़ यह शख्स, आपका देवर ऑपरेशन थिएटर में खड़ा हो जाएगा। उस समय भी आप ही को सब सँभालना पड़ेगा। हमें तो नाज है इसपर। पेशे और उम्र में भी बड़ा हूँ इससे, पर इससे बहुत कुछ सीखता रहता हूँ।"

बेटी के जन्म पर नहीं, बेटी के बाप के गुणों का बखान सुन आँखें भर आई थीं सुभद्रा की। दो बूँद छलके भी। सद्गुणों को भी पखारते और सींचते रहना पड़ता है। तभी तो सद्गुण फलते-फूलते हैं और संसार चलता है।

थानेश्वर ने कहा, "भाभी, आप दोनों का भक्त है आपका देवर! कहता है, मैंने जो कुछ सीखा है, भैया-भाभी से! सच, आज के जमाने में ऐसा लक्ष्मण-सा

देवर कहाँ मिलता है?''

अभय की आँखें सुभद्रा पर टिकी थीं, मानो वे मुखर हुईं, ''और सीता-सी भाभी?''

शब्द रिसे नहीं। सुभद्रा ने नवजात को गोद में उठाते हुए कहा, ''मेरी बेटी है।''

सुभद्रा के तीन बेटे ही थे। बेटी की लालसा तो थी ही। धूमधाम से बिटिया की छठी मनाई जा रही थी। फिर अभय सिंह गायब। मिथिलेश का ध्यान उधर ही था। बोली, ''नहीं आए न! नहीं आएँगे। मैं जानती हूँ।'' सुभद्रा ने कहा, ''बड़ी सौभाग्यशालिनी हो, मिथिलेश। अपने लिए तो सभी जीते हैं। दो पल दूसरों के लिए जीए, वही इनसान कहलाता है।'' इतना तो मिथिलेश भी समझती थी। पति को समाज में मिले सत्कार से सजती थी। उसने अपने गर्व को उसी आँचल में छुपा रखा था, जहाँ तीसरी बेटी भी पल रही थी।

बेटियों को बड़ी होते कहाँ देर लगती है। बड़ी बेटी पुश्पम ब्याह के योग्य हो गई। लड़का ढूँढ़ना था। पर गाँठ में पैसे नहीं थे। सुभद्रा को स्मरण हो आया। उसके कानों में किसी ने कहा था, ''अस्पताल में अभय सिंह के साथ काम करने वालों ने कोठियाँ बनवा लीं। बच्चों को डोनेशन देकर डॉक्टर-इंजीनियर बनवा रहे हैं। अभय तो बस ऐसा ही रह गया। मेहनत में कमी नहीं; पर कमाई के नाम पर वही सूखी तनख्वाह।'' यह बात तो मिथिलेश ने भी कितनी बार उठाई थी, ''रमेश भी तो आप ही के साथ काम करता है। फिर उसके पास इतना रुपया कहाँ से आता है? उसकी पत्नी का शरीर सोने से लद गया। बड़ी कोठी बनवा ली। आपको क्या होता है?''

अभय सिंह के पास कोई उत्तर नहीं था। पत्नी गाँव में रहती थी, बेटियाँ भी। आठवीं पास अभय सिंह के मन में अपनी तीनों बेटियों को उच्च शिक्षा दिलाने की उच्च आकांक्षा किसी से छुपी नहीं थी। पैसे का प्रभाव नहीं तो अभाव भी नहीं था। खेती-बाड़ी से आया अनाज और अपनी कमाई से गृहस्थी की गाड़ी चल रही थी। पर बेटी के विवाह पर लड़केवाले लड़की के पिता की मेहनत और समाज-सेवा भाव से प्रभावित होनेवाले नहीं थे। उन्होंने बेटे को पढ़ाने-लिखाने में धन खर्च किया था। कोई समाज-सेवा नहीं की थी।

अभय सिंह को परेशान देखकर सुभद्रा ने पूछा, ''आखिर आपके संगी-साथी अच्छी कमाई करते हैं, आप क्यों नहीं करते?''

अभय सिंह ने भाभी की आँखों में आँखें डालकर कहा, "भाभी, इन लोगों का रास्ता मैं नहीं अपना पाता। क्या करूँ! बहुत कोशिश की। पर मैं उनके जैसा नहीं बन पाया। जब कभी कोई दुर्घटना होती है, बहुत से दुर्घटनाग्रस्त स्त्री-पुरुष अस्पताल में आते हैं। ऑपरेशन थिएटर में ले जाए जाते हैं। वे बेहोश होते हैं। हमारे साथी उनकी घड़ी, चेन, रुपए ले लेते हैं। ऊपर से उनके घरवालों से भी पैसा ऐंठते हैं। गर्भवती स्त्री को ऑपरेशन टेबल पर लिटाकर घरवालों से अनाप-शनाप ढंग से पैसा ऐंठना मुझसे नहीं होता। मैं सेना के मेडिकल कोर में था। वहाँ जो सैनिक घायल होकर आता था, उसकी सेवा-सुश्रुषा प्रारंभ करने से पहले हम उस घायल शरीर को सैल्यूट करते थे; क्योंकि वे देश के लिए घायल होते थे। उनकी मृत्यु के बाद भी सैल्यूट! इन दुर्घटनाग्रस्त लोगों की क्या गलती। ये भी तो परिवार को जीवन देने की खातिर किसी नेक काम के लिए घर से बाहर निकलते हैं। किसी की लापरवाही से दुर्घटना होती है। इनका क्या कसूर? इन बेकसूर घायलों को क्यों लूटना? इसलिए भाभी..."

थोड़ी देर के लिए समय ठहर गया था। दोनों ओर शब्द चुक गए थे। भाव पचाया जा रहा था। अभय सिंह ने चुप्पी तोड़ी, "भाभी, आप मेरी माँ बराबर नहीं, माँ ही हैं। जन्म देनेवाली माँ तो रहीं नहीं। आप कहें तो मैं भी वैसा ही करूँ, जैसा मेरे साथी करते हैं। फिर तो एक-एक छोटे-बड़े ऑपरेशन के पूर्व और उपरांत भी पैसा ऐंठ लूँगा। शरीर पर फटे कपड़े और पेट में आधी रोटीवाले से भी पूरा पैसा लूँगा। दरअसल, मुझसे ऐसा नहीं होता। पर आपका कथन मेरे लिए आज्ञा हो जाएगा। भाभी...क्या..."

जीवन में शायद पहली बार अभय सिंह अपनी भाभी सुभद्रा की आँखों में अपनी आँखें गड़ाई थीं। सुभद्रा की आँखें बंद हो गईं। उसने इशारे से अभय सिंह को उसे अकेले छोड़ देने की आज्ञा दी। दरअसल समाज में फैले भ्रष्टाचार के दलदल और कीचड़ से निकल धुले वस्त्र में कोई सामने खड़ा हुआ था। उसकी आभा अपने अंदर तक पचाने में समय तो लगना ही था। फिर तो सुभद्रा अभय सिंह की बड़ी बेटी के विवाह के लिए पैसे हेतु अपने पति से जिद करने लगी।

उन्होंने इतना ही कहा, "वह उसकी जिम्मेदारी थी। उसे पैसा जोड़ना चाहिए था।"

सुभद्रा बिफर पड़ी, "उन्होंने अपनी जिम्मेदारी निभाते हुए शहर में अपनी विशेष पहचान बनाई है। उनके चोर-डकैत, स्मगलर या हत्यारा होने पर आपका

सिर भी समाज में नीचा होता। उन्होंने ऐसा काम किया है कि दस लोगों के बीच आप उन्हें अपने भाई के रूप में परिचय कराकर गौरवान्वित होते हैं। मन-कर्म-वचन से आपकी सेवा की है। जवाब देना तो दूर की बात है, नजर उठाकर सामने देखते नहीं। इन व्यवहारों को रुपंए में नहीं चुकाया जा सकता। पर…''

''ठीक है, ठीक है!'' पति की स्वीकारोक्ति थी। अभय सिंह ने गलत पैसा नहीं कमाया तो क्या! तीनों बेटियों के विवाह हो गए। वे अपने-अपने घर सुखी हैं। फिर तो ये दोनों भी सुखी हो गए।

कुछ ही क्षणों में पिछले पचास वर्षीय जीवन के प्रमुख प्रसंगों को जीकर सुभद्रा वर्तमान में लौट आई थी। बीता हुआ समय भी लंबा था। उस बीच कई बार नए-नए होते दिखे थे अभय सिंह। अनाज की भाँति नवीनता ओढ़ी थी। पुराने अनाज को जमीन में बोकर पुन: नए अनाज से बखारी भर ली जाती है। सुभद्रा भी उनके नए-नए होने से अपना मन भरती आई है। भाभी-देवर के संबंध बने भी चालीस वर्ष बीत गए।

अभय सिंह के अवकाश-प्राप्ति की खबर ने सुभद्रा के मन में दूसरा प्रश्न उभारा था, 'अब क्या करेंगे अभय सिंह? गाँव में तो कभी रहे नहीं? कहाँ रहेंगे?' अवकाश-प्राप्ति के बाद कइयों को अचानक बूढ़ा होते देखा था सुभद्रा ने। उसने अपने पति से ही पूछा, ''अब क्या करेंगे अभय सिंह?''

''क्यों? उन्हें कई निजी अस्पतालों में डॉक्टर बुलाएँगे। ऑपरेशन थिएटर के विशेषज्ञ हैं। आधा डॉक्टर हैं।''

सुभद्रा ने अभय सिंह से पूछा, ''अब निजी अस्पतालों में काम करेंगे?''

''नहीं! मुझे तो सरकारी अस्पताल में ही एक्सटेंशन मिल रहा था। पर बहुत हो गया। अब गाँव में ही रहूँगा। मिथिलेश भी अकेली रहती है। मैं भी वहीं रहूँगा। क्या रखा है शहर में? जिंदगी भर हम दोनों अलग-अलग रहे, अब साथ रहेंगे।''

सुनकर सुखद लगा था सुभद्रा को। पर मन में शंका थी—ज्यादा दिन नहीं रह पाएँगे। फिर शहर लौटेंगे। इस बार दिल्ली से सुभद्रा के अपने शहर मुजफ्फरपुर लौटने पर अभय सिंह ने पूछा था, ''भाभी, गाँव चलेंगी।''

तुरंत तैयार हो गई थी सुभद्रा। योजनानुसार दो घंटे ही गाँव में रुककर शहर वापस आना था। नहीं लौटी सुभद्रा। शाम ढल रही थी। अभय सिंह ने छत पर ले जाकर सारा गाँव दिखलाया। बाँध, पोखर, खेत-खलिहान सब देखा। चौड़े बरामदे की छत, छत पर जाने की सीढ़ियाँ, बाहर-भीतर शौचालय, गैस चूल्हा का स्टैंड,

गाय, घर, बहुत कुछ बनवाया है अभय सिंह ने। मानो जीर्णोद्धार किया है चालीस वर्ष पुराने बने मकान का। ठीक उसी उत्साह के साथ जैसे नए दंपति नया घर बनाते-बसाते हैं। आँखों में भविष्य के सपने पलते हैं। सुख से साथ-साथ रहने के विचार फलते हैं। नए परिवार के सपने!

लिपे-पुते लकड़ी के चूल्हे पर मिथिलेश ने चाय बनाई। सुभद्रा के हाथों में कप थमाया अभय सिंह ने। मिथिलेश द्वारा रात्रि के भोजन बनाते समय कई सामग्रियाँ जुटाकर पति ने दी थीं। पत्नी तो चालीस वर्ष पुरानी है। पर सुभद्रा को उनके हाव-भाव देखकर लगा, जैसे वे कल के ब्याहे दूलहा-दुलहन हों। प्रेम बीज अंकुरित हो रहे हैं। चालीस वर्ष पूर्व उसी ने डोली से उतारा था दुलहन को। पर उन दिनों ऐसा प्रेम कहाँ दिखता था! पिछले चालीस वर्षों में भी दोनों को लड़ते-झगड़ते ही देखा। दरअसल प्रेम-बीज को भी परिपक्व वृक्ष बनने में कितने पतझड़-वसंत से पार होना पड़ता है। उस रात्रि उस वृक्ष के साए में ही रही सुभद्रा। शीतल तन, सुखद मन हो गया। दूसरों को सुखी देख सुखी हो जाता है मन। हींग लगे न फिटकिरी, रंग चोखा।

सुबह जल्दी जग गई थी सुभद्रा। घर के बाहर निकलकर इधर-उधर बहुत कुछ देखती रही। उसकी स्वयं की पुरानी स्मृतियाँ जुड़ी थीं उस जमीन और उन जनों से। बहुत कुछ बदल गया। अधिकांश लोग स्वर्ग सिधार गए। फिर भी बहुत कुछ बचा है। स्मृतियों में जीवित हैं वे लोग। मानो उसे घेरकर खड़ी हों तीनों सासें। दरवाजे पर ससुरजी।

अभय सिंह अपनी बाड़ी में ले गए थे भाभी को। मिर्च, बैगन, साग, अरबी बहुत कुछ लगा था उस बाड़ी में। सुभद्रा एक चाकू मँगवाकर शहर ले जाने के लिए अरबी के पत्ते काटने लगी। अभय सिंह ने कहा, "यह देखिए, गजपुरैना (पुनर्नवा) का साग। बाबूजी लगाए थे। उनके बवासीर की दवा थी। उसकी जड़ जमीन में रह गई होगी। अपने आप उग आया है। हमने नहीं लगाया। देखिए न भाभी, कितना लहलहा रहा है गजपुरैना! बाबूजी इसका संस्कृत नाम पुनर्नवा भी कहते थे।"

सुभद्रा अपने देवर और पास ही बिहँसती खड़ी देवरानी को अपलक निहार रही थी, मानो पहली बार देखी हो वह जोड़ी! अटक गईं निगाहें। साग की ओर नजरें मुड़ें तो कैसे? अभय सिंह ने फिर लहलहाते पुनर्नवा को देखने का आग्रह किया। सुभद्रा बुदबुदाई, "मेरी नजरों के सामने भी पुनर्नवा ही है। वह साग, यह

दांपत्य! जीवन तो उसमें भी है। पर दांपत्य जीवंत है।''

उसके भाव और अपने जीवन की समीक्षा से बेखबर अभय सिंह बोले, ''चलिए भाभी, गाड़ी में बैठिए। देर हो जाएगी। भैया गुस्सा करेंगे। आपको आज ही दिल्ली लौटना है न।''

लौटना था सुभद्रा को, पर नई-नई होकर ही। नया देखना भी तो नया होना ही है। और स्वयं नया होने ही के लिए तो वह गाँव जाती रहती है।

□

अंतिम संकेत

अस्पताल में उसके मृत शरीर को अपनी छाती से चिपकाए मालती रुदन कर रही थी, ''हाय री मेरी बेटी! मार दिया रे। कसाई है, कसाई। मार दिया। तड़पा-तड़पाकर जीवित लाश ही बना दिया था। गंगाजल की जगह कैरोसीन तेल पिलाया। उस लाश को जलाने के लिए आग लगा दी। हाय, मेरी फूल-सी बेटी! कैसे जली? हाय मेरी बच्ची!''

ऐसे अवसर पर लोगों को इकट्ठा होना ही था, हो गए। पर मालती के करुण रुदन से इकट्ठी भीड़ का मन द्रवित नहीं हो रहा था। थोड़ी देर में तो भीड़ भी तितर-बितर हो गई। दरअसल अस्पताल के उस खंड की दीवारों में जितनी ईंटें थीं, उससे थोड़ी-बहुत ही कम मौतें पिछले पच्चीस वर्षों में वहाँ हो चुकी थीं। वे ईंटें भी कितना पसीजें? उनकी नमी भी समाप्त हो गई थी।

पोस्टमार्टम के लिए ले जा रहे शव से लिपटकर पुनः बिफर पड़ी मालती। कक्ष के एक कोने में सब हलचलों से बेखबर खड़ा था अनमोल, निर्विकार! मानो उसकी आँखों के आगे जो हो रहा था, निरर्थक था। अर्थवान तो वे सारे दृश्य थे, जो उनके दो वर्षीय वैवाहिक जीवन के थे। ठीक दो वर्ष पूर्व निहारिका के साथ वह प्रणय-सूत्र में बँधा था। विवाह से पूर्व निहारिका के साथ घूमने-फिरने जाने का अपने और निहारिका के माता-पिता का प्रस्ताव उसने यह कहकर ठुकरा दिया था कि उसे न तो अपनी नई नौकरी से फुरसत थी, न वह विवाह से पूर्व होनेवाली पत्नी से मिलकर अपना सारा रोमांच समाप्त करना चाहता है। यहाँ तक कि निहारिका की तसवीर भी उसने ध्यान से नहीं देखी थी। उसकी होनेवाली सास ने उसके इस व्यवहार को अन्यथा ही लिया था। उसने दबी जबान से अनमोल की माँ से पूछ लिया था, 'बहनजी, क्या बात है? आपका बेटा विवाह के मामले में इतना उदासीन क्यों है? सब ठीक-ठाक तो है? कहीं कोई दूसरी लड़की तो पसंद नहीं?'

'नहीं, नहीं! यह सब बात नहीं है। वह हम लोगों पर इतना विश्वास करता है कि हम जो लड़की पसंद कर लेंगे, उसे भी पसंद आएगी।' अनमोल की माँ ने बेटे के अपने प्रति विश्वास की दुहाई दी। मालती के पति दीनानाथजी ने उनकी बातों पर शत-प्रतिशत विश्वास कर लिया। पर मालती के मन में उत्पन्न आशंका विवाह के बाद बेटी को विदा करके भी बलवती होती रही।

विवाह के अवसर पर ससुराल पक्ष की ओर से दिए गए छोटे-मोटे उपहार भी उसने स्वीकार नहीं किए। विवाह पूर्व कपड़ा पसंद करने के लिए मालती ने बहुत जिद की थी। अनमोल ने सारे अनुग्रह ठुकरा दिए। अपने लिए कपड़ा पसंद करने नहीं गया। मालती ने अपने पति से कहा, "अब भी सोच लो! मुझे दाल में कुछ काला नजर आता है। मान लो कि अनमोल का किसी और लड़की से संबंध नहीं भी है, पर इस विवाह में भी उसकी कोई रुचि नहीं दिखती। पता नहीं हमारी निहारिका कैसे सुखी रह पाएगी?"

दीनानाथजी ने पत्नी के अंदर पनप रहे शक का अस्तित्व ही मिटाना चाहा था, 'चुप करो। शुभ-शुभ बोलो। यह हमारी बिटिया का भाग्य है कि आज के जमाने में भी इतना होनहार लड़का, संपन्न और प्रतिष्ठित घर-परिवार और दहेज की कोई माँग नहीं। सुननेवालों को तो विश्वास ही नहीं हो रहा है।'

लाख समझाने पर भी मालती का मन आशंकित ही रहा। इसलिए विदा करने के बाद उसने बेटी का पीछा करना नहीं छोड़ा। सुहागरात बिताकर निहारिका सुबह जग भी नहीं पाई थी, जब उसकी माँ का फोन आ गया था।

अनमोल ने फोन उठाया, 'हैलो।'

'कैसी है निहारिका?' मालती की आवाज थी। उसने बिना कोई जवाब दिए पास ही नींद में पड़ी निहारिका के कान पर रिसीवर रख दिया था। माँ की आवाज पहचानकर निहारिका बोली, 'माँ, मैं ठीक हूँ। बाद में फोन करूँगी।" यह सिलसिला चलता रहा। दिन में दो-तीन बार मालती फोन करती थी।

दीनानाथजी ने अपनी झल्लाहट मोबाइल फोन के आविष्कार पर उतारी, 'बिना सोचे-विचारे क्या-क्या आविष्कार कर देते हैं लोग! अब क्या जरूरत थी इस मोबाइल फोन की। खाना, उठना-बैठना, घूमना-फिरना सब हराम! कहीं भी निश्चिंतता नहीं। किसी हालत में रहो, बज उठता है।'

'चुप रहो जी! तुम्हें क्या पता। कैसा होता है माँ का हृदय! निहारिका तो कुछ बताती ही नहीं। मेरे लाख पूछने पर चुप रहती है। तभी तो मेरा मन घबराता है। जरूर कोई बात है।' और इस तरह बीस दिन बीत गए। निहारिका और अनमोल

का हनीमून भी बीत गया। कुल्लू-मनाली से लौटकर आने पर अनमोल ने इतना जरूर कहा था, 'निहारिका, तुम्हारी माताजी ने हमारा खूब साथ निभाया। कहीं कभी भी अकेले नहीं छोड़ा। तुम भी उन्हें टालती रहीं। चलो, मैं आज से ऑफिस चला, दिन भर माताजी से बातें करो। उन्हें अपना सुख-दुःख सुनाओ।'

निहारिका कब और क्या सुनाए अपनी माँ को! दिन भर सास-ससुर उसे घेरे रहते थे। एक पल के लिए भी नहीं छोड़ते। यहाँ तक कि दोपहर को भी सास उसके कमरे में ही आराम करने लेट जाती थी। दरअसल, वे दिन थे जब उसकी सास अपनी नई बहू को पहनाती-ओढ़ाती, निहारती अपने घर और खानदान के बारे में बताती नहीं थक रही थी।

'तुम भी थोड़े दिनों बाद रश्मि की तरह काम पर जाने लगोगी। जैसे वह शाम को हारी-थकी आती है, उससे बातचीत ही नहीं होती, तुमसे भी नहीं होगी। इसलिए अभी जब तक मेरे पास हो, बक-बक कर लेती हूँ। दो-दो बहुओं के होते हुए भी अकेले दोपहर काटनी पड़ेगी। क्या जमाना आ गया?'

निहारिका के मैके से बुलावा आना ही था, आया। उसके ससुराल के किसी भी सदस्य का उसे विदा करने का मन नहीं था। रस्म-अदायगी तो करनी ही थी। इसलिए उसे भारी मन से ही विदा कर दिया। पर चौथे दिन ही अनमोल को ससुराल जाना पड़ा। माँ ने कहा, 'जा, बुला ला बहू को। मेरी बीमारी का बहाना कर देना। मुझे उसके बिना घर काटने दौड़ता है।'

निहारिका के माता-पिता कहाँ विदा करना चाहते थे। मालती निहारिका के हाव-भाव पढ़ती रही थी। बातें हुईं ही नहीं। वह दामाद को मना कर देती। पर निहारिका ने ही कहा, 'मम्मी, जाने दो मुझे। माँ जी बीमार हैं। मैं फिर जल्दी ही आपसे मिलने आ जाऊँगी।'

बेटी ससुराल जाने से मना करती तो मालती की बात भी बनती। बेटी सुसराल में घर का काम करने से मना करती, तो मालती दामाद से शिकायत करती। सच बात तो थी कि बेटी के ससुराल में संबंधों की अति सहजता ही मालती को असहज बना रही थी। उसने अपने मायके और ससुराल में भी ऐसा नहीं देखा था। उसकी भी चार-चार ननदें थीं। चारों ससुराल में सुखी। पर मायके आने के लिए बेहाल रहती थीं। आते ही ससुरालवालों की शिकायत का पिटारा खोल देतीं। मालती को सुनने में रस आता ही था। वह बिन माँगे सुझाव भी दिया करती। पर बेटी तो कुछ बोलती ही नहीं। न दुःख, न सुख की बात। तभी तो मालती अधिक ही परेशान रहती थी। बेटी के जाने के दस दिन बाद ही दीनानाथजी से कहने लगी,

‘आप एक बार जाकर निहारिका को ले आइए। अब उसकी सास भी ठीक हो गई होंगी। मुझे तो शक है कि वे बीमार ही नहीं पड़ी थीं।’

‘अब बस भी करो। तुम उसके बारे में सोचना छोड़ दो। मैं कहता हूँ, निहारिका ससुराल में बहुत सुखी है। उसे वहाँ जमने दो। दूध में जामन देकर बार-बार हिलाया नहीं करते। ऐसे में दही नहीं जमती। बेटी को भी ससुराल भेजकर बार-बार हिलाया करोगी तो जमेगी कैसे?’ दीनानाथजी ने झल्लाकर अपनी बात रखी।

दिन बीतते गए। मालती द्वारा बेटी को बार-बार फोन करना, हालचाल पूछना जारी रहा। बेटी की बेरुखी से उसका मन खिन्न हो जाता था। एक दिन उसने साफ शब्दों में पूछा, “निहारिका, मुझसे तुम कुछ छुपा रही हो। तुम्हें ससुराल में कोई तकलीफ तो नहीं?”

‘माँ, मैं अभी खाना लगाने जा रही हूँ। खाली होकर फिर बताऊँगी।’

पर उसका वह ‘फिर’ कभी आता नहीं था। उसके बहाने समय अवश्य टल जाता था। मालती के लिए समय टलता ही गया। निहारिका ने विवाह के दो वर्ष बाद पहली बार एक दिन दूरभाष पर कहा, ‘माँ, मुझे तुमसे ढेर सारी बातें करनी हैं। तुम बार-बार मुझसे बहुत कुछ पूछना चाहती थीं। मैं तुमसे बात करने के लिए समय नहीं निकाल सकी। दरअसल...दरअसल...ठीक है। मैं कल ही तुम्हारे पास आती हूँ। अनमोल दो सप्ताह के लिए बाहर जाने वाले हैं। मैं आऊँगी। मन भरकर बातें करूँगी। मुझे बहुत कुछ कहना है। पराए परिवार को अपना बनाने में ऐसे तन्मय हो गई कि अपनी जड़ ही भूल गई। आती हूँ माँ—कल ही।’

वह कल तो आया, पर निहारिका नहीं आई। जली हुई अवस्था में उसके अस्पताल पहुँचने की सूचना आई। भागी थी मालती—रोती-चिल्लाती। दो वर्ष पूर्व उसके मन में उपजे डर का भरा घट फूट गया था। जिसका भय था, वही हुआ। निहारिका के साथ ऐसा घटने की आशंका उसके मन में विस्तार लेती रही थी। अस्पताल जाकर उसे स्थिति का जायजा लेने की भी जरूरत नहीं थी। कार्तिक अमावस्या की उस काली रात में शहर जगमगा रहा था। अस्पताल के उस खंड में शब्द चुके हुए थे। निहारिका मृत्यु से लड़ रही थी। अपनी माँ को पहचान ले, इतनी भर शक्ति थी उसमें। माँ ने बार-बार यही पूछा था, ‘किसने बनाई तुम्हारी यह दशा मेरी बेटी, बताओ? बताओ मुझे। एक को भी नहीं छोड़ूँगी। जीवन भर तिल-तिल तड़पाऊँगी। जैसे मेरी बेटी अभी तड़प रही है। बोलो, मेरी बेटी।’

पचास प्रतिशत जले शरीर का बायाँ हाथ साबुत था। माँ के बार-बार धमकी देने पर निहारिका ने दीवार से चिपके खड़े अनमोल की ओर उँगली उठाई। आँखें

नाच रही थीं। उसकी आँखों में उभरे भाव पढ़ नहीं पाई मालती। हाथ कंगन को आरसी क्या! निहारिका के अंतिम संकेत को डाइंग डिक्लरेशन मान लिया गया। दोनों हाथ और पेट तो अनमोल का भी जला था। देखने-सुननेवालों की नजर में वे ही जलानेवाले हाथ थे। हिरासत में भेजा गया अनमोल। उसके माँ-बाप, भाई-भाभी वहाँ थे नहीं। उनके विरुद्ध भी मामला दर्ज करवाया। उनका शहर से बाहर जाना योजनानुसार मान लिया गया।

पुलिस ऑफिसर ने अवश्य मालती से पूछा था, "बहनजी, दहेज की माँग भी की जाती थी?"

"यही तो रोना है। दो वर्ष मेरी बेटी को ऐसे जकड़कर रखा, भर मन बात तक नहीं करने दी। कुछ माँगा भी नहीं। माँगता तो अपना सर्वस्व बेचकर दे देती।"

मालती के सारे वक्तव्य अचानक विश्वसनीय हो गए थे। दीनानाथजी ने भी विश्वास कर लिया। अपनी ही आशंका को नकारने का दुःख हो रहा था उन्हें। काश, उन्होंने तब कान दिए होते, शायद बच जाती उनकी बेटी!

अविश्वसनीय था तो अनमोल का एक बार दिया वक्तव्य। गैस फटने, निहारिका के चिल्लाने, अनमोल के भागकर किचन में जाने, पत्नी को बचाने में हाथ जलने, उसे अस्पताल लेकर भागने—सारे अविश्वसनीय प्रसंग हो गए थे। उसने अपने बचाव के लिए भी कोई काररवाई नहीं की। उसकी ओर से गवाह भी कोई नहीं था।

किसी को कहाँ पता था कि एक दिन स्वयं मुद्दई ही गवाह बनकर हाजिर होगा। पुलिस द्वारा निहारिका का सारा सामान मालती के घर पहुँचा दिया गया था। उस घर में तो ताला पड़ा था। पाँचों जेल में थे। किताब-कॉपी भी नहीं छोड़ी थी। कुछ दिनों तक वैसे ही पड़ा रहा सारा सामान। मालती ने हाथ भी नहीं लगाया। दो माह बीत गए। गहरे-से-गहरे दर्द का रंग फीका पड़ता ही है। सूरज की गरमी, चाँद की शीतलता और रात्रि को गिरी शबनम की बूँदों में इतनी शक्ति है कि दर्द का रंग बदरंग कर दे। ऐसा ही हुआ मालती के साथ। सामानों को उलटते-पुलटते निहारिका की दो डायरियाँ हाथ लग गईं। सामानों को अपने चारों ओर बिखरा छोड़ वह डायरी के पन्ने उलटने-पुलटने लगी। निहारिका को दहेज में दिए गए सामान घर लौटकर उसे दर्द दे रहे थे, बेचैन कर रहे थे। डायरी में अंकित अक्षर उस दर्द को सहलाने लगे। एक-एक पन्ने पर लिखी निहारिका की दिनचर्या में मालती द्वारा प्रतिदिन पूछे गए प्रश्नों के जवाब थे। ज्यों-ज्यों पन्ने पलटती गई, उसे शक होता गया, 'कहीं किसी और की डायरी तो नहीं। निहारिका तो बहुत ही नादान थी, भोली-भाली। ससुराल की दहलीज पर पहुँचते ही इतनी परिपक्व कैसे हो गई? ससुराल के एक-एक सदस्य

से अभियोजन के गुर कैसे सीख गई ? छोटी सी बच्ची के नन्हे से व्यक्तित्व ने पराए घर जाकर इतना विस्तार कैसे ले लिया ? घर के कोने-कोने में समा गई। पसरती गई। कहीं दूसरे के लिए स्थान नहीं छोड़ा। घर के केंद्रबिंदु में आ गई। और मैं···मैं तो बेटी ब्याहकर छोटी हो गई। बेटी के आगे बौना पड़ गया मेरा व्यक्तित्व।'

डायरी का अंतिम पन्ना पढ़ते हुए रुकी मालती। आँखें साफ कीं। भोर होने वाली थी। रात्रि के सात घंटे बिताकर जो जीवन-चरित्र उसने पढ़ा था, वह उसकी कोख से जनमी और लाड़ में पली बेटी का तो नहीं ही था। वह उस जीवन-चरित्र में डूबती-उतराती रही। अंतिम पन्ने पर उसने लिखा था—"नए जीवन में पहली बार अनमोल से अलग होने जा रही हूँ। दो सप्ताह के लिए ही तो बाहर जा रहे हैं। ये पंद्रह दिन कैसे कटेंगे, सोचकर भी घबराती हूँ। पर मुझे इनके आगे कमजोर नहीं बनना है। पहले चाय बना लूँ, फिर इन्हें जगाती हूँ। वीजा के लिए दिन भर की भागा-दौड़ी से थक चुके हैं। उनके साथ चाय पीकर उन्हें विदा करना है। आँखें गीली नहीं होने दूँगी। आज का यह अधूरा पन्ना उन्हें एयरपोर्ट छोड़कर आने के बाद भरूँगी। पर क्या एक अक्षर भी लिख पाऊँगी ? यह पन्ना पूरा हो पाएगा ? शायद नहीं। तब की तब देखी जाएगी, अभी तो चाय बना लूँ।"

मालती की गरदन दुख गई थी। वह बिछावन पर उठ बैठी। उसकी चाय बनने का भी समय हो गया था। धुँधलका छट रहा था। पौ फट रही थी। सवेरा होगा। हर नया सवेरा नई जिंदगी लेकर आता है। मालती को आज चाय की दरकार महसूस नहीं हुई। वह दिन होने के इंतजार में थी। दफ्तर खुलने की राह ताकती रही। बेटी द्वारा बाएँ हाथ से किए गए संकेत के साथ आँखें बंद होने से पूर्व उसमें पसरे कातर भाव के अर्थ उसे समझ में आ गए। निश्चय ही निहारिका यही कहना चाहती थी, 'माँ, अपने दामाद को बचा लेना। इनका दोष नहीं है। इन्हें सँभालना। ये मेरे बिना जिंदा नहीं रह सकेंगे।'

और भी बहुत सी बातें लिखी थीं उन आँखों में छलकते जल में, जो तीन महीने बाद पढ़ पाई है मालती। भागकर पुलिस थाने ही गई थी। डायरी दिखा दी थी। चार-पाँच दिनों की भाग-दौड़ के बाद अनमोल और उसके परिवार के सदस्यों को छुड़ा लाई थी। दामाद और पूरे परिवार से क्षमा-याचना की थी।

अनमोल तटस्थ भाव से बोला था, "माँ जी, निहारिका ही नहीं रही तो क्या जेल, क्या घर ? अच्छा हुआ, मैं अस्पताल से घर लौटकर नहीं आया। दूसरी ससुराल गया।"

"नहीं बेटा, मेरा घर भी अब तुम्हारा अपना घर होगा, ससुराल नहीं। निहारिका

ने मुझे संकेत से कहा था, अब तुम मेरे दामाद नहीं, बेटे होगे। उसकी आत्मा की शांति के लिए मुझसे यह बदला रिश्ता स्वीकार कर लो।''

अनमोल की माँ ने कहा, ''समधिनजी, आपका भी बेटा ही है अनमोल। आप अपने ऊपर कुछ मत लो। आपने हमें लक्ष्मी दी थी। ईश्वर ने हमसे छीन ली। हम दोनों के भाग्य का दोष है। आपकी बेटी ने हमें जोड़ा था, हम आगे भी जुड़े रहेंगे। हम दोनों परिवारों की दीवाली तो आज मनेगी। उस दीवाली की रात की घिरी अमावस्या आज तक छाई थी।''

दीनानाथजी अपनी पत्नी को ढूँढ़ते हुए वहाँ पहुँचे थे। दृश्य देखकर बातें स्पष्ट नहीं हुई थीं; पर यह तो किसी अंधे को भी दिख जाता कि अब बातें बदल गई थीं। अंतिम संकेत का अर्थ जो बदल गया था।

□

चार चिड़ियाँ, चार रंग

"चार चिड़ियाँ, चार रंग, चारों बदरंग।
पिंजरे में रख दिया चारों एक रंग॥"

"फिर वही बात! हम लोग चिड़िया नहीं हैं न, चाचा। हम तो आदमी हैं। देखिए, देखिए! कहाँ हैं हमारे पंख? हम कहाँ उड़ सकते हैं अपने दोनों हाथ फैला कर?"

घनश्याम अपनी पीठ उघाड़कर चाचा को दिखाता। दोनों हाथ फैलाकर चिड़िया के डैने की तरह हिलाता। उसके चाचा को अपने भतीजों को चिढ़ाने में ही मजा आता था। दरअसल, रात्रि को खाने की थाली लगने से पूर्व घनश्याम को नींद आने लगती थी। और चूल्हे के पास बैठी उसकी दादी चिल्लाती रहती, "राघव, जरा चारों को जगाए रखो। कोई किस्सा सुनाओ। अभी रोटी बन जाती है। बिना खाए नहीं सोने देना इन्हें।"

घनश्याम चार भाई थे। सबसे बड़ा बारह वर्ष का घनश्याम और दो-दो वर्ष के अंतर पर ही हुए थे हरि, शिवा और मनु। मनु भी स्कूल जाने लगा था। राघवेंद्र अपने भतीजों को कहानी सुनाकर जगाए रखता। किस्से से अधिक बच्चों को बुझौअल (पहेली) बुझना अच्छा लगता था। परंतु चार चिड़ियाँवाली नहीं, क्योंकि उस बुझौअल के माध्यम से उनके चाचा उन्हें खिझाते भी थे। उन्हें ही चिड़िया बताते थे।

बच्चे धमकी देते, "ठीक है, हम सो जाते हैं। हम रोटी नहीं खाएँगे। दादी माँ से आपको डाँट खानी पड़ेगी।"

वे रजाई में छुप जाते। राघवेंद्र को मालूम था कि यदि उन्हें पाँच मिनट शांत छोड़ दिया जाता तो वे नींद खींचने लगते। और फिर तो राघवेंद्र को सचमुच माँ से

डाँट खानी पड़ती। राघवेंद्र की माँ का कहना था कि रात्रि को बिना खाए सोने से शरीर में चिड़िया भर मांस घट जाता है। इसलिए रात्रि को खाकर ही सोना चाहिए। बहू के खाना बनाने में देर करने या फिर राघवेंद्र द्वारा उन्हें खाना बनने तक जगाए नहीं रखने, बच्चों के बिना खाए सोने पर उनकी दादी भी खाना नहीं खाती थीं। पेट दर्द या किसी-न-किसी बहाने से रूठ जाना उनके लिए साधारण बात होती थी।

राघवेंद्र बच्चों की रजाइयाँ खींचकर कहता, ''अच्छा भई, चिड़ियों द्वारा बुझौअल नहीं। चलो, दूसरा पूछता हूँ। सुनो—'एक चिड़िया झट, उसकी टाँग दूनू पट। उसकी चमड़ी उधेड़, उसका मांस मजेदार।''

तीनों एक साथ बोलते, ''गन्ना'' और उनकी सुनकर मनु भी पीछे से बोलता, 'गन्ना'। इस प्रकार दो-चार और बुझौअल बुझाते-बूझते खाना भी तैयार हो जाता। एक रात्रि को बच्चे नाराज होकर बोले, ''चाचा, आप कॉलेज में क्या पढ़ते हैं? खाक! वही चार-पाँच बुझौअल आता है आपको। और दूसरा क्यों नहीं सीखकर आते हैं?''

राघवेंद्र थोड़ी देर के लिए शरमा गया। सच, चार-पाँच ही बुझौअल आते थे उसे। और भी सीखना चाहिए था। पर बच्चों से हारना उसे पसंद नहीं था। अपनी झेंप छुपाने के लिए बोला, ''चार चिड़ियाँ, चार रंग…''

''नहीं-नहीं, यह नहीं।''

चारों बच्चों ने अपने कान बंद कर लिये। शोर मचाने लगे। शोर सुनकर उनकी दादी आ गईं, ''क्यों हल्ला कर रहे हो? और यह क्या, चारों रजाई पर कूद रहे हो। फट जाएगी। ओढ़ोगे क्या? चल हट। उतरो नीचे। बताओ, चिल्ला क्यों रहे हो?''

''दादी, चाचा हमें खिझाते हैं, चिड़िया कहते हैं। क्या हम चिड़ियाँ हैं?''

''नहीं रे। तुम लोग चिड़िया नहीं, बंदर हो, बंदर!''

''नहीं-नहीं, दादी। हम बंदर नहीं हैं। जाइए, हम आपसे भी बात नहीं करते। और आज हम खाना भी नहीं खाएँगे। जाइए, हम सो जाते हैं।''

और वे रजाई के अंदर घुस जाते। अपनी दादी को धमकाने के लिए इतना काफी होता।

वह समय भी बीतते देर नहीं लगी। समय बिना रस्सा, बिन ईंधन के तेजी से खिसकता गया। वे चारों बड़े हो गए। राघवेंद्र नौकरी करने लगा। उसका भी विवाह हो गया। दो बच्चे हुए। अब तक चारों के लक्षण, कर्म पता लगने लगे थे। पढ़ाई-लिखाई में घनश्याम तेज भी था और मेहनती भी। इसलिए राघवेंद्र ने उसे

अपने पास दिल्ली बुला लिया था। अब भी कभी-कभी राघवेंद्र अपने बच्चों को सुनाता, 'चार चिड़ियाँ, चार रंग, चारों बदरंग।'

घनश्याम अपनी टेबल पर ध्यानमग्न हो पढ़ता, बीच में बोलता, "पिंजरा में रख दिया, चारों एक रंग।"

"पान, पान, पान।" दोनों बच्चे बोलते। सब बुझौअल बूझने की खुशी में समवेत स्वर में हँस पड़ते।

उसी हँसते-खेलते वातावरण में एक दिन एक खबर गूँज गई। घनश्याम आई.ए.एस. की परीक्षा में उत्तीर्ण हुआ। चारों ओर से बधाइयाँ आने लगीं। राघवेंद्र की खुशी का ठिकाना नहीं। मानो उसके स्वयं के आई.ए.एस. बनने का ख्वाब आज पूरा हुआ। वह नहीं तो क्या, भतीजा तो बना। उसने अपनी माँ, भैया-भाभी और तीनों भतीजों को बुलाया, बड़ी पार्टी दी। उसके भाई-भाभी बड़े प्रसन्न हुए। पार्टी रात्रि के बारह बजे तक चली।

अपने दो कमरे के फ्लैट में पूरे परिवार को अँटाए बैठा राघवेंद्र बोला, "आज हमारे परिवार का कद बहुत ऊँचा उठ गया। तुम तीनों भी ऐसी ही मेहनत करो।" वह घनश्याम को चिढ़ाना नहीं भूला, "चार चिड़ियाँ, चार रंग, चारों…"

घनश्याम खुश था। बड़ा हो गया था। चिढ़ने का सवाल कहाँ उठता था। समय थोड़ा और खिसका। दूसरे नं. वाले ने भी कई प्रतियोगिताओं में अपनी मेहनत और किस्मत आजमा ली। अंत में उसे एक प्राइवेट कंपनी में नौकरी मिली, वह भी राघवेंद्र की पैरवी से। घनश्याम ने अपने भाई को बुलाया और अपने घर में पार्टी दी। दो-चार दोस्तों को बुलवाया। उसके पिता ने भी मुजफ्फरपुर में ही सत्यनारायण भगवान् की कथा करवाई। तीसरे नं. वाले भतीजे शिवा को पढ़ाई में मन ही नहीं लगता था। बारहवीं के बाद पढ़ने को राजी नहीं। राघवेंद्र ने उसे अपने दफ्तर में ही चपरासी के पद पर आसीन करवाया। उस शाम वह घर लौटकर बड़ा दुःखी था। पत्नी ने पूछा, "आज क्या हो गया? फिर दफ्तर का झंझट घर ले आए हो। कितनी बार कहा कि दफ्तर की बात वहीं छोड़ आया करो। घर घर है, दफ्तर दफ्तर। दोनों का घोल मत बनाया करो। तुम मानते ही नहीं। मैं भी परेशान हो जाती हूँ।"

"नहीं ममता, मैं दफ्तर का झंझट नहीं उठा लाया। घर को दफ्तर में बैठाकर परेशान हूँ।"

"क्या मतलब?"

"मतलब यह कि शिवा को अपने दफ्तर में चपरासी लगवा दिया है। उसकी पोस्टिंग भी मेरे ही साथ कर दी है। जरा सोचो, मैं कैसे उससे चाय-पानी, फाइलें

माँगता रहूँ। मेरी परेशानी दफ्तर को घर लाकर नहीं, घर को दफ्तर में पद-स्थापित करने से बढ़ी है। समझी। अब सदा की तरह तुम्हीं कोई हल निकालो।''

''यह कौन सी बड़ी समस्या है। श्रीवास्तवजी के साथ रखवा दो, या थोड़े दिनों में दूसरे शहर में तबादला करवा देना। मुजफ्फरनगर में भी तो तुम्हारा दफ्तर है। वहीं भेज देना। भैया-भाभी को भी देखेगा और नौकरी भी।''

राघवेंद्र का मन हलका हुआ। उसने ममता से चाय माँगी। पति-पत्नी सुबह-शाम की चाय पीते हुए घनेरों समस्याएँ सुलझाते रहे थे। यह समस्या भी सुलझ गई। पर एक दूसरी समस्या आ पड़ी। चौथा भतीजा मनु घनश्याम से भी तेज था। राघवेंद्र को उम्मीद थी कि वह एक बार में ही आई.ए.एस. की परीक्षा पास कर जाएगा। पर इधर उसकी हरकतों की सूचना आने लगी। पढ़ाई-लिखाई में उसका मन नहीं लगता था। भैया ने राघवेंद्र को पत्र लिया था—''तुम्हारे सहयोग से तीनों बच्चे अपनी बुद्धि, विवेक और परिश्रम के कारण ठिकाने लग गए। (माँ कहती थी कि एक कोख से ही कई प्रकार के बच्चे निकलते हैं।) तीनों अपनी रोटी कमा रहे हैं। शिवा हमारी भी देखभाल करता है। परंतु बुढ़ापे में दुःख देने के लिए मनु ही काफी है। वह इन दिनों शहर के छुटभैया नेताओं की संगति में उठता-बैठता है। आए दिन धरना-प्रदर्शन में जेल जाता है। माँ से जबरदस्ती पैसा माँगता है। तुम ही कुछ सोचो। उसे भी थोड़े दिनों के लिए अपने पास बुला लो। एम.ए. में फर्स्ट क्लास फर्स्ट आया लड़का गुमराह हो गया है। उसे बचा लो।''

जीवन में पहली बार अपने भैया की आज्ञा टालने का निश्चय कर दिया राघवेंद्र ने। उसके दोनों बेटे बड़े हो गए थे। पढ़ने-लिखने में अच्छा कर रहे थे। वह स्वयं नहीं चाहता था कि मनु को अपने घर में रखे। ममता से राय-मशविरा करने की जरूरत भी नहीं समझी। उसे विश्वास था कि मनु का रंग-ढंग सुनकर ममता भी उसे अपने घर में नहीं रखना चाहेगी। परंतु उसके भैया ने उसकी हाँ या ना का इंतजार ही नहीं किया। मनु को लेकर दिल्ली पहुँच गए। मनु को देखकर मानो घर में मातम छा गया हो। दोनों भाइयों ने ऐसी ही स्थिति बनाई थी। ममता को ऐसे घुटन भरे वातावरण में रहने का अभ्यास नहीं था।

खाना परोसते हुए पूछ बैठी, ''भाई साहब, आखिर मनु ने ऐसा क्या किया कि आप लोग मातम मना रहे हैं? राजनीतिक पार्टी का काम ही तो करने लगा है। इसमें क्या बुराई है? यही लोग तो नेता कहलाते हैं; मंत्री, प्रधानमंत्री बनते हैं।''

नेता का नाम सुनते ही दोनों भाइयों के मुँह बिचक गए, मानो ममता ने उनके खानदान को कोई भद्दी गाली दे दी हो। शिवा का चपरासी बनना उन्हें कबूल था।

नौकरी मिलने पर हनुमान मंदिर गया था शिवा। प्रसाद खाते हुए राघवेंद्र ने भी शुभाशीष दी थी। पर उनके घर का कोई होनहार लड़का किसी राजनीतिक पार्टी का कार्यकर्ता बन जाए, उन्हें मंजूर न था। अनपढ़-गँवार होता तो बात भी बनती। मनु तो चारों भाइयों में सबसे होशियार था। ममता की बात को कोई जवाब न मिला। सब चुप थे। दरअसल, ऐसे अवसाद की घड़ी में अंदर घुमड़ते शब्द बाहर कम ही निकल पाते हैं।

होनी को राघवेंद्र और ममता भी नहीं रोक सके। दिल्ली आकर भी मनु के पाँव रुके नहीं। एक दिन पार्टी की ओर से धरना करते हुए अपने साथियों के साथ गिरफ्तार हो गया। बिल्ली के भाग्य से छींका टूटा। राघवेंद्र बच गए। मनु की गतिविधि तेज होते देख वे उसे अपने घर से निकालने ही वाले थे। साहस बटोर रहे थे। बच गए। मनु जेल चला गया। राघवेंद्र ठहरे सरकारी नौकर। विरोधी पक्ष में सक्रिय था मनु। भला उसे देखने जेल कैसे जाते! घनश्याम, हरि और शिवा भी नहीं गए। मनु के पिता की अचानक मृत्यु को गई। खबर सुनकर सबका अनुमान एक ही था, 'मनु के जेल जाने की खबर ने पिता की जान ले ली।'

मनु को पिता की मृत्यु की खबर भी नहीं मिली। देश में ऐसी स्थिति बनी थी कि जेल गए आंदोलनकारियों के रिहा होने की कोई उम्मीद नहीं दिखती थी। सैंकड़ों जेलों में अंदर गए हजारों लोगों ने अपनी नियति कबूल कर ली थी। मनु की हरकत जेल में भी रुकी नहीं। जेल से ही चोरी-छिपे बाहर आंदोलन का नेतृत्व करता था। जेल के अंदर आंदोलनकारी कैदियों क। नेता बन ही गया था। बाहर के सत्याग्रह की बागडोर भी उसी के हाथ थी।

वे दिन ही ऐसे थे। देश में बाहर भीतर अँधेरा ही अँधेरा था। राघवेंद्र और घनश्याम निश्चिंत नहीं थे। उन्हें मनु की चिंता सताती। पर उन्हें अपनी नौकरी की भी पड़ी थी। दोनों सरकारी नौकरी में थे। और सरकार के विरुद्ध आंदोलन करते गिरफ्तार हुआ था मनु। इस नाते से दोनों एक-दूसरे के दुश्मन।

एक रात ममता ने धीमी आवाज में अपनी चिंता प्रकट की, "आप एक बार मनु से मिल तो आइए। जीजी (जेठानी) की हालत ठीक नहीं। मनु को जेल गए दस महीने हो गए। भाई साहब सदमा बरदाश्त नहीं कर सके। जीजी औरत हैं न, इसलिए आघात सहकर भी जिंदा हैं। पर कब तक बरदाश्त करेंगी? उनकी हालत मुझसे देखी नहीं जाती।"

घनश्याम ने अपने किसी मित्र के जरिए पता लगवाया था। मनु का पता नहीं चल सका। क्या पता उसने नाम ही गलत लिखवाया हो!

काली-से-काली रात्रि का भी अंत होता ही है। सवेरा हुआ। भय और आतंक में जी रहा समाज राहत की साँस लेने लगा। राघवेंद्र के घर के चारों ओर की कालिमा ज्यादा ही गहरी थी। मनु की गिरफ्तारी के बाद घर और दफ्तर में भी उसकी गतिविधियों पर विशेष नजर होती थी। स्थितियाँ बदल गईं। आपातकाल का आतंक हटा। पर आतंकित हुए लोगों को सामान्य स्थिति में लौटने में समय का लगना लाजमी था। राघवेंद्र और घनश्याम के लिए मुसीबतें बढ़ गईं। बड़ी मुश्किल से उस स्थिति में अपने उच्च अधिकारियों के नाक के बाल बने थे। उन्हें बार-बार शाबाशी के शब्द सुनने को मिलते। बदली हुई स्थिति उनके लिए विपरीत थी और सबकुछ इतनी शीघ्रता से बदल रहा था कि उन्हें अपने बदलने के लिए साँस लेने की भी फुरसत नहीं मिली। चुनाव की घोषणा, चुनाव का दंगल। चुनाव-प्रचार प्रारंभ होने से पूर्व ही स्थिति स्पष्ट हो गई। जनता सत्तारूढ़ पार्टी के विपक्ष में जा रही थी। जनता ने नेताओं से पूर्व ही अपना मन बना लिया था। सत्तारूढ़ पार्टी के वफादार बने राघवेंद्र और घनश्याम जैसे अफसर सरकार को बचा नहीं सकते थे। अब जनता के पाले में गेंद थी।

मनु की कोई खबर नहीं मिली थी। राघवेंद्र की आशंका ममता और घनश्याम के गले उतरकर सत्य हो गई थी। 'कहीं मनु आपातकालीन उन हबशियों का शिकार तो नहीं हो गया?'

चुनाव प्रत्याशियों के नामांकन प्रारंभ हुए। जेल से छूटे लोगों की सूची में ममता मनु का नाम ढूँढ़ती थी। कहीं नहीं था। पर उस दिन दरवाजा खोलकर अंदर आया घबराया हुआ चपरासी सूचना दे रहा था, "कोई नेताजी आए हैं। उनके साथ बहुत लोग हैं।"

ममता को काटो तो खून नहीं। उसके दरवाजे पर नेताजी क्यों? कहीं इन नए नेताओं को पता तो नहीं चल गया कि आपातकाल का विरोध करता हमारा कोई अपना गिरफ्तार हुआ था। सरकारी ऑफिसर के दरवाजे नेता का आना शोभा नहीं देता, वह भी जब चुनाव का समय हो! बाहर शोर भी हो रहा था। ममता ने सहमते हुए दरवाजा खोला। सामने जो आकृति खड़ी थी, उसे पहचानने में इसलिए भी देर नहीं हुई कि वह उसके पाँव पर झुका, "भाभी, मुझे आशीष दीजिए। चुनाव लड़ने जा रहा हूँ। माँ-बाबूजी यहाँ हैं क्या?"

ममता की आँखों में प्रसन्नता और भय का मिला-जुला भाव तैर रहा था। आशीष के लिए हाथ उठे। थरथराते गले से आवाज निकली, "माँजी यहाँ नहीं हैं और पिताजी···पिताजी भी नहीं।"

"कोई बात नहीं। आपका आशीर्वाद ही काफी है। मैं चला। मुझे परचा आज ही भरना है।"

उनके साथ आई भीड़ ने मुनेश्वर तिवारीजी के नाम का नारा भी लगा दिया। सरकारी ऑफिसरों की रिहायशवाली उस कॉलोनी में सबने अपने दरवाजे-खिड़की बंद कर लिये। ये नारेबाजियाँ, शोरगुल के वे अभ्यस्त भी नहीं होते। ममता ने भी उनके जाने पर दरवाजे सख्ती से बंद किए। राघवेंद्र को दूरभाष पर बताया, "अपना मनु आया था। अभी-अभी गया है। बहुत लोगों के साथ परचा भरने गया है। एम.पी. बनेगा। हमारा आशीर्वाद लेने आया था। देखो, कितना बड़ा बन गया अपना मनु! मैं कहती थी न···।"

शायद राघवेंद्र ने ही फोन रख दिया था। शाम को जल्दी ही लौट आया था राघवेंद्र। ममता की प्रसन्नता को थाहना चाहता ही नहीं था। इधर ममता के उद्‍गार थे, जो छलक-छलक आते, "काश, आज पिताजी होते! मनु के लिए जितनी चिंता थी, आज प्रसन्नता में बदल जाती।" उलाहना भी दे रही थी, "हुँह! तुम लोगों ने तो आवारा ही समझा था।"

□

रद्दी की वापसी

उस साल भी बाढ़ बढ़त पर ही थी। हर आयु के लोग कहते सुने जा रहे थे, "हमने अपनी उम्र में ऐसी बाढ़ नहीं देखी।"

रामलला के स्वर में स्वर मिलाकर उसके बाबूजी जगदेव सिंह ने भी अपना आश्चर्य व्यक्त किया। ननकू क्यों पीछे रहता! जब पैंतीस वर्षीय उसके बाप ने ऐसी बाढ़ नहीं देखी, फिर बारह वर्षीय पुत्र की क्या औकात! उसकी आयु में ऐसी बाढ़ नहीं ही आई थी। बाढ़ की बढ़त-घटत मापने हेतु सरकारी महकमे के अपने पैमाने होंगे। पर रामसखी का पैमाना है उसके दरवाजे की सीढ़ियाँ। उसके अनुसार, जिस साल घर बनकर तैयार हुआ था, उसी साल सातों सीढ़ियाँ डूब गई थीं। उसके ससुरजी ने बैसाख माह में दरवाजे पर मिट्टी भरवा दी। फिर तो छह सीढ़ियाँ ही बचीं। मिट्टी हर साल भराई जाती, हर साल उतनी ही बह भी जाती। बाढ़ के पानी का यही सुभाव है—कुछ दे जाना, कुछ ले जाना।

जब से गौरी ब्याहकर आई, उसके ससुरजी द्वारा बनवाए गाँव के सबसे ऊँचे दरवाजे की छह सीढ़ियों को उसने भी बाढ़ मापने का पैमाना बना रखा है। दो साल तक बाढ़ के पानी ने सीढ़ियों के पाँव भी नहीं पखारे। गौरी झल्लाती थी, "मैंने अपने मायके में कभी बाढ़ नहीं देखी थी। मेरे आने के बाद बाढ़ ही रूठ गई है। मुझे बाढ़ देखने, झिझिया खेलने का बहुत मन करता है।"

गौरी ने अपने पिता के मुख से बाढ़ का वर्णन सुना था। बेटी का ब्याह बाढ़ वाले इलाके में तय करने के बाद वे उस इलाके का ज्यादा ही बखान करते रहते थे। शायद वैसे गाँव में बेटी ब्याहना उन्हें स्वयं रुचिकर नहीं लग रहा था। या फिर होनेवाली ससुराल की स्थितियों में अभियोजन लायक बेटी का मन बना रहे थे। विवाह से पूर्व गौरी को उस गाँव की बातें सुन-सुन अचंभा, भय और रोमांच भी होता था। आँगन-घर तक पानी का प्रवेश कर जाना, कई दिनों तक जमे रहना,

उसके साथ साँप, बिच्छू और कीड़े-मकोड़े का घर में आगमन, चूल्हा-चौका बंद रहना—सब जानकारियाँ गौरी को भयभीत कर जातीं। लोगों का छत और छप्परों पर निवास, हेलिकॉप्टर द्वारा खाने के पैकेट्स छतों पर गिराना, नाव पर बैठकर दिशा-मैदान जाना सुनकर गौरी अचंभित हो जाती। पर नाव पर बैठकर महिलाओं का गाते-बजाते झिझिया खेलने जाने की कल्पना उसे रोमांचित करती।

विवाह के बाद दो वर्षों तक उसने ऐसा कुछ भी नहीं देखा। बाढ़ आई, पर भरथुआ चौर के पेट में ही समाई रही। लौट गई। उस गाँववाले के अनुसार, कई साल से बाढ़ की भ्रूण-हत्या होती रही थी। उसका बचपन और जवानी कोई देखे तो कैसे? विधना ने चौर की कोख से आगे की उसकी आयु लिखी ही नहीं थी। उसके ब्याह के तीसरे वर्ष से बाढ़ ने उसके दरवाजे की सीढ़ियाँ पखारना प्रारंभ किया। एक-एक वर्ष में एक-एक सीढ़ी आगे चढ़ती गई बाढ़। उस साल खेतों में धान के पौधे की जवानी रौंदती, सारा इलाका जलमग्न करती बाढ़ जगदेव सिंह की चार सीढ़ियाँ डुबो गई। गाँववाले बेहाल हो गए। जगदेव सिंह का बड़ा आँगन, चारों ओर बने चौड़े-चौड़े ओसारे सब रिलीफ कैंप में तब्दील हो गए। एक सप्ताह तक यही स्थिति रही। दरअसल, उनके घर के चारों ओर नीची जमीन पर बने घरों में पानी भर आया था। गौरी को अपना भरा-भरा आँगन और कई चूल्हों पर भोजन की सामग्री बनते देख बड़ा सुखद लग रहा था।

उसने अपनी सास से कहा, "माँजी, अपना घर-आँगन कितना भरा-भरा लग रहा है। काश, सब दिन ऐसा ही रहता!"

उसकी सास ने बहू की सिधाई पर लंबी साँस खींचते हुए एक कहावत कही, "चिड़िया की जान जाए, लड़िकन के खिलौना। ये सब बेचारे बाढ़ के मारे हैं। खेत में इनकी फसल बह गई। घर में सँजोकर रखा अन्न भी डूब गया। ये इतने दुःखी हैं और तुम्हें आनंद आ रहा है! भगवान् न करे, मेरा आँगन इन दुखियों से फिर कभी भरे।"

उसकी सास ने ठीक ही कहा था। गौरी को भी इसका एहसास हुआ। जिन घरों में एक भी नौकरी-पेशा स्त्री-पुरुष नहीं, बाढ़ के चले जाने पर भी उनकी हालत नई फसल के आगमन तक बहुत खस्ता रही।

गौरी के भाई दिल्ली में नौकरी करते थे। उन्होंने होली के समय गौरी को दिल्ली बुलाया। निमंत्रण स्वीकारते हुए गौरी ने एक शर्त रखी थी—बाढ़ आने के पहले गाँव लौट आने की शर्त। गाँव लौट आई थी गौरी। उस साल तो बाढ़ ने फिर अपना विकराल रूप दिखा ही दिया। वह गौरी के चारों घर में घुसकर पसरी पड़ी

रही। बाढ़ जाने का नाम न ले। भाद्र मास की घुप्प अँधेरी रात्रि में बाढ़ ने दरवाजे की चौखट से अंदर प्रवेश किया था। इसलिए अपनी जरूरत के बहुत सामान को घर के जमा पाँच सदस्य और छोटा पलटू (चरवाहा) मिलकर छत पर चढ़ा भी नहीं सके। पानी की धार तेज थी। गौरी के ऊँचे पाँववाले पलंग पर बिछा गद्दा तक भीग गया। एक सप्ताह तक छत पर ही गुजारे। बाढ़ देखने की गौरी की लालसा अब समाप्त हो चुकी थी। वर्षों से सँजोए भय, कौतूहल और रोमांच की कल्पना के स्थान पर अब उसके मन पर भोगा हुआ यथार्थ था।

आखिर बाढ़ के पानी को वापस जाना ही था। धरती जितना सोख सकी, उतना पानी छोड़ बाढ़ लौट गई। उसके जाने के बाद का दृश्य उसकी उपस्थिति से भी भयानक था। घर का सबकुछ भींग चुका था। कोठी का अन्न, जलावन की लकड़ी, बरतन बासन, यहाँ तक कि मिट्टी के बने चूल्हे में आग के स्थान पर सात दिनों तक पानी भरा रहा। सबकुछ सामान्य होने में दिन लगने ही वाले थे। सँभलने और सँवारने में आनेवाली अगली बाढ़ तक का समय लाजमी था। उसी सँवारने के क्रम में गौरी ने घर में बहुत दिनों से सहेजे गए पुराने सामान निकाल दिए। अपनी सासजी से कहा, ''माँ जी! पुराने सामानोंवाली कोठी की दीवारें भी चावलवाली कोठी की तरह ढहकर मिट्टी के ढेर बन गईं। सामान छितराए पड़े हैं। उन्हें बाहर कर देती हूँ। सावजी को बुलाकर बेचने लायक सामान बेच भी दूँगी।''

अनमने ढंग से रामसखि ने कहा, ''जो मन में आता है करो। मुझसे मत पूछो। यह सब सोचने-समझने लायक मेरी मति ही नहीं रही।''

सासजी की मन:स्थिति के साथ ज्यादा छेड़छाड़ करना गौरी को मुनासिब नहीं लगा। बीचले घर की कई कोठियाँ ढह गई थीं। उनमें रखे अनाज भी खराब हुए थे। आँगन के सूखने पर अन्न पसार-पसारकर सुखाने लगी गौरी। पलटू का काम बढ़ गया था। ससुरजी भी गौरी का साथ देते थे।

एक दिन वे गुमसुम बैठी पत्नी पर बिफर पड़े, ''मति सुन्न हो गई क्या? बाढ़ कोई पहली बार आई है? वह तो आती ही रहती है। उसका जीवन ही आना-जाना है। जो उसका काम है, वह कर गई! अब जो हमारा काम है, हम क्यों छोड़ दें? उठो, बहू के काम में हाथ बटाओ।''

रामसखि ने मानो सुना ही नहीं। गौरी की जिम्मेदारी बढ़ गई थी। बाढ़ क्या गई, काम का बोझ डाल गई थी।

सुबह-सुबह गौरी ने पलटू को आवाज दी, ''पलटू दरवाजे से बड़ी टोकरी लेकर आना।''

पलटू के सिर पर पुराने बरतनों से भरी बाँस की टोकरी डालना चाह रही थी गौरी। पर वह स्वयं अपनी पूरी ताकत लगाकर उसे उठा नहीं सकी। दोनों के जोर लगाने से भी टोकरी टस से मस नहीं हुई। गौरी सिर थामकर बैठ गई। पलटू अपनी मालकिन की परेशानी समझ गया था। वह दो-दो सामान हाथ से ही उठाकर दरवाजे से बाहर रख आया। कुछ सामानों के अंग दरवाजे तक जाते-जाते कई स्थानों पर बिखर गए। गौरी की शादी के समय उसके मायके से आई चटाई का यही हश्र हुआ। रामसखि के विवाह के समय की चटाई और रजाई के अंग भी, 'कोई यहाँ गिरा कोई वहाँ गिरा, एक दिल के टुकड़े हजार हुए' गीत की पंक्तियों को साकार कर गईं। यह उसके विवाह के समय के फिल्मी गीत की पंक्तियाँ थीं। उसके पति उसी चटाई पर बैठ गुनगुनाया करते थे।

कुछ हलके और भारी बरतन, जो धातुओं की पहचान खोकर चबाए हुए पान की तरह एक रंग रँग गए थे, पलटू बाहर रख आया। अलमुनियम, काँसा, पीतल, फूल, पता नहीं किस बरतन का कौन धातु था? छोटे बड़े दस-ग्यारह होंगे। झाँझ, कजरौटा घिसा-पिटा, फूटा परात, लोटा, चकला-बेलन और भी बहुत कुछ।

गौरी ने कहा, "पलटू, सब सामान दरवाजे के नीचे रख दो। धूप लग जाए। थोड़ा झाड़-पोंछकर महेश सुनार को बुला लेना। रद्दी में बेच देंगे।"

पलटू ने रद्दी में बेचने का अर्थ नहीं समझा। उसके समझने-बुझने के लिए इतना ही काफी था कि उन्हें धूप में सूखने के लिए रख दे। दिन भर सूखते रहे सामान। आखिर भादों माह की धूप थी, कड़ी। तीखी। सुखा दिया उन बरतनों को। उनके ऊपर जमी काई की हरीतिमा कम हुई। गौरी ने शाम को उन्हें घर के अंदर रखने की जरूरत नहीं समझी। भला कौन ले जानेवाला था! उसे शक था कि रद्दी का व्यापारी भी शायद ही उन्हें खरीदे। दरअसल, हर माह घर की रद्दी निकालकर बेचते हुए उसने अपनी भाभी को दिल्ली में देखा। अखबार भी यदि सलीके से सँभालकर नहीं रखे होते तो रद्दीवाला खरीदता नहीं था। खरीदे भी तो कम दाम देता था।

उनकी भाभी की भाभी अमेरिका में है। वह भी उन्हीं दिनों दिल्ली आई हुई थी। भाभी को रद्दीवाले से हुज्जत करते देख उन्होंने जो बात बताई, समझ में आया कि उनके यहाँ रद्दी का अलग रुतबा है। वहाँ लोग अपने घर की रद्दी निकालकर बाहर रख देते हैं। जूता, चप्पल, बरतन, फर्नीचर, इलेक्ट्रॉनिक सामान। जिस किसी को जरूरत हो, ले जाता है। गौरी की भाभी की भाभी ने कहा था, "मेरे घर में भी बहुत सामान ऐसे ही रद्दी से उठाए हुए हैं।" दिल्ली से लौटकर

गौरी ने अपनी सास को सब बातें सुनाईं। उसकी सास अपनी समझदारी एक प्रचलित कहावत में व्यक्त कर गई, "केकरो फाटल, केकरो आँटल।"

सुबह सकाल उठकर गौरी ने सासजी से कहा, "माँजी, सारे पुराने टूटे-फूटे रद्दी सामान बाहर रखवा दी थी। आप देख लीजिए। किसी सामान को वापस रखने की जरूरत तो नहीं। आज सावजी को बुलाकर बेच दूँगी। जो हो, रुपए दे दे। क्या फर्क पड़ता है? रद्दी ही तो है।"

गौरी को अपनी सास से सुनने की उम्मीद थी, "जो मन में आता है, करो।"

पर ऐसा नहीं हुआ। रामसखि उठी। बिना कुछ कहे दरवाजे पर गई। गौरी भी अपने काम में लग गई। काफी समय बीतने पर उसे अपनी सास का ध्यान आया। उसने बाहर जाकर देखा। रामसखि रद्दी की ढेर के पास बैठी एक-एक सामान उठाकर निहार रही थी। उसकी एकाग्रता ऐसी, मानो ननकू को ठोककर सुला रही हो।

गौरी उसके पास जाकर बोली, "माँ जी, क्या हुआ? जो छाँटना है, छाँट लीजिए। सावजी आनेवाले होंगे।"

रामसखि ने डंडी टूटे कजरौटा को हाथ में लिया। कहने लगी, "गौरी, तुम्हें मालूम है, यह कजरौटा हमारे घर कब और कौन लाया?"

"नहीं माँ जी, मुझे क्या मालूम? मैं तो आज ही देख रही हूँ इसे।"

"तो सुनो, कजरौटा तुम्हारे ससुरजी के जन्म पर उनकी फुआ लेकर आई थीं। पीतल के इस कजरौटे में भतीजे के लिए काजल सेंककर। मेरे ससुरजी बहुत दिलदार थे। अपनी बहन को काजल की सिंकाई में दस कट्ठा जमीन लिख दिए। अब फुआजी दस कट्ठा खेत के लिए बैल-हल लेकर खेती करने मैके आने से तो रहीं। मेरे ससुरजी हर साल उसमें फसल उगाते थे। अपने हिस्से का आधा अन्न रख लेते। आधा का दाम उन्हें भेज देते। उनके मरने के बाद तुम्हारे ससुर ने भी दो साल ऐसा ही किया।

एक दिन बाजीतपुर से खबर आई, फुआजी चल बसीं। तुम्हारे ससुर खोज पुछारी के लिए बाजीतपुर गए। फूफाजी के पास श्राद्ध के लिए भी रुपए नहीं थे। तुम्हारे ससुर श्राद्ध में खर्च करने के लिए चावल, दाल, चूड़ा, दही कोंभरा सब के दस भाड़ गए। दो हजार रुपए का इंतजाम करके भी ले जाना था। घर में इतना अन्न नहीं था कि बेचकर पैसा मिले। उसी साल बड़ा भूकंप आया था। मेरी नथनी तभी बेच दी थी। फिर तो फूफाजी या उनके बाद उनके बेटों ने भी फसल कटने पर कभी अन्न भेजने के लिए तगादा नहीं किया। उन्होंने रुपए भी नहीं लौटाए।

मानो दो हजार में वह दस कट्ठा जमीन फिर खरीद ली गई हो। इसीलिए उस खेत का नाम 'फुआ का दसकठवा' है।''

अपने खानदान की तीन पुश्तों की कहानी सुनती-गुनती गौरी भी कहीं उसी कजरौटे में बंद हो गई। सावजी भी कब आकर अपना तराजू ठीक करता, फुआ के दसकठवा की कहानी सुनता रहा, उसे समय और प्रयोजन का भान ही नहीं हुआ।

कजरौटे को दूसरी ओर रखकर गौरी ने अन्य बरतनों में हाथ लगाया। उसके हाथ से टूटा-फूटा झाँझ (छन्नी) लेकर रामसखि कहने लगी, ''गौरी, यह झाँझ मेरे हाथ से ही टूट गई थी।''

छन्नी को हाथ में लिये रामसखि बिसूर पड़ी, ''गौरी, यह अभागा हत्यारा झाँझ अब तक मेरे घर में है, पर मेरा बेटा नहीं रहा। होली का दिन था। मैं भोर-भिंसार से पुआ छान रही थी। पाँच किलो आटे के घोल के पुए छानने थे। आठ साल का मेरा बेटा, तुम्हारा जेठ, दबे पाँव आता और मेरे पीछे मिट्टी की नई हाँड़ी से पुआ उठाकर ले भाग रहा था। बहुत देर बाद मैंने छाने हुए पुआ की हाँड़ी में हाथ लगाकर देखा, हाँड़ी हलकी लगी। वह उसी वक्त फिर आया और पुआ निकालने लगा। इसी अभागे झाँझ ने गरम घी से एक और पुआ निकाला था। मुझे क्या मालूम कि हाँड़ी में उसका हाथ था। गरम पुआ उसके हाथ पर पड़ा। वह चीख उठा। गुस्से में मैंने उसी गरम झाँझ से उसकी नंगी पीठ पर दो-चार हाथ जड़ दिए। हाथ तो जला ही था, पीठ भी जल गई। मेरे घर की होली खराब हुई सो अलग। उसी पाव के कारण वह एक महीने बाद मुझे छोड़कर दुनिया से चला गया।''

चार दशक पूर्व बिछुड़े बेटे के लिए बुक्का फाड़कर रोने लगी रामसखि। गौरी का सिसकना मात्र सास का साथ देने के लिए नहीं था। वह भी अब माँ है। बिन देखे अपने जेठ के लिए नहीं, अपने बेटे को उसके स्थान पर सोचकर हिया फटना था, फट गया।

सास-बहू के बीच वार्त्तालाप का वह दृश्य देख सावजी ने धीरे से कहा, ''आज रहने दो बहू रानी। मैं फिर कल सुबह आ जाऊँगा। दोपहर ढल गई। नहाना-धोना भी बाकी है।''

गौरी ने भी इशारे से सावजी को जाने के लिए कहा। जवाबी इशारे के अबोले शब्द थे, ''कल जरूर आ जाइए। मुझे याद करवाने की जरूरत नहीं पड़े।''

सावजी भी गौरी को आश्वस्त कर अपने पसारे हुए तराजू व बाट बोरा में कसते आगे बढ़ गए।

“माँ जी, उठिए, मुँह-हाथ धोइए। बहुत देर हो गई।” गौरी आँगन की ओर जाते हुए बोली।

“नहीं, गौरी! थोड़ी देर मेरे पास बैठो।” रामसखि के हाथ में काँसे का एक लोटा था। लोटे की तीन पीढ़ियों की यात्रा सुनती गौरी थक चुकी थी। बेटा भी स्कूल से वापस आकर अपनी पीठ पर भारी बस्ता लिये माँ की पीठ पर लदा पड़ा था। दोनों के बोझ से बोझिल होती गौरी झल्लाई, “क्यों रे! आज फिर जल्दी छुट्टी हो गई? मास्टर नहीं आए क्या?”

ननकू बोला, “माँ, पाँच बजे छुट्टी हुई है। सब मास्टर आए थे।”

गौरी को साँझ ढलने का एहसास हुआ। रामसखि को भी जबरदस्ती उठाकर अंदर ले गई। खिलाया-पिलाया। पर थोड़ी देर ही आराम करके रामसखि फिर उस रद्दी की ढेर से एक सामान उठा लाई। साँझ ढल गई थी। गौरी आँगन में पसरा अन्न समेट रही थी और उसकी सास वहीं बैठ रद्दी में निकाले चकला-बेलन की कथा पसार गई। लसगरीपुर मेले से रामसखि की दादी द्वारा उसका खरीदा जाना, दो वर्ष बाद उसके गौना में उसके साथ ससुराल आना, उसकी सास द्वारा उलट-पुलटकर देखना, प्रसन्न होना, बेलन की गोलाई व मोटाई पर मोहित होना, न जाने कितने प्रसंग जुड़े थे उस चकला-बेलन के साथ! चावल के धनी उस गाँव में चकला-बेलन को बहुत आराम रहता था। कभी-कभी ही मेहमान आने के दिन मेहनत करनी पड़ती। उसपर पूड़ियाँ बेली जातीं।

एक साल जेठ माह में रामसखि के घर में आग लगी थी। सभी सामान जल गए। चकला-बेलन झुलसकर बच गया था। इस प्रकार चकला-बेलन की कथा भी दुःखांत ही निकली। अन्य सामानों की भी कथा सुनती-सुनती गौरी के कई दिन उन रद्दी सामानों की कथाओं के साथ निकल गए। प्रतिदिन सावजी आता, सास-बहू को कहते-सुनते कथा में डूबते देख लौट जाता। उसके पास डूबने का समय नहीं था। बाढ़ ने घर-घर को पानी में डूबोकर उसके व्यापार में बढ़ोतरी कर दी थी। मानो उसके भी दिन बहुरे थे। सब घर से रद्दी निकाले जा रहे थे।

इधर बरतनों की कथा कह-कह रामसखि स्वस्थ होती जा रही थी। उसकी पुरानी यादें जीवंत हो गई थीं। उन बचपन और जवानी के प्रसंगों की यादों के साथ रामसखि का बचपना और जवानी लौट आई थी। फिर उन अवस्थाओं में चिंतित और दुःखी होने की कहाँ गुंजाइश थी। इसलिए रामसखि का मन सामान्य होता गया। जगदेव सिंह भी खुश हुए। गौरी को भी सासजी की स्मृति लौट आना सुखद लगा।

उस दिन जब सावजी तराजू बाट की बोरी लेकर पहुँचा, गौरी एक-एक बरतन पलटू के सहयोग से राख और नीबू रगड़कर चमका रही थी। सावजी ने मनाही करते हुए कहा, "नहीं बहू रानी, इन्हें साफ करने की जरूरत नहीं है। बस, जैसे हैं वैसे ही तौलवा दो। या हुंडा ही में दे दो। मुझे कौन सा इन्हें दुकान में सजाना है। फिर से गलाए जाएँगे ये बरतन। नए बनेंगे।"

गौरी ने बड़ी दृढ़ता से कहा, "नहीं सावजी, ये बरतन अब नहीं बिकेंगे। ये अभी रद्दी हुए ही कहाँ! माँजी इनके सहारे जिंदा हैं। इनमें इस खानदान की न जाने कितनी पीढ़ियों की कहानियाँ समाई हैं। ये रद्दी नहीं हो सकते। इसके पहले मुझे इनका मोल नहीं मालूम था। अब तो आप इसका मोल चुका ही नहीं सकते। अब ये जीवन भर मेरे साथ रहेंगे। अनमोल हैं ये रद्दियाँ!"

पता नहीं कहाँ खोती जा रही थी गौरी! मानो चौदह वर्ष बाद पहली बार वह उस खानदान की बहू बनकर उसके अतीत में डूबती जा रही हो, और उसे यह डूबना बड़ा सुखद लग रहा था।

साइकिल के कैरियर में अपनी खाली बोरी अटकाता सावजी भुनभुनाया, "अब तो बहू भी बिना बाढ़ ही डूब गई। ऐसी बाढ़ का पानी न जाए, न बहू उबरे। चलूँ, मैं दूसरे दरवाजे जाऊँ! क्या पता वहाँ भी कोई सास अपनी बहू को विपता-सिपता की कथा कह रही हो!"

□

रामायणी काकी

सुशांत अपने दादाजी के साथ छोटे मंदिर के सामने खड़ा था। उसने मंदिर के मुख्य द्वार पर अंग्रेजी में लिखा देखा, 'रामाज आंट'। उसे बड़ा अचंभा हुआ। बोला, ''दादाजी, गाँव के मंदिर पर अंग्रेजी में क्यों लिखा है? और ये रामाज आंट कौन थीं?''

मोहन बाबू ने अपने आँखों से चश्मा हटाया। कंधे पर रखे तौलिया से आँखें पोंछीं। बोले, ''सुशांत, ये तुम्हारी बड़ी दादीजी थीं। रामायण कथा कहती थीं। इसलिए राम-सीता और हनुमानजी के मंदिर के बगल में यह छोटा सा मंदिर उनका भी है। इसके भीतर उन्हीं की मूरत है। लोग उनकी भी पूजा करते हैं।''

''वाह, हमारी दादी इतनी बड़ी थीं!'' सुशांत अचंभित और गौरवान्वित हुआ।

''हाँ! आओ, इधर चबूतरे पर थोड़ी देर उनकी छाया में बैठें।''

मंदिर के आगे चबूतरे पर बैठ गए दोनों। कई ग्रामीण भी वहाँ आ गए। उनमें से एक व्यक्ति ने आगंतुकों की बातचीत से समझ लिया था कि वे पहली बार गाँव आए थे। बिना पूछे प्रारंभ हो गया, ''कमाल की थीं रामायणी काकी! उनका नाम 'रामायणी काकी' ही सबकी जुबान पर तिर गया था। बाल विधवा रामायणी काकी को स्वयं नहीं मालूम कि वे कैसे और कब काकी कहलाने लगीं। वैसे तो उनके ससुर 'रामचरित मानस' की चौपाइयों को मन-ही-मन पाठ करते थे। पर पुत्र के देहावसान के बाद उनका पाठ-स्वर ऊँचा हो गया था। अपने घर के काम-काज में व्यस्त उनकी बहू मैना रानी मन-ही-मन उन चौपाइयों को दुहराती। अधिकांश चौपाइयाँ उसे कंठाग्र हो गईं। पूजाघर में बैठकर पाठ करने का समय उसे नहीं मिलता था। पर घर-आँगन बुहारती, बरतन-बासन माँजती, कपड़े धोती, भोजन बनाती-परोसती, वह 'रामचरित मानस' की पंक्तियाँ ही दुहराती रहती। इस

तरह उसकी प्रौढ़ता के साथ कदम-से-कदम मिलाकर वे पंक्तियाँ भी उसकी जुबान पर प्रौढ़ होती जा रही थीं। उसकी सास टोकती, ''क्या मंत्र पढ़ रही हो? कोई डायनपन सीख रही हो क्या? न जाने किसने इसका नाम मैना रानी रख दिया। यह तो मनहूस रानी है! मनहूस!'' मैना कहती, ''नहीं माँजी, बाबूजी 'रामचरित मानस' का पाठ करते हैं न। वही...''

''चुप कर। ई मुँह, मसूर की दाल! मेरे बेटे को खा गई। तू क्या करेगी रामायण-पाठ? चल जल्दी रसोई पका। आज फिर बच्चों को स्कूल जाने की देर न हो जाए।''

मैना के हाथों में गति आ जाती। वह अपने दोनों देवरों, हरि और मोहन के लिए बड़े जतन से भोजन पकाती। उनके सब काम हँस-हँसकर पूरा करते-करते उनके लिए माँ से भी अधिक महत्त्वपूर्ण हो गई थी। अपनी भाभी पर आश्रित हो गए दोनों बच्चे।

गाँववालों ने भगवती मंदिर के पास ब्रह्मस्थान पर ही रामायण-वाचन के लिए चबूतरा बनवा दिया था। वहीं चैत्र रामनवमी के समय रामायण-पाठ के लिए पं. प्रभुदयालजी को पहली बार बैठाया गया। एक दिन ही रामकथा होनी थी। पर वह तो सात दिनों तक चली। मानस की चौपाइयाँ, दोहे और सोरठे सस्वर गाकर सुनाते, उनके अर्थ बताते, प्रभुदयालजी गाँववालों को कभी रुलाते, कभी हँसाते, कभी आत्मविभोर कर देते। फिर तो वह व्यासपीठ स्थायी पीठ बन गई। हर महीने सात दिनों के लिए रामकथा-वाचन होता। समय रात्रि का ही रखा गया था, ताकि लोग निश्चिंत मन से कथा सुन सकें। खेतों में काम करनेवाले मजदूर, दिन भर चमड़े, सोने, लोहे, लाख, बाँस का काम करनेवाले कारीगर, स्त्री-पुरुष और बच्चे उपस्थित होते। यहाँ तक कि दिन भर में चार बार नमाज पढ़नेवाले दो-चार जन भी कथा का स्वाद लेने आते।

धीरे-धीरे गाँव के अगल-बगल के लोग भी आने लगे। श्रद्धावनत् लोग व्यासपीठ पर चढ़ावा चढ़ाने लगे। प्रभुदयालजी चढ़ावे में से एक रुपया भी नहीं उठाते। परंतु व्यासपीठ के आयोजक रामकथा के अंत में चढ़ावे की आधी रकम, आधे कपड़े प्रभुदयालजी के घर पहुँचा देते। आधा फल प्रति सुबह प्रभुदयालजी के घर पहुँचता। आधा फल गाँववालों के बीच प्रसाद के रूप में बँट जाता। ससुर और बहू की दिनचर्या में एक आवश्यक प्रात:चर्या उन फलों और कपड़ों को गरीबों में बाँटने की हो गई थी।

गाँववालों के जीवन में विशेष उत्साह आ गया। खेती-बाड़ी और माल-

मवेशी की देख रेख में दिन भर उलझे लोगों के मन में पिछली रात सुनी कथा का भाव पसरता रहता। पुनः रात्रि होने का उन्हें बेसब्री से इंतजार रहता। कुछ नौजवान संध्या ढ़लते ही व्यासपीठ का बड़ा प्रांगण झार-बुहार आते। दरियाँ और चटाइयाँ बिछ जातीं। बाद में चलकर तो ये सारे आसन छोटे पड़ने लगे। रामायण-रसिकों की संख्या बढ़ने लगी। महिलाएँ और युवतियाँ भी रामकथा सुनने आने लगीं। प्रभुदयालजी द्वारा कथा प्रारंभ करते समय जो माताएँ गर्भ में बच्चों के साथ कथा सुनने बैठी थीं, उनके बच्चे गाँव छोड़कर बाहर पढ़ाई-लिखाई के लिए निकले और उसके बाद नौकरी-पेशे में लग गए। गाँव की बेटियाँ ससुराल चली गईं। प्रभुदयालजी के भी दोनों बेटे हरि और मोहन बाहर चले गए। फिर तो एक दिन अचानक प्रभुदयालजी के लिए भी उनके प्रभु द्वारा संसार छोड़ने का आदेश आ गया। उन्होंने व्यासपीठ पर बैठे-बैठे ही आदेश का पालन कर दिया। लोगों ने यही कहा, ''सीधे स्वर्ग गए होंगे!''

उनके पार्थिव शरीर के सामने बैठी मैना रानी की आँखों से अविरल धार बह चली। मानो वह उसी क्षण अनाथ हुई थी! माँ, बाप और सास तो दस वर्ष पूर्व ही उसे छोड़ गए। पति को भी मैना का संग-साथ छोड़े बीस वर्ष बीत गए। प्रभुदयालजी ने एक पल के लिए भी बेटे को नहीं बिसराया था। यह मैना जानती थी। अब प्रभुदयालजी का सहारा भी छूट गया। तन और मन से प्रौढ़ हुई मैना रानी के कंठ अचानक फूटे—

''भयउ बिकल बरनत इतिहासा। राम रहित धिग जीवन आसा।।
सो तनु राखि करब मैं काहा। जेहिँ न प्रेम पनु मोर निबाहा।।
हा रघुनंदन प्रान पिरीते। तुम्ह बिनु जिअत बहुत दिन बीते।।
हा जानकी लखन हा रघुबर। हा पितु हित चित चातक जलधर।।

राम राम कहि राम कहि राम राम कहि राम।
तनु परिहरि रघुबर बिरहँ राउ गयउ सुरधाम।।''

बंद आँखों से अविरल धाराएँ बह रही थीं। गाँववालों की भी वही स्थिति हुई। मानो प्रभुदयालजी रूपी दशरथ ने अपने पुत्र की मृत्यु के बीस वर्ष बाद प्राण त्यागे हों। उनके पुत्र के वियोग और पिता की मृत्यु पर मैना रानी जोरों से रोई। एक ने रोते हुए कहा, ''ठीक कह रही है मैना। प्रभुदयालजी के रामकथा-वाचन में यह

प्रसंग ही महत्त्वपूर्ण होता था। वे स्वयं रोते थे। अपने शरीर को अधम कहते थे।''

दूसरे ने कहा, ''हाँ, मुझसे उन्होंने एक बार कहा था—राम के वन जाने पर दशरथ ने प्राण त्याग दिए। मेरा बेटा भी मुझे इतना ही प्रिय था। मेरे प्राण क्यों नहीं छूटे ?''

ध्यानमग्न हो 'रामचरित मानस' की पंक्तियाँ गाती मैना रानी के सामने से प्रभुदयालजी का पार्थिव शरीर उठाना भी गाँववालों के लिए कठिन पड़ रहा था। कंठधारा का प्रवाह वही था, स्वर अधिक मधुर। करुणा से सिंचित। और गाँव वालों ने मन-ही-मन तय कर लिया था। व्यासपीठ पर मैना रानी बैठने लगी। वे मैना रानी नहीं रहीं, 'रामायणी काकी' हो गईं। चालीस-पैंतालीस के बीच की उम्र थी। चेहरे पर तेज, व्यवहार संयमित। रामकथा में प्रवाहित करुणा की लेप उनके मुखारविंद पर भी स्थायित्व ग्रहण कर चुका था। रंग पकिया था। दिन बीतते गए। लक्ष्मण और सीता के बीच के वार्त्तालाप सुनाती मैना रानी का गला रूँध जाता। हरि और मोहन याद आ जाते। दोनों अपनी भाभी को कितना तंग करते थे! भाभी थी जो उनकी सेवा से थकती नहीं।

लंदन में बसे उसके देवर हरि को अपनी भाभी के रामायणी काकी बनने की जानकारी नहीं थी। वह अपनी भाभी के गाँव में अकेली हो जाने की चिंता में रहता। दिल्ली निवासी देवर मोहन की मनोदशा भी ऐसी ही थी। और दोनों एक शाम अचानक भाभी को बिना सूचना दिए गाँव पहुँच गए। वे बहुत दिनों बाद घर जा रहे थे। उनका मन हुलास से भरा था। वे चारों ओर नजरें फैलाकर बाग-बगीचा, तालाब और लोगों के घर देख रहे थे। बहुत बदलाव नहीं आया था। हाईवे से उतरकर उनकी टैक्सी गाँव की सड़क पर चली। रास्ते में ही व्यासपीठ मिला। दोनों ने सिर झुकाकर व्यासपीठ को प्रणाम कर अपने पिता के प्रति श्रद्धांजलि अर्पित की। हरि ने कहा, ''भैया, यहाँ तो अब भी रमन-चमन है। अब कौन रामकथा कहता होगा ?''

''गाँव में कथा कहनेवालों की कमी है क्या ? यहाँ तो शाम को लोग खाली ही बैठे रहते हैं। कोई मिल गया होगा कथावाचक!'' मोहन का शोध-पत्र था।

''अब गाँव में बचे ही कौन ? नौजवान-विहीन हो गया गाँव।''

अँधेरा घिर आया था। वे अपने दरवाजे पर खड़े थे। मुख्य दरवाजे से वे आवाज देने लगे, ''भाभी! भाभी!'' अंदर से कोई आवाज नहीं आई।

पड़ोसी अवश्य आ गए थे। एक ने पूछा, ''कौन ?''

''मैं हरि हूँ। दिल्ली से आया हूँ। हमारी भाभी कहाँ हैं ?'' किंचित् उसका

स्वर चिंतित था। बुजुर्ग ने कहा, ''तुम्हारी भाभी अब सिर्फ तुम दोनों की नहीं रहीं। अब तो वह गाँववालों की रामायणी काकी हैं। वह अभी–अभी गई हैं। मेरा खयाल है कि तुम लोग पोखरवाले रास्ते से आए हो। वह सामनेवाली पगडंडी से निकल गईं। व्यासपीठ पर रामकथा कहेंगी। मैं भी वहीं जा रहा हूँ। चलो मेरे साथ।''

हरि और मोहन के लिए वहाँ ठहरना ही बेमानी था। वहीं चले गए। भीड़ उमड़ी पड़ी थी। वे भीड़ के अंतिम छोर पर बैठ गए। ब्रह्मस्थान पर कई बड़े पेड़ थे। पर एक पत्ता भी नहीं खड़खड़ा रहा था। चहुँ ओर शांति थी। एक मधुर स्वर गूँज रहा था। उसी कंठ से स्वर फूटा—

''आए भरत संग सब लोगा। कृस तन श्रीरघुबीर बियोगा॥
गहे भरत पुनि प्रभु पद पंकज। नमत जिन्हहि सुर मुनि संकर आज॥
परे भूमि नहिं उठत उठाए। बर करि कृपासिंधु उर लाए॥
स्यामल गात रोम भए ठाढ़े। नव राजीव नयन जल बाढ़े॥

राजीव लोचन पुलकावलि बनी स्रवत जल तन ललित।
अति प्रेम हृदयँ लगाइ अनुजहि मिले प्रभु त्रिभुवन धवी॥''

अपने पाँव के नीचे दंडवत् करते पड़े भरत को श्रीराम उठाकर गले से लगा लेते हैं। व्यासपीठ से आ रहा स्वर थमा। श्रोतागण की हिचकियाँ बँध गईं। व्यासपीठ पर विराजमान कथावाचिका ने अपने को सँभाला। पुनः स्वर फूटा। अब तो हिचकियाँ निकल आईं। राम–सीता और लक्ष्मण का वनवास से लौटना। माँओं से मिलना, कैकेई का पश्चाताप, सभी प्रसंगों के वर्णन करते हुए रामायणी काकी विह्वल हो गई थीं। इधर श्रोताओं में बैठी दो महिलाएँ मैना रानी की कथा कह गईं, ''यह बाल विधवा हो गई। इसका भी पति जिंदा रहता तो राम ही रहता। पता नहीं कहाँ–कहाँ चले गए इसके दोनों देवर! भाभी की सुध भी नहीं लेते। तभी तो रो रही है। रामकथा कहती है तो क्या? हमारी तरह हाड़–मांस की तो बनी है? अब तो उमर भी हो चली।''

मैना ने उस दिन रामकथा का वहीं पटाक्षेप कर दिया। दोनों भाई तेज गति से घर पहुँच गए। ताकि अपने दरवाजे पर खड़े होकर भाभी का स्वागत कर सकें। और देवरों को गले लगाते रामायणी काकी की आँखें ऐसे बरसीं, मानो भादों के काले बादल धरती पर आ गए हों!

दोनों ने जिद ठान ली थी, ''भाभी, हमारे साथ चलिए। आपको अब यहाँ अकेले नहीं रहना।''

''क्या तुम दोनों को लगता है कि मैं अकेली हूँ? नहीं, सारा गाँव मेरे साथ है।'' मैना ने कहा।

गाँववालों से एक माह की छुट्टी लेकर दिल्ली के लिए रवाना हुई रामायणी काकी। बूढ़े, जवान और बच्चों ने बिलखते हुए विदा दी। मानो वह गाँव अयोध्या हो गया हो और राम को वनवास के लिए विदा कर रहा हो! रामायणी काकी सबको ढाँढ़स बँधाती टैक्सी में सवार हुई थीं। दिल्ली के सरोजनी नगर स्थित मोहन के फ्लैट में भी ऊँचे स्वर में चौपाइयाँ दुहराती थीं। पड़ोसियों ने सुनी। फिर क्या था! उन्होंने एक आयोजन ही कर दिया और फिर तो बिरला मंदिर में रामकथा सुनाती रामायणी काकी अति प्रसिद्ध हो गईं। श्रद्धालुओं की भीड़ जुटती। गाँव के लोगों से बिछुड़ने का दर्द भी जाता रहा।

उन्होंने एक दिन मोहन से कहा, ''मैं रामकथा सुनते-कहते सोचा करती थी, राम वन जाकर अयोध्या कैसे भूल गए? अब मुझे अपने ही प्रश्नों का जवाब मिल गया है।''

हरि का प्रतिदिन लंदन से फोन आने लगा, ''भाभी को भेजो।''

भाभी का पासपोर्ट और वीजा बनवाने से अधिक मुश्किल था उन्हें लंदन जाने के लिए तैयार करना। वे तो एक माह बाद ही गाँव जाने की जिद कर रही थीं। दोनों भाइयों ने बड़ी मान-मनौवल की। हरि दूरभाष पर ही मनुहार कर रहा था, ''एक बार आप यहाँ आकर तो देखें। आपको अपने गाँव में रहने का ही अहसास होगा। आप तो दिल्ली आने के लिए तैयार नहीं थीं। अब तो वहाँ अच्छा लग रहा है आपको। एक बार आइए, भाभी। मन न लगे तो लौट जाइएगा। आप लाडली और पारितोष की भी तो काकी हैं। भाभी निष्ठुर हो सकती है, काकी नहीं। आइए।'' फिर तो नहीं रोक पाईं रामायणी काकी अपने को। उन्होंने लक्ष्मण और भरत की भाँति ही पाला-पोसा था दोनों को। उनकी माँ के जाने के बाद तो मैना रानी की दोनों कोरी छातियों में भी देवरों के लिए ममता उमड़ती थी।

लंदन में भी हिंदी बोलनेवाले मिल जाएँगे, कहाँ सोचा था! वहाँ भी रामकथा का रस लेनेवाले मिल गए। अंग्रेजी जाननेवाले भी रामकथा सुनने आते। मगन हो जाते। फिर क्या था! अलग-अलग मंचों से रामकथा सुनाती रामायणी काकी से किसी ने एक दिन पूछ ही लिया, ''सम बडी टोल्ड मी, यू आर रामाज आंटी। आर यू?''

रामायणी काकी हरि को ढूँढ़ने लगीं। वे अंग्रेजी नहीं समझती थीं। हिंदी

लिखना नहीं जानती थीं। किसी अंग्रेज को अपनी भाभी से बातें करता देख हरि अपना कॉफी-मग हाथ में लिये भाभी के पास आया।

उस प्रश्नकर्ता से प्रश्न किया, ''ह्वाट डू यू वांट?''

''इज शी रामाज आंटी? सम बडी टोल्ड मी, दैट शी इज रामाज आंटी?''

जोरों से हँसा हरि। शायद लंदन में पहली बार उसने स्वयं अपनी ऐसी हँसी सुनी थी। भाभी भी भौंचक्की रह गईं। क्या हुआ हरि को? उसकी हँसी थमे तो कुछ बोले। दाँतों तले होंठ दबाकर अपनी हँसी रोकता वह बोला, ''कुछ नहीं, रामाज आंटी!'' और फिर हँसने लगा।

भाभी झल्लाईं, ''बोल तो, हुआ क्या? तुम दोनों आंटा-आंटा क्या बोल रहे हो?''

कई लोग उनके नजदीक आ गए थे। हरि ने अपने को सँभाला। बोला, ''भाभी, ये आपको राम की आंटी बता रहे हैं।'' 'आंटी' शब्द से वह दिल्ली में ही परिचित हो चुकी थीं। कई लोग उन्हें आंटी ही कहने लगे थे। उन्होंने उस शब्द के कई अर्थ भी बताए थे। आश्चर्य प्रकट किया था, ''चाची, बुआ, मौसी सब एक कैसे हो सकती हैं? अलग-अलग रिश्ता है, अलग-अलग खुशबू। तुम लोग मुझे काकी ही कहा करो।'' वे प्रकट होकर बोलीं, ''हाँ-हाँ, आंटी मतलब चाची, बुआ, मौसी सब होता है।''

''पर भाभी, ये तो आपको राम की चाची, मौसी, बुआ, कुछ भी कह लें, बता रहे हैं।''

अब हँसने की बारी मैना रानी की थी। हाँ, वह मैना रानी ही थी। रामाज आंटी या रामायणी काकी तो उसके कर्म नाम थे। और मैना रानी को अपनी मैना की याद आते ही वह अपने गाँव लौटने के लिए छटपटाने लगी। अपना कालू, आँगन में बैठनेवाली मैना की जोड़ी, दाना चुगनेवाले कबूतर—सब स्मरण हो आए। कालू तो उनके व्यासपीठ के नीचे ही बैठा करता था। श्रोताओं के साथ रामकथा के बीच वह भी हँसता-रोता था। रामायणी काकी के संग ही घर से व्यासपीठ जाता और कथा समाप्ति पर संग-संग घर लौटता। देखते-देखते लंदन में चौदह मास बीत गए। पता नहीं चला। मैना सोचने लगी, ''ऐसे ही राम को वनवास के चौदह वर्ष का पता नहीं चला होगा।''

मैना ने देवर के फ्लैट में लौटकर कहा, ''हरिजी, अब मुझे गाँव पहुँचाकर आओ। यहाँ नहीं रह सकती।''

''भाभी, क्या फर्क है गाँव और लंदन में? वहाँ भी रामायण सुनाती हैं, यहाँ

भी। वहाँ व्यासपीठ पर बैठनेवाले और मिल गए होंगे। यहाँ कथा-वाचकों की कमी है। यहाँ रामकथा सुनानेवालों की माँग ज्यादा हो गई है। आप देखतीं नहीं, किस तरह लोग आपको एक दिन भी आराम नहीं करने देते। और उन्हें कितना आनंद आ रहा है!''

''वह सब तो ठीक है। पर अपने गाँव की बात ही दूसरी थी। मेरा कालू, दरवाजे पर पिंजड़े में बंद वह हिरामन, बाड़ी में लगा अनार, अमरूद और आम के पेड़—मुझे सब बुला रहे हैं। सावन में मेहँदी की पत्तियाँ तोड़ने लड़कियाँ आ जाती थीं। फलों के मौसम में बच्चे फल तोड़ने। मुझे उनकी हड़कतें रामकथा से भी अधिक हुलसाती थीं। मैं उन्हें फल तोड़ने से मना करती, हड़काती। पर वे सब समझते थे। उन्हें मेरे मन की पहचान थी, मुझे उनकी। वे जानते थे कि फल के पेड़ मैंने उनके लिए ही लगाए थे; क्योंकि न तो मेरे घर में बाल-बच्चे थे, न मैं फल बेचती थी। फिर फल का होता क्या! उन्हें यह मालूम था कि वे फल खाकर मुझ पर ही उपकार करते थे। मुझे उन सबकी बड़ी याद आ रही है।''

हरि ऐसे ध्यानमग्न हो सुन रहे थे, मानो उनकी भाभी के मुख से सीता के वनवास जीवन का वर्णन हो रहा हो। सीता स्वयं अपने वन-जीवन के साथियों का हाल सुना रही हों। भाभी द्वारा कही गई रामकथा में सीता के प्रसंगों का वर्णन अधिक जीवंत होता था। वे सीता के मनोभावों की गहराइयों तक अधिक पहुँच जाती थीं। एक दिन सीता के लंका में रहने का वर्णन सुना रही थीं। कथा की समाप्ति पर मिसेज वैदेही बोलीं, ''मेरी दादी ने मेरा नाम वैदेही रखा था। मुझे अपना नाम बड़ा पुराना लगता था। चालीस वर्षों से मैं लंदन में हूँ। मेरे मन में सीता की छवि एक बेचारी महिला की थी। इसलिए भी मुझे अपना नाम तर्कसंगत नहीं लगता था। आज मुझे अपना नाम प्यारा लगने लगा है। लंका की भयावह स्थितियों में सीता के संयम, धैर्य और पति के स्मरण में डूबी रहने का प्रसंग मुझे बड़ा मनभावन लगा। सीता सचमुच शक्तिशालिनी स्त्री थीं।'' वैदेही की आँखें भर आई थीं। वह प्रसन्नचित्त होकर बोली, ''नाऊ आई लाइक माई नेम वैदेही।''

श्रोताओं की आँखें तो रामकथा के अनेक प्रसंगों को सुन आँखें भरती थीं, मिसेज वैदेही के उस प्रसंग पर भी भर आईं।

भाभी की जिद पर हरि को झुकना पड़ा। फिर लंदन अयोध्या बन गया था। रंग भेद मिट गया था। श्रोताओं ने रामायणी काकी को भरी आँखों से वैसे ही विदा किया, जैसे लंकावासी ने राम को अयोध्या के लिए विदा किया था। हरि उन्हें गाँव लेकर आए। अपनी रामायणी काकी को देखने सारा गाँव उमड़ पड़ा था। कालू की

प्रसन्नता उसकी आँखों की धार में बह रही थी। भाषा जो नहीं थी।

दूसरी ही शाम व्यासपीठ को सजाया-धजाया गया। मुँहा-मुँही और कानों-कान रामकथा प्रारंभ होने की खबर फैल गई। दूसरे गाँव के लोग भी इकट्ठे हुए। उस शाम भी व्यासपीठ से राम और सीता के अयोध्या लौटने का प्रसंग ही सुनाया जा रहा था। कथा-प्रवाह में कथा-वाचिका रामायणी काकी स्वयं अपनी कथा सुना गईं। मैना रानी की कथा का उत्तरकांड था, "राम सब जगहों पर हैं, रामभक्त सर्वत्र। इसलिए क्या अपना गाँव, क्या देश की राजधानी दिल्ली और क्या लंदन! मुझे सब जगह रामभक्त मिले। उनकी भक्ति दिखी। पहनावा और खान-पान भिन्न-भिन्न है, हृदय एक ही है।" उन्होंने अंत किया—

"सीयराम मय सब जग जानी।
करउँ प्रनाम जोरि जुग पानी॥"

श्रोताओं ने भी दोनों हाथ जोड़कर सिर झुका लिये। उन्हें उम्मीद थी कि थोड़ी देर में पुनः व्यासपीठ से कोई रसयुक्त छंद का प्रवाह होगा। विलंब होने पर श्रोताओं ने सिर उठाए। इंतजार में सभा-स्थल निःशब्द था। कालू जोर-जोर से भौंकने लगा। हरि दौड़कर आए। भाभी का सिर उठाया। निष्प्राण सिर उनके हाथ से छूटकर उनकी गोद में गिरा। सभा मंडप से आवाज आई, "रामायणी काकी की ऽऽऽजयऽऽऽ!"

गाँव में व्यासपीठ के पास ही एक मंदिर का निर्माण हुआ। मंदिर का पूरा खर्चा उस अंग्रेज भक्त मि. स्टीफन ने ही दिया था, जो रामायणी काकी को 'रामाज आंट' ही पुकारता था। उसकी शर्त थी कि मंदिर पर 'रामाज आंट' लिखा जाए। इस गाँव का बच्चा-बच्चा इन दो अंग्रेजी शब्दों का अर्थ तब से जानता है, जब यहाँ अंग्रेजी पढ़नेवाला कोई नहीं था।

"अब तो इस गाँव के बच्चे भी अमेरिका-इंग्लैंड गए हैं। पर इंग्लैंड जानेवालों में हमारी रामायणी काकी का नं. दूसरा था। पहले नं. में उनके देवर हरि वहाँ गए थे।" उन दोनों ने एक कथावाचिका की कथा सचित्र बाँच दी।

मोहन बाबू की आँखें भरी थीं। उन्होंने कहा, "मैं मोहन हूँ। तुम्हारी रामायणी काकी का भरत देवर। अस्सी वर्ष का हो गया। दिल्ली में रहता हूँ। सुशांत मेरे बड़े भाई हरि और भाभी के लक्ष्मण देवर का ही पोता है। पहली बार भारत आया है, इसलिए अपना गाँव देखने भी आ गया।"

सुशांत झटके से उठा, मंदिर के अंदर गया। बड़ी देर तक उसका सिर 'रामाज

आंट' की गोद में था। मोहन बाबू ने कहा, ''सुशांत! उठो, देखा तुमने, गाँववालों ने मेरी भाभी को भी अमर बना दिया? वह नौजवान उनकी कथा ऐसे बाँच गया, जैसे आँखों देखी घटनाएँ सुना रहा हो। मुझे ऐसा लगता है कि समाज के लिए थोड़ा करो तो समाज ढेर-सा देता है। हमारी भाभी ने रामकथा कहकर इन्हें सुनाई। इन्होंने उनकी कथा को भी अमर बना दिया।'' फिर भरी मोहन बाबू की थकी आँखें। उन आँखों में चमक आ गई थी, मानो स्मृति-जल से उन्हें पखारा गया हो!

''दादाजी, मुझे इंडिया आना तो अच्छा लगा ही, गाँव आकर बहुत सुखद लगा। मैं फिर आऊँगा। अपने बच्चे और पत्नी को लाऊँगा। रिअली! ऑवर ग्रैंड मॉम वाज़ ग्रेट। वी आर प्राउड ऑफ रामाज आंट।'' और दोनों खिलखिलाकर हँस पड़े। उन्हें घेरकर खड़े लोगों ने भी उनका साथ दिया। हँसना भी संक्रामक है। विद्युत् गति से फैलते हैं इसके कीटाणु!

□

साझा वॉडरोब

रणवीर बहुत दिनों बाद अपने पुराने फ्लैट में आए थे। पिछले दस वर्षों से माँ-बाप से अलग बड़े फ्लैट में रहते हैं। घर-गृहस्थी और व्यापार में दिन-रात व्यस्त रणवीर को अपने पुराने दो कमरे के फ्लैट के रहन-सहन की यादें आती ही रहती हैं। दरअसल बड़े फ्लैट में जाकर सिकुड़े हुए हाथ-पैरों को फैलाते, अपने निजी बेडरूम में पूरी दीवार पर फैली वॉडरोब पर अपने दर्जन भर सूट, कमीज, पैंट, पजामा, कुर्त्ता, उतने ही बनियान, अंडरवीयर और तौलिया सजाते-सँवारते उनका मन और हाथ पुराने तंग जगहों की स्मृतियों से टकराता रहा है। वे यादें उलझा लेती रही हैं। ये स्मृतियाँ होती ही हैं उलझन भरी। घुमावदार। अव्वल तो विस्तार लिया है उनके व्यक्तित्व ने। व्यक्तित्व विस्तार के साथ ही विस्तृत हुई है जेब। रहन-सहन की कदकाठी तो बढ़ी ही है। पर ड्राइक्लीनिंग से धुलकर दर्जनों कमीजों में से प्रति सुबह एक निकालते हुए अम्मा के हाथों मशीन में धुली कमीज स्मरण हो आती है। मानो शरीर पर विराजमान वह कमीज गुदगुदाती और सहलाती रही है। कमीज के कॉलर का साफ नहीं होना या रँगरेज से रँगाई हीरा की चुनरी का रंग इकलौती कमीज पर चढ़कर उसे परेशान करता रहता था। कुछ देर के लिए माँ-बेटे की इसी बात पर ठन भी जाती थी।

पिताजी ने अपने अरमान को मूर्त रूप देने के लिए दौड़-धूप के बाद डी.डी.ए. का फ्लैट अपने नाम आवंटित करवाया था। दो छोटे-छोटे बेडरूम और एक ड्राइंग रूम। उस छोटे परिवार के लिए बहुत बड़ा अवसर था वह क्षण! दिल्ली में फ्लैट का मिलना। सरकारी नौकरी में इस शहर से उस शहर तबादले पर घूमते रणवीर बाबू के पिता को अपना गाँव छूट जाने का एहसास नहीं होता था। पर अपने नाम डी.डी.ए. के फ्लैट के आबंटन की खुशी के साथ गाँव छूटने की भी आशंका समायी हुई थी। उनके इस भाव से अनजान बच्चे और पत्नी फ्लैट में अपनी जगह

लूटने में लगे थे। पत्नी के लिए तो कमरा निश्चित था। पंद्रह वर्षीय बच्चे रणवीर बाबू के लिए भी। पर उनकी दो छोटी बहनें भी थीं—हीरा और नैना। हीरा से उम्र में पाँच वर्ष बड़े रणवीर को अपने बड़े भाई होने का एहसास हर पल रहता था। इसलिए छह फीट चौड़े और छह फीट लंबे बिछावन पर फैलकर सोने का शौक जीवन की प्रारंभिक अवस्था में भले ही पूरा न हुआ हो, अपने कद को वे हमेशा बहनों के सामने फैलाए रहते थे। उनके बड़े भैया जो थे। उन दोनों बहनों ने भी अपने भैया का वर्चस्व स्वीकार कर लिया था। इसलिए भैया की कद-काठी के आगे अपने आकार के छोटेपन की अनुभूति उन्हें दर्द नहीं देती थी। कौन बड़ा, कौन छोटा के एहसास का सवाल ही नहीं उठता था। दरअसल, इस रिश्ते में तो बहन का छोटा होना उसके लिए फायदेमंद होता है। फिर झगड़ा कैसा ? पर रगड़ा तो होना ही था। झगड़े की जड़ वही वॉडरोब था। डी.डी.ए. वालों ने दस फीट गुना दस फीट के कमरे में वॉडरोब तो एक ही बनाया था। उस आकार के कमरे में एक ही व्यक्ति की रिहायश अपेक्षित थी। पर अधिकांश मध्यम वर्गीय फ्लैटों की तरह उस फ्लैट के नसीब में भी एक कमरे का एक के लिए ही रहना कहाँ बदा था! तीनों भाई-बहन का वह कमरा था ही। कभी-कभार गाँव से दादी-नानी के आने पर भी वहीं सोना होता था।

रणवीर बाबू बड़े हो गए थे। इसलिए बड़े ड्रांइग रूम में ही उनके लिए रात्रि को एक और खाट डाल दी जाती थी। सुबह उठ जाती उनकी खाट। उसके बाद तो उस घर में अपना कहने के लिए मात्र वह वॉडरोब ही था। उसमें भी एक खाना। भाई-बहनों की लड़ाई के लिए काफी था। तीनों भाई-बहनों के लिए दादी, नानी, मम्मी, पापा साझे थे ही, वॉडरोब कैसे व्यक्तिगत होता ? वह भी साझा था। अकसर रणवीर बाबू को उन चारों बड़ों द्वारा बेटियों को अधिक प्यार करने का भ्रम होता था। पर उस भ्रम की आयु क्षीण बहुत होती थी। तीनों भाई-बहनों को लड़ते-झगड़ते देख-सुनकर दादी कहतीं, ''रणवीर, दूनू चल जतऊ ससुराल, तू अकेले भोगिहे फ्लैट के राज।''

रणवीर बाबू को कहाँ एहसास होता था कि दोनों चली जाएँगी! और जाएँगी तो जाएँगी। आगत को सोचकर साझा अलमारी पर भला झगड़ा कैसे रुक जाता ? वॉडरोब के चार खाने थे। तीनों के झगड़े से ऊबकर माँ ने खाने भी बाँट दिए थे। ऊपरवाला रणवीर बाबू का, दूसरा-तीसरा हीरा और नैना का। सबसे निचला खाना अपनी माँ और सास के हिस्से में रखा। रणवीर बाबू अपने एक ही खाने में कमीज, पैंट, अंडरवियर, बनियान और तौलिया रखते। उनकी भी संख्या कितनी थी। अपने

तहाय स्वरूप में अवश्य अँट जाते थे सारे कपड़े। पर उन कपड़ों की वह स्थिति कहाँ रह पाती थी। माँ के द्वारा सँवारकर रखे गए कपड़े रणवीर बाबू के हाथ लगते ही बिखर जाते। बहनों के खानों में भी आसन जमा लेते। लड़ाई तो होनी ही थी। लड़ाई का भी समय निश्चित था। सुबह-सुबह स्कूल-कॉलेज जाने से पहले कपड़ा निकालने का एक ही समय था। तीनों के एक साथ खड़े होने की चौड़ाई नहीं थी वॉडरोब की। सबको जल्दी होती थी। नैना तो नींद में ही होती थी। किचन में बच्चों के लिए टिफिन तैयार कर रही माँ के चिल्लाने पर दोनों बहनें भैया की कमीज पकड़कर खिंचती। थप्पड़ खातीं। फिर तो अम्मा को भी अपने किचन का मोह छोड़कर बीच-बचाव के लिए आना पड़ता था। रणवीर बाबू को ही डाँट खानी पड़ती थी। बड़े जो थे।

सर्दी आते ही वॉडरोब की मुश्किल बढ़ गई। रणवीर कॉलेज में पहुँच गए थे। माँ ने बेटे के प्रति लाड़ दिखाने का जरिया एक ऊनी सूट को बनाया। एक सूट सिलवा दिया। सूट के नसीब में टँगना ही लिखा है। शरीर पर टँगता है या हैंगर पर। उस वॉडरोब में सूट टाँगने का हैंगर नहीं बना था, इसलिए दरवाजे पर ही सूट लटकता था। रणवीर के खाने की सीमा पारकर हैंगर पर टँगा सूट भला अपनी औकात को कैसे समेट सकता है? वह नीचे लटकता था। हीरा और नैना के खाने तक पहुँच जाता था—उन दोनों को अपने भैया के बढ़े आकार-प्रकार का बोध कराते हुए। समय के साथ लड़कियों के कपड़ों की संख्या और कद-काठी बढ़ी ही थी। फ्रॉक पहनना कब का छूट गया। सलवार, कुरता और चुन्नी। दोनों बहनों में बहुत से कपड़े साझा भी थे। पर रणवीर बाबू के साथ इनके कपड़ों की साझेदारी नहीं चल पाती थी। इसलिए भी रगड़ा प्रारंभ हो जाता था। दिन बीतते गए। हीरा का विवाह निश्चित होने पर दादी ने फिर याद दिलाया था, ''अब हीरावाला खाना तुम्हीं रखना, फैलकर रहना।''

हीरा के विदा होने पर उसके बहुत से कपड़े नैना के खाने में समाकर भी कुछ बच गए थे। रणवीर बाबू ने उन्हें नीचे जमीन पर रख दिया। उसके खाने में अपने कपड़े फैला लिये। कुरता-पाजामा के लिए अलग खाना मिल गया। बेचारे कहाँ पैंट-शर्ट के बीच घुसे रहते थे, मानो उनका अपना कोई वजूद ही न हो! दरअसल, वे कुरते-पाजामे अलमारी से निकलकर जब रणवीर बाबू के शरीर पर विराजमान होते थे, उसी साँवले-सलोने व्यक्तित्व को नजर लगने की स्थिति बन जाती थी। कुछ दिनों बाद हीरा अपने पुराने अच्छे कपड़े भी अपनी ननद को पहनाने के लिए उठा ले गई।

दो वर्ष बाद नैना की शादी के बाद तो उस अलमारी पर अखंड राज ही हो गया था रणवीर बाबू का। फैल गए थे उनके कपड़े। पूरा वॉडरोब भर गया था उनके ही कपड़ों से। पूरा पलंग भी मिल गया था। फैलकर सोए थे रणवीर बाबू। पर वह फैलाव कुछ दिनों तक ही सुकून दे पाया। बहनों के साथ नोक-झोंक और झगड़ा याद आते थे। घर सूना-सूना लगता ही था।

रणवीर बाबू ज्यादा दिन उस कमरे के लिए इकलौते नहीं रहे। उनका भी विवाह हुआ और फिर वॉडरोब से बेदखल हो गए उनके कपड़े। पत्नी की रंगीन साड़ियों से भर गया वह। कपड़ों के शौकीन रणवीर बाबू को उनकी इज्जत भी करनी आती थी। पर उस छोटे से कमरे के छोटे से वॉडरोब में पत्नी के कपड़े अँटे या रणवीर बाबू के! कपड़े बोलते तो थे नहीं। पत्नी अवश्य बोलचक थी। अपनी अवहेलना को वह बरदाश्त नहीं कर सकती थी। कपड़ों की क्या! उनसे रणवीर बाबू सजते थे, रणवीर बाबू से कपड़े नहीं।

दरअसल, परिवार के आकार-प्रकार बढ़ने के साथ रणवीर बाबू की जेब का आकार भी बढ़ा था। इसलिए कोई आवश्यक नहीं था अब छोटे से घर में हाथ-पैरों को सिकुड़े रखना। लक्ष्मी घरों को तोड़ने का काम भी करती हैं। घर में लक्ष्मी का आकार छोटा रहने पर लोग अपनों के साथ गुँथकर रहते हैं। लक्ष्मी का विस्तार होने पर घरों में दो या इससे भी अधिक चूल्हे हो जाते हैं। रणवीर बाबू का कोई भाई नहीं था। एक ही कोख से दो भाई बाँस की कोंपल के समान अलग-अलग ही निकलते हैं। रणवीर इकलौते थे। इसलिए गाँव की जमीन या दिल्ली का फ्लैट बँटने का सवाल नहीं था। फिर भी चूल्हे दो हो गए। वे अम्मा-पापा से अलग बड़े फ्लैट में रहने चले गए। रणवीर बाबू साथ में पत्नी और दो बच्चे। उस बड़े फ्लैट में पैर, हाथों को फैलने में भी समय लगा था। गाहे-बेगाहे अम्मा, पापा और बहनें भी आकर सराहना कर जाती थीं। बड़ा सा ड्राइंग-रूम। बड़े आकार और आधुनिक साज-सज्जावाला किचन। पति-पत्नी और नन्हें बच्चों का भी अलग-अलग बेडरूम। सब अत्याधुनिक उपकरणों से सजे-धजे, जेब जो बड़ी हो गई।

वह रणवीर बाबू का फ्लैट है। अम्मा-पापा का नहीं। अम्मा से मिलने आते हैं रणवीर बाबू। पूजा-पाठ, तीज-त्योहार या मेहमानों के आने पर। दादी, नानी रही नहीं। पापा हर दूसरे-तीसरे दिन उनके फ्लैट में आकर ही बच्चों से मिल लेते हैं। पोता-पोती से खेलने आते हैं। उनकी पत्नी कहती हैं, ''शर्माजी की जान अब पोते में बसती है।''

रणवीर बाबू को अपने पुराने डी.डी.ए. फ्लैट में आना सुखद लगता है।

मनुष्य भी कहाँ-कहाँ सुख ढूँढ़ता है! सिकुड़ने का सुख, फैलने का सुख। उस फ्लैट में आने पर उनका साझा कमरा अँकवार में भर लेता है। और साझा वॉडरोब का तो पूछिए मत। खाली पड़ा है। अम्मा के पुराने कपड़े, बरतन और गाँव ले जाकर बाँटने वाले सामान उसी में अँटे पड़े हैं। हफ्ते या महीने में शायद ही एक बार खुलता है। प्रतिदिन दस-बीस बार खुलनेवाले वॉडरोब की वह स्थिति उसके लिए सुख या दुःख देने वाली है, पता नहीं। पर रणवीर बाबू और आती-जाती उनकी दोनों बहनों को वह वॉडरोब अवश्य बाँधता है। अपने पास विलमाता है।

उस दिन भी उस कमरे के खाली पड़े बिछावन पर अकेले लेटे हुए रणवीर बाबू को उस वॉडरोब को निहारना सुखद लग रहा था। स्मृतियाँ जीवंत हो उठी थीं। पूजा का प्रसाद लेकर सब मेहमान चले गए। अम्मा-पापा के साथ ड्रांइग रूम में बैठी बहू बातें कर रही थी। शर्माजी को ही ध्यान आया, "रणवीर कहाँ गया? बच्चे सो गए। तुम लोगों को जल्दी जाना चाहिए। रात भी बीत गई।"

किसी को पता नहीं था रणवीर बाबू कहाँ थे। पत्नी को अवश्य अंदाजा था। उसे इसका भान था कि नए बड़े घर में उसका पति मात्र उसका पति होता है। पर उस छोटे फ्लैट में उसका पति, नाती, पोता, बेटा और दो बहनों का भैया भी है। बचपन और किशोरावस्था की स्मृतियों में पखारा जाना उन्हें सुखद लगता है। और उनमें भी विशेष है वॉडरोब। विवाह के उपरांत वॉडरोब की कहानियाँ ही सुनाई थीं रणवीर बाबू ने। दरअसल, उसी में सबकी कहानियाँ थीं। दोनों ननदों, दादी, नानी, सास, मानो सब उसमें अँटे पड़े हों! पता नहीं क्या सोचकर उसने सास से कहा, "अम्माजी, इस छोटे कमरे के वॉडरोब की लकड़ी बहुत अच्छी है। सच, आपने वुडवर्क बहुत अच्छा करवाया इस फ्लैट में। मैं सोच रही थी कि छोटे कमरेवाले वॉडरोब को खोलकर अपने बड़े फ्लैट के बच्चोंवाले कमरे में लगा दूँ। आपका क्या विचार है?"

"हाँ-हाँ, ऐसा ही करवा लो।" उत्तर ससुरजी ने दिया। उनके मन में उस वॉडरोब की पहचान बच्चोंवाले वॉडरोब के रूप में ही है। कुछ पल अपनी बहू के प्रस्ताव और पति की स्वीकृति को चबाती लंबी साँस खींचकर बोलीं श्रीमती शर्मा, "बहू, केवल वॉडरोब में तुम्हारे पति का प्राण नहीं बसता। वॉडरोब के साथ और भी बहुत कुछ है यहाँ। अम्मा, पापा, दादी, नानी की स्मृतियाँ हैं। दो बहनों के साथ सब साझा-साझा है। इसलिए वॉडरोब ले जाने से कोई फर्क नहीं पड़ेगा। इन लकड़ियों का क्या। ये जड़ हैं। पर स्मृतियाँ तो जीवंत होती हैं। तभी तो यहाँ आकर वह उन्हीं में खो जाता है।"

कमरे में पड़े-पड़े वॉडरोब निहारते, स्मृतियों के द्वारा सहलाए जाते रणवीर बाबू की आँख लग गई थी। हलके हाथों दरवाजा खोल पत्नी ने झाँककर देखा। स्वर दाबकर बोली, ''माँजी, ये तो यहीं सोए हैं।''

रणवीर बाबू की कच्ची नींद थी, खुल गई। बोले, ''चलो, मेरा बंबई से आवश्यक फोन आने वाला है।'' और गाड़ी में बैठकर स्टार्ट करने से पूर्व शिकायत की, ''तुमने जगाया क्यों नहीं? दरअसल, मेरी आँख लगी और सपने में कारपेंटर से बच्चों के कमरे में लगवाने के लिए अपना वाला वॉडरोब निकलवा रहा था। तुमने ही कहा था न! सचमुच ऐसी लकड़ी अब कहाँ मिलेगी! अम्मा को भी उस वॉडरोब की विशेष जरूरत नहीं।''

पत्नी ने कहा, ''मैंने निश्चय कर लिया है, वॉडरोब वहीं रहेगा—पुराने फ्लैट में। मैं नहीं चाहती उसे साझा बनाकर अपने दोनों बच्चों के झगड़े का घर बनाना। उसके कारण भी दोनों लड़ते-झगड़ते ही रहेंगे।''

मात्र पत्नी की हाँ-में-हाँ मिलाने के लिए बोले, ''ठीक कहती हो तुम!'' दो पल रुककर दार्शनिक स्वर व अंदाज में बोले, ''पर बचपन में भाई-बहनों के बीच हुए झगड़ों की स्मृतियाँ बड़ी उम्र में आनंद ही देती हैं, माया। समृद्धि के संग-साथ रहते हुए अभाव के दिनों की यादें सुखद लगती हैं। साझा वॉडरोब का साझापन अब अधिक गहराया लगता है। उसे वहीं रहने दो। यदा-कदा मैं ही तनाव-मुक्ति के लिए वहाँ जाया करूँगा।''